우리가 인생이라 부르는 것들

자기 삶의 언어를 찾는
열네 번의 시 강의

정재찬 지음

우리가
인생이라
부르는
것들

INFLUENTIAL
인 플 루 엔 셜

시작하며

어쩌다 세상에 시를 나누고 전하는 자리에 서게 된 걸까, 알수 없는 게 인생입니다. 덕분에, 방송이나 강연을 통해 참 많은 분들의 다양한 삶과 속 깊은 사연들을 접할 수 있었으니, 감사한 게 또 인생입니다. 그에 알맞춤한 시를 전해드릴 때마다 내심 뿌듯하고 즐겁기도 했지만, 과연 이럴 자격이 있나 생각하니, 두려운 것 역시 인생이지요. 그럴 때면 이내 마음을 다잡아봅니다. 부담을 보람으로 가꾸다보면, 욕망이 지나 소명으로 되는 것이 인생 아니더냐고. 그러기에 내 가족, 내 이웃, 내 나라, 내가 속한 이 행성을, 그 숱한 결함에도 불구하고 사랑스럽고 자랑스럽게 여기며 사는 게 우리네 인생 아니겠느냐고.

여러분도 그러실 겁니다. 어쩌다 이 길을 가고 있는 겐지 알다가도 모를 운명 속에서 오늘도 웃다가 울다가, 애써 버티다가 허위허위 떠내려가다가, 문득 돌아보니 또 다른 길목에 서 있는 자신을 보고 계실 겁니다. 이 책은 우리가 인생을 살면서 반드시

거쳐야 하는 바로 그 길목, 그 관문들에 관한 작은 생각들을 모은 것입니다. 그곳을 지나려면 그때마다 늘 풀어야만 하는 난제들이 기다리고 있는 법. 스핑크스에 맞선 오이디푸스처럼 우리도 그렇게 정답을 알 수 있다면 거침없이 죽죽 헤쳐 나갈 것을, 안타깝게도 인생의 관문에는 그런 정답이 없습니다. 저마다 다르고, 때마다 다른 답이 있을 뿐, 실은 그것이 정답인지 여부조차 확인할 길 없는 게 인생입니다. 하지만 그런 정답이 있다면 오히려 인생은 별로 살 재미와 가치가 있어 뵈질 않는 터, 모르는 편이 차라리 다행일지 모릅니다.

그러기에 이 책은 인생에 해답을 던져주거나 성공을 기약하는 이야기 따위와는 거리가 멉니다. 나무라거나 명령하지도 않을 테지만, 그저 다 옳고 괜찮다는 식의 값싼 동정도 하지 않을 겁니다. 그러나 시로 듣는 인생론은, 그래서 꽤 좋을 것입니다. 가끔씩 고개를 끄덕이고, 슬쩍 미소 짓다가 혹은 눈물도 훔쳐보며, 때론 마음을 스스로 다지고 때론 평화롭게 마음을 내려놓으면 그만입니다. 자기계발은 그렇게 시작되어야 한다고 믿습니다.

그것이 가능했던 건 이번에도 시인들 덕분입니다. 산다는 것에 대한 관조와 성찰, 가슴 터지는 열정과 마디마디의 상처들, 높이 날고 낮게 포복하면서 구한 지혜와 위로, 그 덕에 그들은 언제나 적재적소에 미리 자리해 있었습니다. 저는 그 기막힌 경관의 자리로 여러분을 이끌고 가는 가이드일 뿐입니다. 이번 책에는 일곱 가지 테마별로 두 코스씩, 모두 열네 가지 인생 여정에 관한 강의를 담았습니다.

정말이지 많은 인연과 도움, 그리고 은혜 덕에 기적처럼 책을 냅니다. 특히 작가보다도 오직 독자를 귀히 여기는 인플루엔셜의 편집부 여러분께 감사의 말씀을 전합니다. 독자들이 실제로 강의를 듣는 것처럼 느낄 수 있도록 부디 쉽고 재미있게 써달라는 그들의 닦달로 인해 긴 시간 아주 많은 공을 들여야 했습니다. 바라건대 가볍고 편하게 읽히지만 무겁고 오래 생각할 수 있는 책이 되었으면 좋겠습니다.

시는 유리창과도 같습니다. 닫힌 문으로는 볼 수 없던 바깥의 풍경들을 보게 해주기 때문입니다. 하지만 유리창은 소통의 통로이자 단절의 벽이기도 합니다. 문을 열고 거리로 나서서 바람의 숨결을 직접 느끼는 것은 독자 여러분의 몫이라는 말입니다. 그것이 시인들과 저의 한결 같은 바람이랍니다. 모쪼록 이 책을 통해 그간 잊고 지낸 혹은 새로운 다짐을 불러일으키는 삶의 언어와 인생시를 만나보시길, 그리하여 인생의 문을 활짝 열고 멋지게 활보하시길 기원합니다.

자 그럼, 일단 강의부터 들으셔야죠? 환영합니다, 시를 찾아온 그대들 모두! 강의실에서 뵙겠습니다.

2020년 2월 한양에서

정 재 찬

5장 ··· 사랑

6장 ··· 관계

7장 ··· 소유

1장

밥벌이

죽어라 일하는데 죽지는 않고, 그렇다고 일도 줄지 않습니다.
지금 당신도 지쳐 있나요? 그럴 겁니다.
'소금 버는 일'인데 어찌 힘들지 않겠어요.

생업

사표 쓰고 싶어지는 아침

대한민국 직장인들이 일주일 중 가장 힘들고 불행하다고 여기는 요일은 언제일까요? 월요병이라는 말이 있을 정도니 당연히 월요일일 듯싶지만, 2019년 서울대 행복연구센터의 조사에 따르면 목요일이 행복감은 가장 낮고 스트레스는 가장 높은 날로 나타났다고 합니다. 가장 행복한 날은 역시 토요일이고, 일요일은 오히려 월요일보다 행복감이 낮게 나왔습니다. 일요일은 행복이 다하는 시점이니 불행하고, 월요일은 이미 불행을 예감하고 준비하니 차라리 나은 셈인 거죠. 그래서 목요일이 최악인가 봅니다. 스트레스는 쌓여 있는데 토요일에 희망을 걸기엔 아직도 하루가 더 남았으니 말이죠. 마치 동메달리스트보다 은메달리스트가 더 불행해한다는 것과 비슷합니다. 확실히 행복은 희망이란 것과 연관이 깊어 보입니다.

우리나라 사람들의 SNS 속 텍스트에 나타난 감정어휘를 위치 기반 정보에 입각해 분석해 보면, 언제나 행복도가 가장 높게 나오는 특정 지역이 있다고 합니다. 어디일까요? 바로 영종도 인천국제공항! 일상을 떠나 여행을 앞둔 이들의 희망과 기대감을 생각해 보면 당연한 결과 같습니다.

토요일의 인천공항이라니 생각만 해도 행복합니다. 일상에서 가장 멀어진 시공간이니까요. 그래요, 우리에게 일상은 그다지 행복해 보이지 않습니다. 그러고 보면 사실 목요일이라고 특별히 우울해할 필요도 없어 보입니다. 딴 날이라고 뭐 별거 있습니까? 먹고살기 위해 매일같이 일하는 것. 그게 일상이고 인생이라고 생각하면 말이죠. 아, 그런데 그건 정말 너무 지겨운 일 아닙니까? '밥벌이의 지겨움'이라는 제목으로 발표되었던 김훈 작가의 수필입니다.

모든 '먹는' 동작에는 비애가 있다. 모든 포유류는 어금니로 음식물을 으깨서 먹게 되어 있다. 지하철 계단에 쭈그리고 앉아서 짜장면을 먹는 걸인의 동작과 고급 레스토랑에서 냅킨을 두르고 거위간을 먹는 귀부인의 동작은 같다. 그래서 밥의 질감은 운명과도 같은 정서를 형성한다.

전기밥솥 속에서 밥이 익어가는 그 평화롭고 비린 향기에 나는 한평생 목이 메었다. 이 비애가 가족들을 한울타리 안으로 불러모으고 사람들을 거리로 내몰아 밥을 벌게 한다. 밥에는 대책이 없다.

한두 끼를 먹어서 되는 일이 아니라, 죽는 날까지 때가 되면 반드시 먹어야 한다. 이것이 밥이다. 이것이 진저리나는 밥이라는 것이다.

— 김훈, 〈밥1〉, 《라면을 끓이며》(문학동네, 2015) 중에서

주어진 본성에 따라 그냥 멀쩡히 되새김질을 잘하고 있는 소를 바라보며 얼마나 권태에 질렸으면 저러느냐고 되물은 이상李箱의 수필 〈권태〉처럼, 지금껏 밥만 잘 먹고 심지어 맛집을 찾아 인증샷 남기느라 정신이 없는 우리에게, 먹는다는 일이 얼마나 슬픈 일인지 아느냐고, 밥을, 그것도 매일 삼시 세끼 죽는 날까지 먹어야 하고, 그걸 위해 얼마나 진저리나게 일을 해야 하는지 생각해 봤느냐고 김훈은 묻고 있습니다.

밥은 진저리나고, 밥 먹기는 넌더리나고, 그런데도 그 밥을 위해 질려도 밥을 지어야 하고, 지겨워도 밥벌이를 해야 하는 것이 인생이라면, 먹기 위해 살고, 살기 위해 먹어야 하는 것이 인생이라면, 이 서러운 사이클은 도대체 어떻게 해야 할까요. 김훈이 답합니다. 대책이 없다고.

그럼 사표를 던지고 새 인생을 찾겠다고요? 축하드립니다. 존경스럽습니다. 제가 교사연수 모임에 강연을 나갈 때면 현직 선생님들께 이런 농담을 던지기도 합니다. 더러워서 더 이상 선생 못 해먹겠다는 생각이 들면, 제발 말로만 그러지 말고 당장 실천해 주시라고. 여러분의 사범대 후배들이 그걸 얼마나 간절히 원하는지 아느냐고. 물론 이런 농담은 심각하게 던지면 큰일

납니다. 다행히도 선생님들은 대부분 크게 웃으며 초심을 다잡으려 하십니다.

밥벌이가 지겹긴커녕 부러운 사람들도 아주 많습니다. 지금의 우리 청년세대들이 그렇습니다.

비정규

최지인

아버지와 둘이 살았다
잠잘 때 조금만 움직이면
아버지 살이 닿았다
나는 벽에 붙어 잤다

아버지가 출근하니 물으시면
늘 오늘도 늦을 거라고 말했다 나는
골목을 쏘다니는 내내
뒤를 돌아봤다

아버지는 가양동 현장에서 일하셨다
오함마로 벽을 부수는 일 따위를 하셨다
세상에는 벽이 많았고
아버지는 쉴 틈이 없었다

아버지께 당신의 귀가 시간을 여쭤본 이유는
날이 추워진 탓이었다 골목은
언젠가 막다른 길로 이어졌고
나는 아버지보다 늦어야 했으니까
아버지는 내가 얼마나 버는지 궁금해하셨다

배를 곯다 집에 들어가면
현관문을 보며 밥을 먹었다
어쩐 일이니 라고 물으시면
뭐라고 대답해야 할까
외근이라고 말씀드리면 믿으실까
거짓말은 아니니까 나는 체하지 않도록
누런 밥알을 오래 씹었다

그리고 저녁이 될 때까지 계속 걸었다

—《나는 벽에 붙어 잤다》(민음사, 2017)

　　아버지는 밥벌이를 하는데 아들은 그렇질 못한가 봅니다. 사실 아버지의 밥벌이도 썩 좋아 보이지는 않습니다. 아마도 건물 철거 현장에서 큰 해머질을 하는 막일꾼이 아닌가 싶은데, 세상에는 부숴야 할 벽이 많다든가, 그래서 쉴 틈이 없다든가 하는 말도 부럽게 들리지는 않습니다. 그저 하루하루 밥벌이로서 남의 집 벽을 부수어야 하는, 이젠 좀 여유도 찾아야 할 나이인데 쉴 틈 없이 일해야만 하는 노동자의 현실이 다 그렇습니다.

고생하는 아버지의 모습을 아들은 물론 잘 알고 있습니다. 하지만 도와드리기는커녕 얹혀사는 기분입니다. 눈칫밥을 먹습니다. 좁디좁은 방 한 칸에서 잠잘 때 아버지와 살이 닿는 것만으로도 죄스러울 정도입니다. 그만큼 착한 청년이지만 공연히 밖으로 돌며 늦은 귀가를 합니다. 일거리, 밥벌이가 없으니까요. 있어도 비정규직이니까요.

이 시의 주제가 비정규직 차별 철폐나 청년실업 해소 문제에 맞닿아 있는 것은 맞지만, 이 시를 청년세대만의 시점에서 읽는 것은 적절하지 않아 보입니다. 그보다는 아버지와 아들이 대를 이어 가난에서 벗어나지 못하는 현실에 대해서 가슴 아파해야 마땅합니다. 왜 꼭 이런 일은 대물림되어 일어난단 말입니까.

밥벌이의 문제에는 남녀가 따로 없고 노소가 따로 없습니다. 남녀 가릴 것 없이 좁은 취업의 문 앞에서 좌절을 겪는 청년 실업자들은 물론, 출산은 장려하면서 정작 정당한 대우는 해주지 않아 서럽기까지 한 이른바 '경단녀'들, 한창 나이에 퇴직당하여 실업 전선을 헤매는 중년들, 혹은 아직 충분한 체력과 경륜과 지혜가 있음에도 사회의 뒷전으로 밀린 노년세대에 이르기까지, 그 지겨운 밥벌이 하나 변변히 할 수가 없어 인간적인 자존감마저 무너짐을 겪고 있는 것이 우리 사회 보통 사람들의 모습입니다.

변변찮은 밥벌이라도

저 시에 등장하는 비정규직 아들의 모습, 거짓으로 출근하는 척을 해야 하고, 거짓으로 늦게 귀가하여 누런 밥알을 억지로 씹어 삼켜야 하는 저 모습이 우리 아버지 세대의 모습과 겹쳐 보이지는 않는지요? 1997년도 외환위기 당시, 회사에서 구조조정으로 해고당하고 나서도 집에다가 차마 말할 수가 없던 가장들, 회사에 출근하는 척 양복을 걸쳐 입은 채 공원을 배회해야 했던 사람들, 바로 그들의 모습 말입니다.

재미있게도 그때부터 우리 입에 붙기 시작한 말이 '삼겹살에 소주 한잔'입니다. IMF 사태 이후 빚어진 경제 침체로, 그 전까지 흥청망청하던 회식 문화는 사라지고 그저 삼겹살에 소주 한잔, 이른바 '삼소'가 유행을 했습니다. 고용 불안으로 인해 '삼소', 직장 해고된 사람들끼리 '삼소', 해고되어 자영업자로 밀려 나온 사람들이 또 만만해서 차린 게 '삼소', 그래서 온 세상이 삼겹살 판이 되었습니다. 안도현 시인이 쓴 단 두 줄짜리 시가 바로 그때 그 풍경을 잘 말해줍니다.

삼겹살에 소주 한잔 없다면
아 이것마저 없다면

이게 시의 전부입니다. 이 시의 제목은 '퇴근길'. 이 시는 제목부터 읽어야 제격입니다. 다시 읽어 볼까요? "퇴근길. 삼겹살에 소주 한잔 없다면." 그다음이 중요해요! "아 이것마저 없다면!" 그래요, 아무것도 없는 겁니다. 퇴근길에 희망이라곤 '삼소' 뿐인 겁니다. 이것마저 없다면 그 시절을 어떻게 버티며 살 수 있겠느냐는 탄식과 원망이 들려오지 않습니까.

우리가 삶을 버티는 데 그렇게 많은 것이 필요하지 않습니다. 사실, '아 이것마저 없다면' 하는 그것 하나만 있어도 의외로 버텨지는 게 삶입니다. 사랑하는 사람, 나를 위로해 주는 가족만 있어도, 아, 그리고 무엇보다도, 희망이 있으면 우리는 버틸 수 있습니다. 비정규직이어도, 아직 취업을 못하거나 심지어 직장을 잃었어도 다시 일어설 수 있게 해주는 힘, 그 희망이 있다면 우리 삶은 견딜 만해집니다. '아 이것마저 없다면' 하며 지켰던, 삼겹살에 소주 한잔만으로도 단군 이래 최대 위기라던 그 환란을 이겨낸 게 우리이지 않습니까.

하지만 위기야 까짓것 극복하면 되니까, 심지어 전보다 더 잘될 수도 있으니까 견딜 수 있지만, 도전할 의지는커녕 꿈꿀 기회조차 주지 못하는 사회는 희망이 없는 고로 버틸 수가 없습니다. 기성세대도 견뎌내느라 고생이 많았지만, 지금 우리 청년세대가 안고 있는 문제들 또한 1997년 외환위기에서 비롯되었다는 것이 중론입니다.

외환위기는 우리 사회의 구조를 바꿔놓았습니다. 신자유주의 경쟁 체제하에서 사회의 모든 부면이 성공은커녕 생존을 위한 무한 경쟁 시스템으로 바뀌었고, 1990년대생들은 이 경쟁 논리를 체화하며 자라나, 쉬지 않고 노력을 했음에도 불구하고 입시와 취업에서 공정한 보상을 받지 못했습니다. 더욱 공고해진 학력주의에 따라 더욱 치열하게 살아왔건만, 열심히 공부하고 노력하면 그만한 보상을 받아온 이전 세대와 달리 고성장의 시대를 지나 저성장의 터널에 들어선 탓에 그런 보답이 불가했던 탓입니다. 그사이 '평생직장'의 개념은 사라지고 그 자리를 '비정규직'이 채우게 된 것이죠.

그래서 지금 우리 젊은이들은 유예하는 청춘들입니다. 취직이 안 돼 졸업을 유예하고, 결혼이 부담스러워 연애를 유예하고, 집을 장만하기 위해 독립을 유예하는 등, 삶을 위해 꿈을 유예하고 사는 청춘인 겁니다. 꿈을 이루기 위해 도전할 의지를 갖기보다 꿈을 접어서라도 안정된 삶을 사는 것이 꿈이 되어버린 세대. 그리하여 도무지 불안정한 세상에서 공무원과 같은 안정된 일자리를 찾지만, 모두가 같은 공무원 자리를 노리기에 공무원이 되기 힘든 불안정에 시달리며 오늘도 공무원 시험을 준비하는 청춘이 되어버린 겁니다.

한 사십 대쯤 되면 비로소 안정된 삶을 누릴 수 있을까요? 현대판 사설시조辭說時調 한 편 읽어보시렵니까?

중과부적 衆寡不敵

조카 학비 몇푼 거드니 아이들 등록금이 빠듯하다.

마을금고 이자는 이쪽 카드로 빌려 내고

이쪽은 저쪽 카드로 돌려 막는다. 막자

시골 노인들 팔순 오고 며칠 지나

관절염으로 장모 입원하신다. 다시

자동차세와 통신요금 내고

은행카드 대출할부금 막고 있는데

오래 고생하던 고모 부고 온다. 문상

마치고 막 들어서자

처남 부도나서 집 넘어갔다고

아내 운다.

'젓가락은 두자루, 펜은 한자루…… 중과부적!*'

이라 적고 마치려는데,

다시 주차공간미확보 과태료 날아오고

치과 다녀온 딸아이가 이를 세개나 빼야 한다며 울상이다.

철렁하여 또 얼마냐 물으니

제가 어떻게 아느냐고 성을 낸다.

＊마루야마 노보루〈루쉰魯迅〉에서 빌려옴

—《어린 당나귀 곁에서》(창비, 2015)

"대천大川 바다 한가운데 일천 석一千石 실은 배에 노櫓도 잃고 닻도 끊고 용총도 걷고 키도 빠지고 바람 불어 물결치고 안개 뒤섞여 잦아진 날에 갈 길은 천리만리 남고 사면이 검어 어둑저 뭇 천지적막 가치노을 떴는데 수적水賊 만난 도사공都沙工의 안" 이 바로 이 시조와 같을 겁니다.

공감이 가시나요? 각자의 형편보다 더할 수도, 덜할 수도 있겠지만, 무슨 느낌인지는 다들 아실 겁니다. 나쁜 일은 깡패처럼 늘 몰려다니기도 하거니와, 실은 세상과의 포커게임은 늘 불리한 법이랍니다. 내가 아무리 이 카드로 저 카드를 돌려막아도 세상에는 나를 괴롭힐 카드가 언제나 더 많습니다. 중과부적衆寡不敵인 것이죠. 이기려야 이길 수가 없습니다.

허영이나 사치를 부린 대가라면 참기라도 하죠. 저 시조 속 사연들 좀 보세요. 어느 하나 나무랄 게 있는지. 오히려 너무 인간적인 탓에 세상을 이길 수 없는 것 아닙니까. 까짓것 조카 학비 난 모른다 하고 두 눈 질끈 감았으면 될 일인데 어찌 그걸 모른 척할까요. 그래서 다 내줄 형편도 못 되어 몇 푼 거든 것뿐인데, 웬걸 그 때문에 정작 내 아이 등록금 낼 돈이 빠듯합니다. 우리 아이 학비 도와줄 삼촌은 왜 없는 겁니까. 마을금고에서 대출한 이잣돈을 다른 카드로 대출해 갚고, 부모님 팔순 생신도 모

1장 밥벌이

셔야 하고, 장모님 입원비도 내야 하고, 각종 세금과 요금을 내는 중에 고생만 하던 고모님께서 돌아가셨다니 부의금 들고 문상 안 갈 수 없고, 그런데 돌아오자마자 처남 부도났다고 아내는 울고, 주차공간 만들 돈 있으면 이런 고생은 하지도 않지 눈치도 없는 과태료는 왜 이럴 때 날아오고, 치과 치료비 걱정에 혼이 달아나려는데 딸아이조차 내게 성만 내고 앉았으니, 점입가경漸入佳境, 설상가상雪上加霜이 이를 두고 나온 말이겠지요.

사오십 대들의 삶이 이렇습니다. 스트라이커 같은 인생은커녕 평생 골키퍼처럼 막기만 하는데, 적들의 파상공세波狀攻勢는 잦아드는 법이 없고 나를 도와줄 수비수는 온데간데없이 보이질 않습니다. 그뿐입니까. 고된 일이야 참을 수 있지만, 그 고된 일이나마 언제까지 주어질지 알 수가 없습니다. 통계에 따르면 40대 직장인 열 명 중 일곱은 고용상태에 불안감을 느끼고, 평균 40.9세가 되면 은퇴를 생각할 때라고 여긴다고 합니다.

인생 이모작이니 삼모작이니 하는 것도 한 번의 기회 다음에 또 두 번째 기회가 있고, 두 번 했다가 안 되면 세 번째 기회가 있다는 의미이면 오죽이나 좋습니까. 하지만 아직은 현실이 그렇질 못하니 어딘가 쓸쓸하게 들리는 것이 사실입니다. 내가 이러려고 이 일을 했던가, 이렇게 되려고 그렇게 애쓰며 살았던가 하고 말이지요.

나도 살고 당신도 살리는 업

　그래서 우리는 일에서 보람을 찾고 보람이 있는 일을 찾습니다. 아무리 밥벌이라 하더라도 그냥 밥만 벌어다주는 것이 아니라 그 일에서 가치를 느끼게 되면 그만큼 행복한 일도 없을 테니까요. 그런데 이상하게도 그런 길일수록 힘이 듭니다. 위험합니다. 더럽습니다. 이른바 흙길입니다. 하지만 모든 꽃길은 그 밑에 흙을 깔고 있다는 것을, 우리는 잊어서는 안 됩니다. 흙길이 아니면 꽃을 피울 수 없습니다. 흙길이 곧 꽃길입니다.

　2019년 강원도 산불 사태 때 불을 향해 몸을 던지던 소방관들의 모습을 우리는 기억합니다. 우리는 감동했고 기꺼이 그들을 영웅이라 불렀습니다. 하지만 그분들은 한결같이 자신에게 주어진 업을 다했을 뿐이라고 답했습니다. 단지 겸사謙辭였을까요? 2011년 소말리아 해적에게 총상을 입은 석해균 선장의 생명을 구한 아주대병원 이국종 교수, 그가 쓴 《골든아워》 서문에는 이런 말이 나옵니다. 자신이 기록한 것은 '업業의 본질을 지키며 살아가고자, 발버둥 치다 깨져나가는 바보 같은 사람들의 처음이자 마지막 흔적'이라고. 자신이 도덕적으로 우월한 존재여서라거나, 각별히 책임감이 강해서가 아니라, 의사라는 직업을 가지고 있는 사람으로서, 이 직업의 본질이 요구하는 것을 지키는 것뿐이며, 그러려면 이렇게 할 수밖에 없다고 그는 우리에게 말해주고 있는 것입니다.

이것은 일찍이 알베르 카뮈의 소설 《페스트》에서 감동적으로 그려진 바 있습니다. 사람들이 죽어나가는 걸 정부는 그저 속수무책으로 바라만 보고 있는 그때, 의사들은 목숨을 걸고 페스트와 맞서 싸웁니다. 의사 리외는 기자에게 이렇게 말합니다.

"이 모든 일은 영웅주의와는 관계가 없습니다. 그것은 단지 성실성의 문제입니다. 아마 비웃음을 자아낼 만한 생각일지도 모르나, 페스트와 싸우는 유일한 방법은 성실성입니다."

리외에게 기자는 다시 묻습니다. 그 성실성이란 게 대체 뭐냐고. 리외는 다시 답합니다.

"내 경우로 말하면, 그것은 자기가 맡은 직분을 완수하는 것이라고 알고 있습니다."

어떠신가요? 정말 현실 같은 소설이고, 소설 같은 현실 아닙니까? 소방관이나 의사만이 아니라 직업을 가진 누구나 이렇게 자기 직업과 직분의 본질을 지키며 사는 세상이 온다면, 우리는 비로소 살 만한 세상, 소설에서나 꿈꾸었던 세상에서 살게 될 것입니다. 모두가 영웅이어서 영웅이 필요 없는 세상일 테니 말이죠. 하지만 아직은 먼 것 같습니다. 더도 덜도 말고 그저 업의 본질을 지킨다는 것이 정말 이렇게 힘든 일일까요?

응급실을 지키는 사람의 이야기입니다.

나는 하루에도 수차례 누워 있는 환자에게 다가가야 한다. 일단 환자 가까이에서 눈빛을 교환하고 나면, 그 환자가 오래 기다린 탓에 힘겨워하고 있다거나, 뒤늦게 나타난 내게 억하심정을 호소하고 싶어 한다는 것을 느낄 수 있다. 그러면 나는 습관처럼 환자에게 다가가 이마에 깊게 푹, 손바닥을 얹는다. 좁은 엘리베이터 안에서의 교수님처럼. 그러면 환자의 이마에서 온기가 느껴지고, 방금까지 다급했던 땀내와 열기가 훅 밀어닥친다. "늦어서 죄송합니다. 어떻게, 무슨 일로 오셨나요?" 그리고 가만히 그의 마음을 느껴본다. 그 사람에게, 같은 사람으로 성큼 다가가는 느낌이다.

— 남궁인,《지독한 하루》(문학동네, 2017) 중에서

응급실에 가본 적 있으시죠? 한창 심할 시간에 가면 아수라장이란 말이 실감이 갑니다. 대기하는 환자와 보호자 들이 자기가 더 죽겠다고, 의사 좀 빨리 부르라고, 왜 저 환자보다 내가 먼저 왔는데 순서가 바뀌었느냐고 난리입니다. 오죽하면 응급실에 왔겠습니까. 이해는 갑니다. 하지만 응급에도 순서가 있는 법이란 것쯤은 웬만한 이성의 소유자면 다 알 터인데, 응급실에만 들어서면 이성을 지키기가 쉽지 않은 모양입니다. 그럴 때 남궁인 교수는 아우성치는 환자에게 다가가 이마에 깊게 푹, 손바닥을 얹는답니다. 놀랍게도, 그러면 아우성치던 환자가 온순해집

니다. 조용해집니다. 누구나 예외 없이 아마도 입을 다물고 눈을 감고 의사에게 이마를 맡길 것입니다. 온기의 힘이 그렇습니다.

이마

허은실

타인의 손에 이마를 맡기고 있을 때
나는 조금 선량해지는 것 같아
너의 양쪽 손으로 이어진
이마와 이마의 아득한 뒤편을
나는 눈을 감고 걸어가보았다

이마의 크기가
손바닥의 크기와 비슷한 이유를
알 것 같았다

가난한 나의 이마가 부끄러워
뺨 대신 이마를 가리고 웃곤 했는데

세밑의 흰 밤이었다
어둡게 앓다가 문득 일어나
벙어리처럼 울었다

내가 오른팔을 이마에 얹고

누워 있었기 때문이었다

단지 그 자세 때문이었다

—《나는 잠깐 설웁다》(문학동네, 2017)

아마 혼자 앓다가 잠든 것 같습니다. 그것도 세밑, 설 전날 말입니다. 너무 아파서 한밤중 홀로 깨어납니다. 서러웠을 겁니다. 어둡게 앓았다고 그는 말합니다. 문득 일어나 혼자 너무 서러워서 소리도 못 내고 울었던 모양입니다. 뭐가 그렇게 또 서러웠을까요. 자기 자세 때문입니다. 자다가 깨어나보니 내가 내 팔을 내 이마에 얹고 누워 있었던 겁니다. 아픈 것만 해도 힘든데 그 고통을 같이 나누거나 간호해줄 이도 없는 고독이 그를 더 서럽게 만들었을 테지요.

열이 나면 가족들이 이마에 손을 얹거나 물수건을 얹어주지 않습니까. 그 서늘함이야말로 내가 고통을 이겨낼 수 있는 온기 아닙니까. 이마는 내 열의 통로입니다. 이마를 통해 우리는 사랑과 긍휼을 나눕니다. 그래서 이마는 참 요만했던 것 같습니다. 딱 손바닥만 한 크기 말입니다.

사람들은 누구나 혼자 사는 고독한 존재입니다. 그래서 실은 직업이라는 형태로 부족한 점들을 서로 메꿔주고 있는지도 모릅니다. 모든 사람에게는 저마다 결핍된 그 무엇이 있을 거예요. 그걸 채워주기 위해서 누구는 재화를, 누구는 용역을 제공하고 교환하는 것 아닐까요. 우리 직업의 본질이란, 이처럼 사람들이 모두 같이 살려고, 나도 살고, 너도 살리려는 데 있는 것 아니겠습니까.

그런데 어느덧 그런 본질들은 다 사라지고 당장에 먹고살아야 하는 지겨운 밥벌이가 되어버린 것이죠. 그렇게 살다 보니까 누구는 취업을 못해서 힘들고, 누구는 그 직업을 유지하느라 힘들어하고, 누구는 유지하지 못해서 힘들어하게 된 것이 아닐까요?

내가 하는 어떤 일로 누군가의 이마를 덮어줄 수 있다면, 그 일이 그 순간 그렇게 지긋지긋하게 느껴지진 않을 겁니다. 우리도 서로의 이마에 손을 내밀고 그 손에 이마를 맡길 수 있는 존재들이 될 수 있다면 얼마나 좋을까요. 그게 우리 모든 업의 본질이 아닐까요.

밥벌이, 그 숭고함에 관하여

'밥벌이의 지겨움'이 던져준 절망의 사이클에서 살짝 벗어날 기미를 느끼게 해준 글을 소개해봅니다. 시인이자 영문학자인 오민석 교수의 칼럼입니다.

분주하게 먹을 것을 실어 나르는 개미 떼, 부산하게 꽃들을 찾아다니는 벌들, 먹고살기 위해 쉼 없이 일하는 사람들의 행위는 모두

"죽음에 저항"하는 삶의 방식이다. 자신도 모르게 몸에 내장된 생명의 신호가 모든 생물로 하여금 먹을 것을 찾아 움직이게 한다. 이 행동을 중단할 때 얼마 지나지 않아 죽음이 찾아오기 때문이다. 그래서 '먹는 행위'에는 본능과 치열함과 슬픔의 냄새가 난다. 정신이 숭고한 고통의 시간을 견디고 있을 때조차도 어김없이 찾아오는 육체의 허기는 우리를 저 높은 곳에서 지상으로 다시 끌어내린다.

— 오민석, 〈잘 살 권리와 사회적 사랑〉, 《중앙일보》 2019년 6월 11일 자

여기까지는 영락없는 절망입니다. 제아무리 고상한 사람인들 지금 배고프면 먹어야 합니다. 안 그러면 죽습니다. 먹는다는 일은 살기 위한 본능이기에, 그래서 매우 치열한 일이지만 좀 서글프기도 합니다. 인간이 뭐 이거밖에 안 되나 싶죠. 개미나 벌과 다를 바가 없습니다. 죽음에 저항하기 위해서는 밥과 밥벌이의 비애에 저항할 수가 없는 겁니다. 그런 현실은 어찌할 수 없습니다. 다만 조금은 다르게 볼 여지는 있습니다.

어느 해 여름, 캠핑장에서 화톳불 앞에 둘러앉아 오순도순 이야기를 나누는 가족을 본 적이 있다. 밤은 점점 깊어가고 새까만 하늘엔 소금밭처럼 별들이 쏟아져 내리는데, 나는 엉뚱하게도 지구 밖 멀리에서 어떤 절대적인 시선이 이것을 내려다보고 있는 상상을 하였다. 생판 모르는 남들이 만나 가족을 꾸리고, '살기 위하여' 열심히 일하고, 먹고, 섹스하고, 자식을 낳고, 늙어가고 병들며, 〈생의 명

령에 따라) 다가오는 죽음에 악착같이 저항하며 살아가는 모습은 얼마나 처연하고 장하며 아름다운가. 캠핑에서 돌아간 후, 그 집의 가장은 천천히 더 늙어갈 것이고, 아이들은 자라 또 다른 가정을 꾸릴 것이며, 그들도 '먹고 사느라' 운명의 마지막 순간이 올 때까지 생명의 명령에 순응할 것이다.

— 오민석, 〈잘 살 권리와 사회적 사랑〉, 《중앙일보》 2019년 6월 11일 자

지구 밖 절대적인 시선에서 우리 인간들을 한번 내려다보는 겁니다. 우리가 스스로를 바라볼 때는 허무하기만 한 몸부림 같았는데, 절대자의 시선에서 보면 우리는 참 처연하면서도 장하고 아름다운 존재들입니다. 생판 모르는 남들과 만나서 가족을 꾸리고, 열심히 일하고, 열심히 먹고, 열심히 섹스하고, 열심히 자식을 낳고, 그러다 늙어가고 병드는 이 모든 생애 과정, 생의 명령에 순종하는 이 존재들의 행위와 자세가 눈물겨운 겁니다.

삼시 세끼 때를 놓치지 아니하며 밥을 먹고, 그 밥벌이를 위해 종일토록 수고하고 땀 흘리는 것. 그것은 지겨운 비애가 아니라 업의 본질을 엄숙하게 지켜가는 저 성스러운 수도승에 비겨야 할 일이 아닐까요. 자신의 소명을 알고 죽을 때까지 서로를 살리려고 밥을 먹여주며, 불을 끄고, 수술을 하고, 이마를 덮어주는 것. 바라건대, 그렇게 사는 우리에게 시와 아름다움과 낭만과 사랑마저 가득하기를.

노동

베짱이의 배짱이 부럽다

　행복한 직장생활을 하는 데 진정으로 중요한 게 뭘까요? 높은 연봉? 원만한 인간관계? 적성에 맞는 업무? 심리학자들이 연구한 결과에 의하면, 건강한 직장생활을 위해 가장 중요한 것은 바로 '워라밸', 곧 일work과 삶life의 균형balance이었습니다. 안타깝게도, 2019년 OECD가 세계 40개 국가 대상으로 워라밸 상태를 조사해 발표한 결과에 따르면 우리나라는 최하위권인 37위. 워라밸 지수를 높이려면 일단 노동시간부터 줄여야 합니다.

　다행히도 노동시간 단축을 위한 법과 제도적 여건은 이제 우리도 마련하였습니다. 하지만 문화적 여건, 즉 여가생활과 개인 관리에 사용하는 시간의 질이 문제가 됩니다. 퇴근 후 우리나라 대다수의 직장인들은 TV 시청이나 인터넷에 시간을 쓰는 것으로 나타납니다. '소확행'이라고는 하지만, 맛집 찾아가서 음식 사진 찍는 게 고작. 사실, 우리는 제대로 쉬는 법을 잘 모릅니다. 쉬는 것에 대해서는 배워본 적도, 개척해본 적도 별로 없기 때문이죠. 쉼도 소비를 통해 구하려고만 하기 때문에 쉬는 것조차 경제적·시간적으로 큰 부담이 되고, 오히려 스트레스가 되기도 합니다.

지금부터 무려 500여 년 전인 1516년, 토마스 모어가 펴낸 《유토피아》란 책에 등장하는 철학자 라파엘 히슬로디는 자신이 항해하다 만난 유토피아 섬 이야기를 전해줍니다. 그 섬의 사람들은 하루 6시간을 일한답니다. 그것도 오전 3시간 일하고, 점심으로 2시간 휴식한 다음, 오후 3시간 일하면 끝. 모든 일은 저녁식사 전에 마칩니다. 잠자는 시간을 빼고 그 외의 시간은 다 자유로운 여가시간인데, 대부분 그 시간을 학문 탐구나 음악 향유 같은 데에 바치는, '저녁이 있는 삶' 정도가 아니라 '문화가 있는 삶'을 사는 것이죠. 라파엘 히슬로디는 말합니다. 모든 시민은 육체노동에 투여하는 시간과 정력을 가능한 한 아끼어 이 시간과 정력을 자유와 정신의 문화를 누리는 데 쓸 수 있도록 하자고, 그것이야말로 삶의 진정한 행복이라고.

워라밸이라더니 여가시간에 웬 학문 탐구냐며 못마땅해하는 분도 계시겠지만, 노동시간에 학문 탐구를 하는 저로서는 진짜 부러운 유토피아가 아닐 수 없습니다. 워라밸의 역사는 이보다도 훨씬 깁니다. 고대 그리스의 이솝우화 〈개미와 베짱이〉를 보세요. 그 우화가 만들어지던 시대는 물론, 우리 어릴 적에 그 우화의 교훈은 '근면' 내지 '유비무환' 같은 것이었습니다. 바로 된 인간이라면 저 개미들처럼 미래의 행복을 위해 절제와 인내, 근면을 실천하는 금욕주의자, 견인주의자가 되어야 하지 않겠느냐는 것이었죠. 여하튼 과거 세대는 어릴 적부터 그러한 삶의 자세를 머리와 몸으로 받아들이며 개미로만 사는 데 익숙했고, 베짱이로 사는 것은 바람직하지도 않을 뿐만 아니라 보통 배짱이 있지 않고는 실천이 불가능하다 여겼습니다.

하지만 뒤집어보면, 저런 우화가 만들어지고 전해 내려왔다는 사실은 그만큼 노동과 여가의 갈등이 오래전부터 존재해왔다는 것을 말해줍니다. 더구나 지금 시대는 베짱이 편이 늘고 있습니다. 인간은 유희적 존재일 뿐만 아니라, 오늘날은 유희적 삶의 실천이 가능할 만한 물적 토대, 물질의 풍요를 이룩한 시대라는 겁니다.

눈물로 소금 벌기

한마디로 오늘날 일어나는 워라밸 요구의 본질은 우리 삶에 쾌락을 허하라는 것으로 요약할 수 있습니다. 그간의 과도한 노동에 비추어보면 그것은 적절하고 또한 정당한 요구입니다. 하지만 어떤 의미에서 이 요구는 소극적입니다. 쉬는 시간보다 상대적으로 많은 노동시간의 행복은 포기한 것으로 간주하고 고작 여가시간만 행복하자는 셈이 되기 때문입니다. 과연 일하는 행복은 바랄 수 없는 일일까요? 그 전에 먼저 인정해야 할 게 있습니다. 그것은 주관으로 극복할 일이 아니라는 점입니다. 자아실현의 의미를 다 상실해버리고 오로지 밥벌이 수단으로만 일을 해야 하는 상황에서 고난과 역경을 극복하는 것은 정말이지 눈물 나는 일입니다. 눈물은 왜 짠가. 소금이기 때문이고 소금이 밥이기 때문입니다.

소금 시

윤성학

로마 병사들은 소금 월급을 받았다
소금을 얻기 위해 한 달을 싸웠고
소금으로 한 달을 살았다

나는 소금 병정
한 달 동안 몸 안의 소금기를 내주고
월급을 받는다
소금 방패를 들고
거친 소금밭에서
넘어지지 않으려 버틴다
소금기를 더 잘 씻어내기 위해
한 달을 절어 있었다

울지 마라

눈물이 너의 몸을 녹일 것이니

─《당랑권 전성시대》(창비, 2006)

언젠가 스칸디나비아 항공을 이용할 때의 일입니다. 조그만 소금 봉지 같은 게 나왔는데 아무리 봐도 소금Salt이란 말이 보이질 않았습니다. 거기에는 단지 이렇게 쓰여 있었습니다. 'The Color of Snow, The Taste of Tears!' 소금이 '눈의 색깔, 눈물의 맛'이라니요. 감동이었습니다. 항공사가 달리 보였습니다. 문학과 문화를 생활화하자고 백날 말만 하면 뭐 합니까. 명품은 이런 디테일에 숨어 있더군요.

동서양을 막론하고 소금은 눈물의 맛입니다. 그냥 눈물의 성분이 짜기 때문에 그런 게 아니고 소금은 눈물 없인 얻을 수 없는 귀한 존재이기 때문에 더욱 그러합니다. 오늘날 우리가 직장인을 샐러리맨이라고 부르는데, 그때 '샐sal'의 라틴어 어원이 바로 소금입니다. 초기 로마 시대에는 소금이 화폐 역할을 했다고 하죠. 그래서 관리나 병사의 봉급도 소금으로 지급했는데 그 봉급을 '살라리움salárium'이라고 불렀고, 소금이 화폐로 대체된 뒤에도 지금껏 그 명칭은 살아남아 급료를 샐러리salary라 부르고 있습니다. 병사를 뜻하는 영어 단어 soldier도 '소금sal을 주다dare'라는 라틴어에서 비롯된 것이죠. 우리도 마찬가지입니다. 오죽하면 '평양감사보다 소금장수'라는 속담이 있었겠습니까.

윤성학 시인의 〈소금 시〉에 따르면, 내 몸이 바로 그런 소금입니다. 먹고살려고 내 몸속의 피와 땀과 눈물을 내줍니다. 귀한 소금을 내주는 겁니다. 그리고 그 대가로 귀한 소금을 받아 그걸로 몸을 만듭니다. 이 처절한 순환. 정말 울고 싶을 지경입니다. 하지만 울면 다 녹아버리는 게 소금입니다. 그러니 울지 말고 버티고 견뎌야 하는 겁니다. 마치 소금을 봉급으로 받던 로마 병사처럼, 우리는 가족과 공동체를 지키기 위해 소금 방패를 들고 싸워 이겨내야 할 소금 병정인 셈입니다.

이런 시를 읽으면 조금 우울해집니다. 일하고 있는 나 자신에 대해 자기 연민도 생기고, 저렇게 싸우고 버티며 돈을 벌어오는 부모님이 측은해지기도 하고, 산다는 건 이렇게 비굴하고 비참한 것인지 비판도 해보게 됩니다. 사는 게 뭐 이러냐고, 내 삶은 다 어디로 갔느냐고, 사는 데 바빠 내 삶, 내 몸뚱이는 소금처럼 다 녹아 사라져버리는 것 아니냐고 말이죠.

그래요, 인간이 일만 하고는 살 수 없습니다. 그건 사는 게 아니지요. 어쩔 수 없이 버티고 살기는 하지만, 버틴다는 게 무조건 미덕은 아닙니다. 실은 우리 뇌도 일하는 쪽보다는 쉬는 쪽에 훨씬 더 최적화되어 있다고 하죠. 쉬고 싶을 때 쉴 수 있다면야 애당초 무슨 문제가 있겠습니까? 아니, 쉬고 싶을 때 쉴 수 있을 만큼 쉬는 시간이 늘어나더라도, 일이 줄어들지 않으면 무슨 소용입니까?

얼마 전 저는 SNS에 농담조로 한 문장짜리 짧은 글을 올렸습니다. "죽어라 일하는데 왜 나는 죽지도 않고 왜 일은 줄지도 않는가?" 많은 이들이 '좋아요'를 누르자 내친김에 그에 대한 답도 올렸습니다. "일은 하면 할수록 늘기 때문"이라고. 갓 취업해서 제대로 일할 줄 모르면 선임들이 격려해줄 때 하는 말이 그것 아닙니까. "괜찮아, 일은 하다 보면 늘어"라고.

아, 정말 일은 늡니다. 하면 할수록 실력이 느는 게 아니라 정말 일은 늘면 늘지 줄어드는 법이 없습니다. 잘하면 잘하는 대로, 못하면 못하는 대로, 줄지 않는 것이 일입니다. 과로로 죽을 판인데, 과로하지 않으면 더 죽을 판으로 일이 넘칩니다. 어쩔 수 없이 과로라도 해서 일을 줄이려는데, 그러면 그새 일은 또 늘어나는 악순환인 겁니다.

세상 모든 헤파이스토스를 위하여

일과 삶이라는 주제는 항상 양면을 다 봐야 하는 어려움이 있습니다. 일이 보람도 있고 그래서 즐거울 때가 있는가 하면, 어떨 때는 내 자아실현과는 무관한 상태에서 힘들게만 여겨지는 모든 이유는 내가 일의 주인인 동시에 노예이기 때문입니다. 그래서 취업 전선에서 헤맬 때는 그토록 간절히 원하던 일이 지금은 오히려 나를 소금처럼 녹이는 것 같습니다. 나를 먹이고 살리기 위해 한 일이었는데 도리어 그 일을 하기 위해 내가 먹고사는 것처럼 여겨집니다.

어렸을 때, 밥을 먹는 이유가 내가 살기 위한 것임을 알게 되었을 때, 저는 소스라치게 놀랐습니다. 그냥 맛있어서 먹고 배가 고파서 먹었는데, 아니, 그게 에너지라는 거예요. 그걸 인정하려니까 갑자기 내가 기관차가 되고 저 밥이 석탄처럼 보이는 겁니다. 그건 마치 영화 〈매트릭스〉(1999)의 네오가 눈을 뜨는 느낌이었어요. 내가 생산자이고 주체이고 그래서 일에서 보람을 찾는 것도 진실일 것 같지만, 어쩌면 매트릭스에 갇혀서 그 매트릭스를 움직이는 에너지원으로 살고 있는 건 아닐까? 밥이 석탄이라는 사실을 깨닫게 되어 내가 밥을 안 먹는 사태를 막기 위해 뇌와 유전자를 통해 맛이라는 것을 공급해 주고 있는 것은 아닐까? 그래야 매트릭스 같은 이 사회가 돌아갈 테니 말입니다.

하지만 힘든 노동에서도 인간은 숭고한 의미를 찾을 수 있습니다. 원래 인간은 기쁘고 즐겁게 노동을 해온 존재들입니다.

목수일 하면서는 즐거웠다

송경동

보슬비 오는 날
일하기엔 꿉꿉하지만 제끼기엔 아까운 날
한 공수 챙기러 공사장에 오른 사람들

1장 밥벌이

딱딱딱 소리는 못질 소리

철그렁 소리는 형틀 바라시 소리

2인치 대못머리는 두 번에 박아야 하고

3인치 대못머리는 네 번에 박아야

답이 나오는 생활

손으로 일하지 않는 네가

머릿속에 쌓고 있는 세상은

얼마나 허술한 것이냐고

한뜸 한뜸 손으로 쌓아가지 않은

어떤 높은 물질이 있느냐고

물렁해진 내 머리를

땅땅땅 치는 소리

　　　　　　　　　　─《사소한 물음들에 답함》(창비, 2009)

　목수일 아무나 하는 거 아닙니다. 2인치 대못머리는 두 번, 3인치짜리는 네 번에 딱딱 박아줘야 합니다. 이런 육체노동은 정직합니다. 허투루 하면 답이 나오질 않고 금세 표가 나게 마련이니까요. 성실한 노동의 대가代價는 바로 응답합니다. 노동의 결과가 곧장 물질의 변화로 나타나 내 눈앞에 떡하니 보이기 때문입니다. 그러기에 레고로 성을 쌓은 아이처럼 목수는 즐거워하는 것입니다. 손으로 일하지 않는 정신노동을 폄하하는 것이 아닙니다. 다만 한 뜸 한 뜸 쌓아올리는 목수에 비해서는 허술한 것 아니냐고, 목수의 망치 소리가 경종警鐘처럼 들린다고 시인은 말할 따름입니다.

정직한 노동의 본질은 창조의 기쁨과 상통합니다. 사랑하는 자녀를 위해 직접 책상을 만드는 부모의 노동을 생각해 보세요. 절대 대충 할 리가 없습니다. 힘들어도 즐겁고 신나게 일할 것입니다. 아니, 오버할 겁니다. "됐어요. 이제 그만하세요"라는 말을 들을수록 더 신이 나서 "아냐, 아냐. 여기가 좀 더 반들반들해야 돼. 그래야 손을 안 다치지"하면서, 백 번 할 사포질이라면 천 번은 할 겁니다. 농사일도 마찬가지. 씨를 뿌리고 식물의 생장과 결실을 돕는 창조의 즐거움과 더불어, 그 풍성한 수확을 가족 및 이웃과 함께하는 나눔의 보람을 위해 일 년 내내 수고를 마다하지 않았던 겁니다. 노동이란 원래 그런 것이었습니다.

하지만 잘 아시는 대로 이른바 노동의 소외가 벌어지면서 노동은 고통이 되어버리고 말았습니다. 기쁨과 보람을 주었던 노동의 과정과 생산물, 나아가 인간관계로부터 소외되면서, 인류에게 노동은 그저 삶의 물질적 기반을 충족시켜주기 위한, 쉽게 말해 생계유지의 수단으로만 자리 잡게 된 것이죠. 특히 자본주의 시대의 기술적 분업으로 인해 지난날 모든 생산과정을 도맡았던 장인 노동匠人勞動은 사라지고 인간 노동의 가치는 하락하고 말았습니다. 컨베이어 벨트 앞에 선 미숙련 노동자, 영화 〈모던 타임스〉(1936)의 찰리 채플린을 생각해 보면 됩니다. 노동자의 창의성과 욕망은 억압된 채, 인간은 기계의 원활한 운행을 돕는 기계보다 못한 존재로 전락하고 만 것입니다. 물론 포스트-포디즘Post-Fordism이 등장한 지도 꽤 오랜 세월이 지났지만, 인공지능과 로봇 시대의 도래를 앞둔 지금부터는 근본적인 변화를 꿈꾸어야 하지 않을까요.

저는 그런 점에 주목해 리처드 세넷의 《장인─현대문명이 잃어버린 생각하는 손》을 읽었습니다. 이 책에서 그는 고대 그리스 시대의 도공陶工, 로마 제국 시대의 이름 없는 벽돌공, 중세 시대 성당을 짓던 석공, 르네상스 시대의 예술가는 물론이거니와, 오늘날의 건축가, 의사, 심지어 프로그래머까지 장인匠人으로 간주하여 분석하고 있습니다. 도자기를 만들고 대리석을 깎던 고대 장인들의 눈물겨운 노고 덕에 우리가 저 찬란한 문화와 예술을 지금도 이렇게 누리고 있다는 생각을 하면 저는 늘 절로 감사한 마음이 듭니다.

장인들은 문제를 해결하기 위해 창조적인 고뇌와 수고를 조금도 아끼지 않습니다. 그들은 노동의 과정과 결과로부터 소외되기는커녕, 온전한 자기 몫으로서 노동에 몰입하며 자신을 단련하고 끝내 얻어진 성취물 앞에서 스스로도 전율을 느꼈을 것입니다.

그것은 매트릭스가 만들어낸 가짜 기쁨이 아닙니다. 어리석은 것도 아닙니다. 어쩌면 그것은 노동의 본질 또는 인간의 원초적인 정체성과 관련된 것일지 모릅니다. 사람들은 힘든 퍼즐을 애써서 맞추고, 복잡하기 짝이 없는 조립 완구를 완성해놓고 마냥 행복해합니다. 그냥 충분히 먹을 만한데도 거기에 갖은 양념을 더하며 정성을 다한 끝에 비로소 마음에 드는 음식을 내놓고 흐뭇해합니다. 원인도 잘 모를 고장이 난 차나, 이유도 알 수 없이 병든 환자를 고쳐서 움직이게 했을 때 뿌듯하기 이를 데 없습니다.

그래서 리처드 세넷은 저작권 독점 없이 누구나 학습하고 수정 및 배포할 수 있는 소프트웨어 개발에 참여하는 리눅스 프로그래머에게서도 장인의 모습을 발견합니다. 다시 말해, 별다른 보상 없이도 일 자체에서 깊은 보람을 느끼고 완벽주의자처럼 세심하고 까다롭게 일하는 인간, 즉 우리 안에 잊힌 장인의 원초적 정체성을 오늘날에도 복원해야 한다고 그는 요청하고 있는 것입니다.

그러기에 그는 다리에 장애를 갖고 추남으로 태어난 대장간의 신, 헤파이스토스를 문명의 개척자이자 장인으로서 높이 찬양합니다. "굽은 발로 절룩거릴지라도 그 자신이 아니라 자기 일을 자랑스러워하는 헤파이스토스. 우리 자신에게서 발견할 수 있는 가장 존엄한 인간의 모습이 바로 그일 것이다"라고 말입니다.

직업이 꿈이런가

인간은 일을 통해 생계를 해결하고 존엄한 존재가 됩니다. 영화 〈죽은 시인의 사회〉(1989)에 나오는 키팅 선생이 "의술, 법률, 사업, 기술, 이 모두가 고귀한 일이고 생을 유지하는 데 필요한 일이지만, 시, 아름다움, 낭만, 사랑, 이런 것이야말로 우리가 살아가는 목적"이라는 대사를 즐겨 하는 까닭이 거기에 있습니다. 이런 말이 젊어서는 귀에 잘 안 들어오거든요. 당장 눈앞의 목표는 의사가 되고 변호사 시험에 합격하고 취업이나 창업을 하는 것이니까요.

그런데, 지금 당장엔 그렇게 중요하게 보이는 의술, 법률, 사업, 기술 따위야말로 생의 목적은 아니랍니다. 되기가 힘들어서 그렇지, 의사든 변호사든, 취업이든 창업이든, 빠르면 이십 대, 늦어도 삼십 대에는 이루어지든가, 아니면 영영 내 인생과는 인연이 없는 것으로 판명되지 않습니까. 그렇다면, 인생의 목표가 젊은 날 그렇게 일찍 이루어지거나 혹은 그렇게 일찍부터 목표 달성을 포기해야 한다면, 남은 생 동안의 긴 시간은 도대체 무얼 하며 살아야 하는 겁니까.

우리의 꿈은 명사가 아니라 형용사이어야 할지 모릅니다. 우리는 누구나 '무엇인가'가 되고 싶어 합니다. 그 무엇은 명사겠지요. 의사, 교사, 공무원, 회사원 같은 것들 말입니다. 그런데 그런 것들, 가령 명사 '교사'는 정말 이삼십 대 안에 되든지 안 되든지가 결정이 납니다. 하지만 가령 형용사 '존경스러운' 교사는 정년까지도, 아니 평생토록 이루기 힘듭니다. 생의 목표는 그런 게 되어야 하지 않을는지요. 어쩌면 '존경스러운' 사람이 되는 게 내 인생의 꿈이고, '교사'나 '의사' 따위는 그 꿈을 이루기 위한 수단들일지도 모릅니다. '의사'가 되었어도 환자나 주변으로부터 평생 존경을 얻지 못했다면 그 인생을 어찌 성공한 인생이라 하겠습니까? 그런 의미에서라면 시 같은, 아름다운, 낭만적인, 사랑이 넘치는 삶을 사는 것이야말로 우리 인생의 목표여야 하지 않을까요?

제가 이런 강의를 하다 보면 가끔은 부작용도 생기고는 합니다. 몇 해 전의 일입니다. 그때만 해도 학기 말이면 훌륭한 리포트를 낸 친구들 대여섯 명을 골라다가 한 사람씩 연구실로 불러서 환담을 나누는 시간을 갖곤 했습니다. 200명 가까운 수강생 가운데 그 학기에 가장 뛰어난 글을 쓴 친구는 공대 건축학과 4학년 남학생이었습니다. 가까이서 보니 심지어 잘생기기까지 했습니다. 원두커피를 정성껏 내려주며 문학적 재능이 뛰어나 보인다고 칭찬을 아끼지 않았습니다. 그러자 그 친구가 이러는 거예요. 그렇잖아도 자기 꿈이 문학에 있었노라고.

그럴 때면 가슴이 섬뜩해집니다. 남의 집 귀한 자식이 졸업을 앞두고 교양 강의 하나 잘못 듣는 바람에 멀쩡한 건축사의 길을 버릴 생각을 하다니요. 그래서 그 친구의 손을 덥석 잡고 이렇게 답해줬습니다. "꿈은, 간직하는 거야!"라고. 그리고 덧붙였습니다. "자네 내 말을 오해했군. 내가 의술, 법률, 사업, 기술 그 만두고 시, 아름다움, 낭만, 사랑 찾으라고 하지 않았네. 그것들 도 다 고귀하고 필요한 일이라니깐! 다만 무슨 일을 하든 시를 잊지 말라는 것뿐일세." 제 속을 알아차렸다는 듯이 그 친구는 하얀 미소를 보냈습니다. 그러나 끝내 제 말을 듣지는 않았고, 그리하여 지금 그는 우리나라에서 아주 훌륭한 그림동화 작가 가 되어 있습니다. 시인이 된 것이죠. 아마도 그는 행복할 것입 니다. 그를 바라보는 저도 무척 행복합니다.

시인이 꼭 직업이어야 할 필요는 없습니다. "당신의 직업이 뭡니까?"를 영어로는 "What do you do for your living?"이라고 도 한다던데, 이 물음에 시를 써서 먹고산다 답할 사람은 거의 없을 테니까 말이지요. 하지만 시만 써서 먹고살 수는 없어도 평 생의 직분처럼 여기고 시를 써 온 시인은 많습니다.

모일某日

박목월

〈시인詩人〉이라는 말은

내 성명姓名에 늘 붙는 관사冠詞.

이 낡은 모자帽子를 쓰고

나는

비오는 거리로 헤매였다.

이것은 전신全身을 가리기에는

너무나 어줍잖은 것

또한 나만 쳐다보는

어린 것들을 덮기에도

너무나 어처구니 없는 것.

허나, 인간人間이

평생 마른옷만 입을가부냐.

다만 두발頭髮이 젖지않는

그것만으로

나는 고맙고 눈물겹다.

—《박목월 시전집》(민음사, 2003)

제목을 모일某日이라 했으니 무슨 특별한 일이 벌어지거나 기억할 날이 아닌 모양입니다. 그날이 그날 같던, 그저 평범한 어느 날, 문득 시상이 떠오른 겁니다. 시를 쓰는 존재, 바로 자신에 관해서 말이지요. 난 누구인가. 시인이지. 그래, 내가 시인이지. 늘 '시인 박목월' 이렇게 불렸을 테니까요. 그래서 목월은 '시인'이라는 말이 박목월이라는 고유명사 앞에 늘 붙어 다니는 관사冠詞 같다고 여겨진 모양입니다. 이때 관사의 '관冠'이라는 한자는 '갓'을 뜻합니다. 그러니까 목월은 한평생 '시인'이라는 갓을 쓰고 살아온 셈이지요.

비 오는 거리, 고달픈 인생길을 헤매는 동안 그는 고작 그 낡은 갓 하나에 의지하여 버텨왔습니다. 허나 제 몸 하나 가리기에도 어쭙잖고, 어린 자식들 덮기에는 어처구니없이 모자라는 게 바로 그 볼품없이 낡은 갓, 시인이라는 신분 아니었겠습니까. 적어도 우산 하나쯤은 있어야 제 몸도 건사하고 처자식도 잘 돌보며 살았을 텐데 그럴 수가 없었습니다. 허나 인간이 평생 마른 옷만 입을까 보냐. 생각이 여기 미치매, 시인 박목월은 딱 갓이 가려줄 만한 넓이, 그 덕에 머리칼이 젖지 않은 것만으로도 눈물겹게 감사한다고 고백합니다. 이것이 시인의 겸손입니다.

하지만 어쩌면 시인이라는 갓을 썼기 때문에 차마 진 데를 디디지 않았다는 자존의 뜻도 될 것입니다. 혹은 큼지막한 우산 덕에 평생 마른 옷 입고 식구들 건사했어도 그 우산을 장만하기 위해 정작 두발은 더럽혀야만 하는 삶에 대한 경계의 뜻도 들어 있을지 모릅니다. 그러니 우리가 이 시에서 갓 쓴 선비 상을 떠올리는 것이 무리가 아닙니다. 그에게 시인은 명사가 아니라 '시인답다'는 형용사의 의미가 아니었을까요. 시인답게 사는 박목월, 그것이 그의 지표가 아니었을까요. 아름다움과 낭만과 사랑을 추구하는, 그 자체가 형용사인 시인이라는 신분말입니다. 그 신분을 지키기 위해 별다른 보상 없이도 일 자체에서 깊은 보람을 느끼고 완벽주의자처럼 세심하고 까다롭게 언어를 다루는 언어의 장인, 목월은 언어의 헤파이스토스입니다.

일도 인생, 삶도 인생

　박목월 못지않은 천상 시인 중 한 사람, 갓 대신 벙거지 모자를 늘 머리 위에 얹고 다녔던 한 시인, 가난과 병고에 시달리면서도 평생 시와 클래식 음악과 소주를 벗하며 살았던 또 하나의 헤파이스토스, 김종삼의 시를 소개합니다.

　누군가 나에게 물었다

김종삼

누군가 나에게 물었다. 시가 뭐냐고

나는 시인이 못됨으로 잘 모른다고 대답하였다.

무교동과 종로와 명동과 남산과

서울역 앞을 걸었다.

저물녘 남대문 시장 안에서

빈대떡을 먹을 때 생각나고 있었다.

그런 사람들이

엄청난 고생 되어도

순하고 명랑하고 맘 좋고 인정이

있으므로 슬기롭게 사는 사람들이

그런 사람들이

이 세상에서 알파이고

고귀한 인류이고

영원한 광명이고

다름아닌 시인이라고.

—《누군가 나에게 물었다》(민음사, 1982)

아, 김종삼! 그의 시가 주는 긴장과 완화, 먹먹함과 평화, 들려주는 음성音聲과 들어야 하는 배음背音 사이에서 저는 종종 어찌할 바를 몰랐습니다. 평소의 그는 자기 시에서 군말을 허용하지 않고, 언어와 이미지의 정수만을 뽑아내던, 아주 엄격한 장인이었습니다. 그런데 그가 유독 이 시에서만은 아주 평이하고 늘어진 태도를 보입니다. 솔직히 이 시는 별로 마음에 안 들었습니다. 그러다 다시 읽었습니다.

이 시에서 그는 자신이 시인이 못 된다고 답합니다. 겸손도 너스레도 아닙니다. 그는 곧잘 나같이 인간도 덜 된 놈이 무슨 시인이냐고, 그냥 건달이라고 자조하곤 했습니다. 시와 음악과 술을 찾아 보헤미안처럼 살았으니까요. 철저하게 무능하게 살았으니까요. 시로 먹고살기는커녕 시 때문에 평생 밥벌이도 제대로 하지 못했으니까요.

그러나 그는 자작시 〈제작製作〉에서 이렇게 말합니다. "그렇다 / 비시非詩일지라도 나의 직장職場은 시詩이다"라고. 그렇습니다. 그는 시라는 직장에 다니는 사람이었습니다. 비록 자신이 생각하기에 좋은 시를 못 쓰고, 어쩌면 시 아닌 비시만 썼을지라도, 시라는 업의 본질에 평생을 매달린 자인 것입니다.

그러기에 그는 남대문 시장에서 빈대떡을 먹던 모일某日, 깨달음을 얻습니다. 언어의 조탁을 하는 장인만이 시인이 아니라는 겁니다. 어쩌면 시인은 특별한 신분이 아니라는 말을 김종삼이 이 시를 통해 대신해 주고 있는 것만 같습니다. 시인이 되기 위해 굳이 시를 쓰지 않아도 좋다고 이 시인은 말합니다. 삶이 시적인 사람이야말로 시인이라고. 아니, 시를 아무리 잘 쓰는 시인이라 하더라도 그가 고귀한 인류에 해당하지 않고, 영원한 광명을 좇지 아니한다면, 아마도 김종삼은 동업자의 명단에서 그를 내칠 것입니다. 그러니 삶을 시처럼 사는 시장의 시인들을 두고 언어의 조탁이니, 날카로운 이미지니 하는 것들을 구사한다면 이 시는 내용과 형식의 파국을 맞이할 운명이었던 겁니다. 그래서 김종삼은 이 시만은 이렇게 쓴 거라고 저는 믿습니다. 다시 읽으니 다시 보인 그의 마음, 세상에 이런 장인의 마음이 또 있겠습니까.

그래서 이런 시인들을 만나다 보면, 워라밸도 다 엄살처럼 들리니 큰일입니다. "사느냐, 죽느냐, 그것이 문제로다To be, or not to be, that is the question."라는 햄릿의 대사처럼, 워라밸은 일이냐 삶이냐 하는 선택적 질문처럼 들립니다. 일도 행복하고 삶도 행복하면 더할 나위 없습니다. 일부터 행복하게 만들 수만 있다면 워라밸 문제도 그리 심각하지 않을 수 있겠건만, 그게 생각만큼 쉽지가 않습니다. 워라밸을 위해 일을 좀 내려놓고 삶의 질을 높이

자는 문제만 해도 단순하지가 않으니 말입니다.

일을 줄이면 삶의 질 높이기가 더 힘들어지지 않을까 하는 두려움도 있습니다. 그래서 노동시간을 줄이는 것을 개인의 자유 선택이나 의지에만 맡기지 말고 사회가 제도적으로 룰을 만들고 지켜줘야 합니다. 진정한 삶의 질 추구를 위해서는 개인의 각별한 노력도 요구됩니다. 자칫하면, 늘어난 여가시간에 또 다른 형태의 자본의 노예가 되어 내 삶이 아닌 다른 삶을 살게 될지도 모릅니다.

문제는 그 둘 간의 조화와 균형을 생각하지 않고 우리 인생을 일과 삶의 대립으로 간주하는 데 있습니다. 모든 것은 인생을 잘 살기 위한 것, 어차피 일도 인생이고 삶도 인생임을 잊어서는 안 됩니다. 인생을 사랑하는 자는 그 둘 중 어느 하나도 놓치지 않으며 편애하지도 않을 것입니다.

2장

돌봄

아이를 키우며 자란 건 다름 아닌 나였습니다.
그러는 사이 부모님은 내가 돌보지 않으면 안 될 만큼 늙어버렸네요.
인생은 그렇게 돌봄을 주고 돌봄을 받는 것이 아닐는지요.

아
이

너를 돌보며 내가 자랐단다

엄마가 딸에게, 딸이 엄마에게

〈톡투유〉라는 TV 프로그램을 녹화할 때였습니다. 그날 저와 함께한 패널은 그룹 소녀시대 유리와 가수 폴킴이었고, 게스트는 가수 양희은이었습니다. 늘 하던 대로 방청객과 함께 이야기와 시를 나누고 나서, 녹화 마무리 단계에 이르러 양희은과 폴킴만 무대에 남고, 저와 유리는 객석으로 내려와 숨죽이며 기다리고 있었습니다. 원로급의 대가수 옆에, 당시에는 신인이나 다름없던 폴킴이 마치 모자母子처럼 나란히 앉아 듀엣곡을 들려주었습니다. 그런데 절반도 지나지 않았는데 제 곁에 있던 유리가 펑펑 울기 시작했습니다. 실은 그때까지 저도 코끝이 시큰하게 올라오는 걸 꾹 참고 있었는데 말이죠. 결국 이 객석의 부녀父女마저 두 눈이 벌게지고 말았습니다. 부모와 자식을 모두 울려버린 노래, 양희은의 〈엄마가 딸에게〉(양희은·김창기 작사, 김창기 작곡)였습니다.

난 잠시 눈을 붙인 줄만 알았는데 벌써 늙어 있었고.

넌 항상 어린 아이일 줄만 알았는데 벌써 어른이 다 되었고.

정말 그렇습니다. 그저 눈 몇 번 붙였다가 떴더니 어른이라는 겁니다. 물론 나이 들면 나도 모르게 어른스러워지는 점도 있겠지만, 속마음을 들여다보면 영락없는 철부지 같고, 아니 그대로 철부지였으면 하는 바람도 여전한데, 어른이라니까 어른스럽게 처신해야지 할 뿐, 딱히 내가 어른답다는 자신은 없습니다. 그러면서도 나이는 자기만 드는 줄 알죠. 후배나 제자 나이를 물을 때마다 놀라지 않을 때가 없을 정도인데, 그러니 자식은 오죽하겠습니까. 늘 아이인 줄만 알았는데, 한 번 눈 떠보니 사춘기, 또 한 번 눈 떠보니 어른입니다.

난 삶에 대해 아직도 잘 모르기에 너에게 해 줄 말이 없지만,

네가 좀 더 행복해지기를 원하는 마음에

내 가슴속을 뒤져 할 말을 찾지.

나이만 들었지, 우리 부모들 역시 아직도 삶이 뭔지 잘 모릅니다. 그러면 입 다물고 잔소리, 꼰대소리 하지 말아야 하겠지요. 그런데 그럼 남이게요? 거저 나이 드는 법은 없다고 했으니,

아이가 행복해지는 데에 조금이라도 도움이 됐으면 하는 마음에 겨우 겨우 할 말을 찾아보는 것입니다. 그런데 그럼 좀 멋진 말이 나와야 하는데 아무리 뒤져봐도 수준이 고작 이렇습니다.

공부해라. 아냐, 그건 너무 교과서야.

성실해라. 나도 그렇지 못했잖아.

사랑해라. 아냐, 그건 너무 어려워.

너의 삶을 살아라!

공부해라, 성실해라, 사랑해라. 마땅히 부모로서 해야 할 말입니다. 하지만 먼 훗날 자녀에게 "내가 한 말 중 가장 기억에 남는 게 뭐니?", "내가 너에게 제일 많이 한 말이 뭐니?"라고 물었을 때, '공부하라'는 말이었다는 답을 듣게 된다면 얼마나 부끄럽고 속상할까요. 아무리 너를 위해서 한 말이라 해도, 네가 오죽 공부를 안 했으면 그랬겠냐고 변명을 해봐도, 부모로서 참 면이 안 서는 일이 아닐까요. 자녀가 행복하길 바라는 마음에 가슴속까지 뒤져가면서 찾은 말이 고작 그래서야 쓰겠습니까.

한데, 그러고 보니 막상 할 말이 하나도 없는 것 같아집니다. 되돌아보면 저도 그 나이 땐 부모님이 아무리 좋은 말을 해줘도 귀에 들어오지 않았던 것 같습니다. 아니, 또 어떤 이는 부모님 말씀대로 살아서 그 바람에 오히려 내 삶이 이 모양이라며 불평할 수도 있을 겁니다. 그래서 아무리 가슴속을 뒤져봐도 이 말

저 말 다 뻔해 보이고, 다 잔소리처럼 들리고, 내가 다음 세대의 삶에 대해 뭘 안다고, 그들이 어련히 알아서 잘 살까 싶은 마음에 그만 할 말이 없어지는 겁니다. 이제야 깨닫게 되다니, 노래 속 부모는 모든 말 접고 딱 이 한 마디, 자식의 편에서 자식을 믿으며 어렵게, 그러나 간절히, 건네보는 겁니다. 너의 삶을 살라고.

사실 이 노래는 엄마와 딸이 주고받는 형식으로 되어 있지만 시간적 선후 관계로 볼 수는 없습니다. 순차적이라기보다는 병치로 봐야지요. 마치 드라마에서 화면을 반으로 갈라 서로 다른 입장의 인물이 등장하는 장면처럼, 이 노래의 엄마와 딸은 서로가 평행선을 달리고 있는 것으로 보아야 합니다. 상상하건대 이 노래 속 엄마와 딸은 대화가 원만하게 이루어지지는 않는 상황입니다. 대화를 하면 서로 상처만 주고받기 때문이죠. 진심은 이런 게 아닌데 대화만 하면 이상하게 오해받고 오해를 하게 됩니다. 하지만 노래를 듣고 있는 우리는 양쪽의 진실을 알 수 있죠. 드라마의 방백처럼 우리는 엄마와 딸 각자의 솔직한 생각을 엿듣는 셈이니까요. 사실은 엄마와 딸이 얼마나 서로를 생각하고 있는지, 각자 얼마나 힘들어하고 있는지를 말입니다.

현실에서도 그렇게 소통이 되면 오죽 좋겠습니까. 하지만 드라마 속 등장인물이 정작 자신들의 진실을 알지 못하고 시청자만이 그들의 진실을 알고 있는 것처럼, 막상 내가 저 엄마와 딸

자리에 서게 되면 이해와 공감에서 멀어지게 되는 것입니다. 노래가 진행될수록 우리는 그 모녀의 모습에 동화되어 가슴이 답답해져옵니다. 답답한 가슴을 안고, 그래, 그랬구나, 그렇지, 고개를 끄덕이다가, 좀 더 좋은 엄마가 되지 못했던 것에 용서를 구하는 엄마에게, 딸아이가 엄마처럼 좋은 엄마가 되는 게 내 꿈이라고 외치는 그 마지막 순간, 참고 참았던 눈물이 터져 나오고 맙니다.

자식에게서 "엄마, 참 좋은 엄마였어"라는 말을 듣는 것처럼 복된 일이 있을까요? 사실 이런 주제가 나오면 저는 아직도 마음이 아려옵니다. 생이 얼마 남지 않은 아버지께 어떤 말씀을 드려야 제일 좋아하실까, 병실 침상 곁에서 내내 고민했던 기억 때문입니다. 자식한테 해줄 말만 찾기 힘든 게 아니었습니다. "아버지, 고마워요." 그건 너무 뻔한 것 같았습니다. "아버지 사랑해요." 그것도 뭐 자주는 아니어도 적잖이 해드린 말. 근데 가슴속을 뒤져보니 정작 제가 아버지께 못했던 말이 있더군요.

그래서 입술에 힘을 주어, 머잖아 헤어지게 될 아버지께 비로소 말했습니다. "아버지, 존경합니다." 그 말을 하고서 제가 더 울었습니다. 펑펑 울었습니다. 제가 아버지를 존경하고 있었다는 걸, 그때 가슴 깊이 깨달았고, 진작 이런 말씀을 드리지 못한 걸 후회하고 또 후회했습니다.

그럼에도 불구하고 제가 뻔뻔하게 살 수 있는 것은 저 또한 자녀의 아비로서 부모의 마음을 제법 잘 이해하고 있기 때문입니다. 그 마음은 이런 겁니다. "괜찮아, 몰라줘도 돼. 네가 슬퍼하는 걸 보니 애비로서 내가 그리 잘못 산 것 같진 않아 그것으로 족하단다. 자책하거나 미안해하지도 마렴. 네가 기억 못 하는 게 있어. 갓난아기 적 네가 지어주던 미소에 내가 얼마나 행복해했는지 아니? 천사처럼 잠자는 너의 모습을 보며, 뒤집고, 걷고, 옹알이하고, 말하고, 애교 부리는 너의 성장을 지켜보며 내 인생이 얼마나 달라졌는지 아니? 내 덕에 네가 산 것만 아니라, 실은 네 덕에 내가 열심히 살 수 있었단다."

잉태의 축복, 육아의 고통

자녀를 위해 부모가 존재하는 것 같지만, 어쩌면 부모를 위해 자녀가 존재하는 건지도 모릅니다. 평생 부모에게 줄 행복을 자녀는 어린 시절에 이미 다 준 셈이고, 부모가 남은 생애 그 빚을 갚는 것이라고 볼 수도 있지 않을까요. 물론 이렇게만 말하면 부모들은 억울할 겁니다. 어마어마한 희생을 치렀으니까요. 엄청난 시간과 노고와 근심과 걱정, 그리고 자본을 들이지 않았습니까. 대부분은 아마도 과잉투자라 여길지도 모릅니다. 적정한 시점에서, 가령 사춘기쯤 해서, 손절매損切賣를 했어야 옳았을지도 모릅니다. 그런 생각이 들 때면, 자녀가 태어났을 때, 아니 뱃속에 들어왔을 때로 돌아가봐야 합니다. 우리가 그 아이를 얼마나 간절히 원하고 기다렸는지 말입니다.

입춘

김선우

아이를 갖고 싶어

새로이 숨쉬는 법을 배워가는

바다풀 같은 어린 생명을 위해

숨을 나누어갖는

둥근 배를 갖고 싶어

내 몸속에 자라는 또 한 생명을 위해

밥과 국물을 나누어먹고

넘치지 않을 만큼 쉬며

말을 나누고

말로 다 못하면 몸으로 나누면서

속살 하얀 자갈들

두런두런 몸 부대끼며 자라는 마을 입구

우물 속 어룽지는 별빛을 모아

치마폭에 감싸안는 태몽의 한낮이면

아이

먼 들판 지천으로 퍼지는

애기똥풀 냄새

— 《내 혀가 입 속에 갇혀 있길 거부한다면》(창비, 2000)

입춘이 되면 집 대문이나 기둥 등에 입춘대길立春大吉 건양다
경建陽多慶 같은 입춘서立春書를 붙이곤 하지요. 인간사에 길하고
경사스러운 일이 어디 한둘이겠습니까만, 한데 이 시의 화자는
그 가운데서도 회임懷妊을 원하고 있습니다. 입춘은 생명력이 충
일해지기 시작하는 절기이니만큼 꽤 자연스러운 소망이라 여겨
지긴 합니다만, 아무래도 다소 관념적이거나 심지어 느닷없어
뵌다 싶을 때쯤 저 마지막에 등장하는 시구가 시상을 단숨에 정
리해줍니다. 먼 들판 지천으로 퍼지는 애기똥풀 냄새. 그래야 정
말 자연스럽지 않습니까. 애기똥풀 냄새에 취해 잉태를 꿈꾼다
는 겁니다.

애기똥풀! 서양에서는 그 꽃말을 '엄마의 사랑과 정성'이라
고 한답니다. 눈을 뜨지 못하는 아기제비의 눈을 어미제비가 애
기똥풀 줄기로 씻어주었다는 고대 그리스 신화에서 비롯되었다
고 합니다. 그런가 하면, 우리나라 지역 설화의 하나로 애기똥풀
이야기도 있습니다. 선녀가 하늘의 법도를 어기고 낳은 아이를
마침 비슷한 시기에 아이를 낳은 어느 집 대문 앞에 두고 하늘로
올라갑니다. 백일이 지난 뒤 선녀가 아이를 다시 데려갔는데, 그
아이가 사라진 자리에 노란 꽃이 피어났다는 내용입니다. 아닌

게 아니라 애기똥풀은 노란 피를 지니고 있어서 가지를 꺾으면 꼭 애기 똥색을 닮은 노란 즙이 흘러나오죠.

그런 배경을 염두에 두고 〈입춘〉을 다시 읽으면 임신은 인간이라는 자연물의 자연스러운 일이고, 욕망이고 권리라는 생각을 새삼스레 하게 됩니다. 굴레고 고통이고 책무이기 이전에 그것은 '우물 속 어룽지는 별빛을 모아 치마폭에 감싸안는' 태몽, 곧 꿈이고 소망인 것입니다. 물론 힘들죠. 하지만 어린 생명을 위해 숨을 나누어 갖는 둥근 배를 갖게 되길 그녀는 원합니다. 내 몸 속에 새 생명을 들이는 일, 그러기에 그보다 더 길하고 경사스러운 일은 따로 없을 것입니다.

잉태를 꿈꾸고 기다리며, 임신하고도 열 달을 또 꿈꾸고 기다리며, 아이들은 다 그렇게 우리에게 다가왔습니다. 상급賞給처럼 주어졌습니다. 기쁩니다. 행복합니다. 아이를 보면 모든 것을 다 가진 것 같습니다. 문제는 그다음. 그런데 육아는?

여성의 희생을 대가로 육아가 이루어지고 가정이 건사되었었던 과거와 달리, 요즘엔 육아와 살림은 별개라는 인식이 지배적입니다. 게다가 오늘날에는 우리나라 맞벌이 가구가 전체 가구의 딱 절반이라고 합니다. 그래서 남편과 아내의 육아와 가사 분담이 예전 부모님 세대와 비교하면 상대적으로 나아진 편이라고들 합니다만, 남편이든 아내든 육아 부담 자체는 전 세대보다 더 크게 느끼고 있는 것 같습니다. 그 현실이 이러합니다.

유랑

박성우

백일도 안된 어린것을 밥알처럼 떼어 처가로 보냈다

아내는 서울 금천구 은행나무골목에서 밥벌이한다

가장인 나는 전라도 전주 경기전 뒷길에서 밥벌이한다

한 주일 두 주일 만에 만나 뜨겁고 진 밥알처럼 엉겨붙어 잔다

—《자두나무 정류장》(창비, 2011)

우선 제목에 주목해 보세요. 유랑이라니. 예전에 유랑 극단
이란 말이 있었죠? 일정한 거처 없이 여기저기 떠돌아다니며 연
극을 하던 단체 말입니다. 이 가족이 유랑 극단 신세와 비슷한
모양입니다. 각자의 거처는 있어도 가족 공동체의 정해진 거처
가 없습니다. 애는 처가에 맡겨져 살고 있고, 아내는 서울에서
밥벌이하고, 나는 전주에서 일을 합니다. 정말이지 유랑 생활을
하고 있는 것과 진배없네요.

그런데 넉 줄밖에 안 되는 이 짧은 시에 계속해서 등장하는
단어가 뭔지 보이십니까? 밥입니다, 밥! 밥 먹고 살기 위해, 밥
벌이하기 위해 유랑을 한다는 것입니다. 걸인도 아닐진대 그건

너무 처량한 신세입니다. 부부가 한데 모여 살지 못하는 것은 둘째 치고, 아이에게 밥을 먹이기 위해 밥벌이를 하느라 아이를 밥알처럼 떼어놔야 하는 처지입니다. 너무 잔인하게 들리지 않습니까. 그런데 마지막 등장하는 밥이 역전의 안타를 칩니다. 그래도 온 가족이 한 주나 두 주 만에 만나면 아주 뜨겁고 진득한 밥알처럼 엉겨 붙어 잔다는 겁니다. 그 덕에, 그나마 잠깐, 이 시의 가족들과, 그들을 바라보는 우리가 그래도 희망의 미소를 짓게 되는 거죠.

하지만 오죽하면 그것이 희망이겠습니까. 정상은 아닙니다. 인구절벽을 눈앞에 둔 나라, 합계 출산율이 1.0명도 안 되는 나라가 정상일 리 없습니다. 이럴 때, 인간이라면 당연히 종을 이어가야지, 그래야 우리 민족이 잘살 수 있지, 하는 따위의 공리주의 의무론적 윤리를 들먹이지 마셨으면 합니다. 그러기 전에 부디, 인간이라면 누구나 자녀를 낳고 기를 수 있는 권리, 그 권리를 누리고 싶어도 누릴 수 없는, 가장 소중한 권리를 보호해주지 못하는 현실에 대해 개탄하며, 제발 이 문제를 힘없고 불쌍한 우리 가족에게만 맡기지 말고 나라와 사회와 공동체가 함께 책임져 해결해달라 요구하기를 바랍니다.

아이

아이는 취급 설명서와 오지 않는다

알랭 드 보통이 이런 말을 했다고 합니다. "아기보다는 일반 가전제품이 더 상세한 취급 설명서와 함께 온다." 육아에 이어 교육은 또 어떤가요? 정말이지, 가전제품과 비교하면 자식은 손이 참 많이 가는 아주 부실한 제품이죠. 말도 더럽게 안 듣고, 때로는 도대체 어떻게 다루어야 할지 감조차 안 잡히기 일쑤입니다. 특히 사춘기에 이르면 도대체 어디가 어떻게 고장 나서 갑자기 저 모양인지 당황스럽고 놀랍고 심지어 두렵기까지 하답니다.

사실 우리는 다 압니다. 문제의 원인이 우리 아이들에게 있는 게 아니라는 것을. 사춘기에도 죄가 없습니다. 다만 아침부터 자녀를 깨워 전쟁터로 내모는 데 부모들이 지쳤을 뿐입니다. 부모들도 자기 아이의 성공만을 바라는 것은 아닙니다. 잠도 못 자고 아침도 거르고, 빈부 격차에 가슴 앓고 사교육에 찌들며, 친구 간에 경쟁만 하고 가족의 평화도 사라지는 땅에서 우리 아이들이 자라나는 걸 어느 부모도 원치 않을 것입니다.

육아에 취급 설명서 같은 게 있으면 더 잘 키웠을까요? 아닙니다. 우리 아이들이 가전제품 같았으면 말 안 듣는 사춘기가 오자마자 진작 신상으로 갈아타지 않았을까요? 농담입니다. 아이가 가전제품 같지 않다는 말은 그만큼 우리 아이는 대체 불가능한 존재라는 뜻일 겁니다. 그래서 귀한 내 자식인 것이죠.

사춘기는 아이들이 거듭나고 있다는 증거입니다. 이때부터 아이들은 본격적으로 다양하게 달라지며 자신의 고유한 정체성을 세워가기 시작합니다. 그러니 다시 태어나는 사춘기 아이들을 보며 우리가 할 일은 배 속에서 태어날 때와 마찬가지로 온전히 기다려주는 일뿐입니다. 인생은 호르몬입니다. 호르몬을 이길 의지는 없습니다. 호르몬이 쏟아져 나와 얼굴에 여드름이 생기고 못생긴 오리가 되는 그 시기를 잘 넘겨 우리 아이들이 백조로 성장할 수 있도록 참고 기다려야 하는 겁니다.

배추 절이기

김태정

아침 일찍 다듬고 썰어서
소금을 뿌려놓은 배추가
저녁이 되도록 절여지지 않는다
소금을 덜 뿌렸나
애당초 너무 억센 배추를 골랐나
아니면 저도 무슨 삭이지 못할
시퍼런 상처라도 갖고 있는 걸까

점심 먹고 한번
빨래하며 한번
화장실 가며오며 또 한번

골고루 뒤집어도 주고

소금도 가득 뿌려주었는데

한 주먹 왕소금에도

상처는 좀체 절여지지 않아

갈수록 빳빳이 고개 쳐드는 슬픔

꼭 내 상처를 확인하는 것 같아

소금 한 주먹 더 뿌릴까 망설이다가

그만, 조금만 더 기다리자

제 스스로 제 성깔 잠재울 때까지

제 스스로 편안해질 때까지

상처를 헤집듯

배추를 뒤집으며

나는 그 날것의 자존심을

한입 베물어본다

　　　　　　　　　　　　—《물푸레나무를 생각하는 저녁》(창비, 2004)

　　발효는 기다림의 결과이듯, 사랑도 기다림의 미학입니다. 배
추를 절일 때도 성급하게 너무 많은 소금을 치면 한 해 김장을
망치듯, 참고 참아야 비로소 스스로 편안해지며 숙성, 곧 성숙하

게 되는 것입니다. 사랑하기 때문에, 저러다 혹시 돌아오지 못하는 길을 가게 되는 것이 아닐까 초조하고 조급해지게 마련이지만, 사랑하기 때문에, 차라리 소금을 내 가슴팍 상처에 뿌리는 한이 있더라도 굳게 믿고 기다려야 합니다. 알에서 나온 애벌레도 변태를 해야 비로소 나비가 되듯이, 열 달을 인내하고 출산의 고통을 참아가며 낳은 자식이 어엿한 성체가 되어 당당히 부모품을 벗어날 수 있도록 가만히 지켜봐야 하는 겁니다.

너를 위해 손을 놓다

미래의 교사가 되길 꿈꾸는 제자들에게 제가 해주는 이야기가 있습니다. 교육자가 지녀야 할 가장 중요한 신념이 뭔지 아느냐고. 사람은 변한다는 믿음이다. 그걸 믿지 못하면서 사람을 가르치려드는 것은 위선이거나 사기에 해당한다. 하지만 동시에 교육자가 꼭 갖고 있어야 할 지혜가 있다. 사람은 잘 변하지 않는다는 사실이다. 그걸 인정하지 않으면 교육은 훈육이 되기 일쑤다. 잘 변하지 않는 사람을 변하게 만들어야 하기에 교육은 힘들고 위대한 것이다.

자녀에 대한 사랑과 돌봄도 그러해야 한다고 저는 믿습니다. 내가 원하는 대로 자녀가 즉시 변하길 기대한다면 로봇을 사십시오. 반려동물도 그러지 못합니다. 변할 때까지 지치지 않고 잔소리하는 것은 애정이 아니라 집착의 징표입니다. 답답하실 때면 양희은의 〈엄마가 딸에게〉를 다시 들어보세요. 기왕이면 랩 버전으로 들어보세요. 딸은 이렇게 소리칩니다.

왜 엄만 내 마음도 모른 채 매일 똑같은 잔소리로 또 자꾸만 보채?
난 지금 차가운 새장 속에 갇혀 살아갈 새처럼 답답해 원망하려는 말만 계속해…
제발 나를 내버려두라고! 왜 애처럼 보냐고? 내 얘길 들어보라고!
나도 마음이 많이 아퍼 힘들어하고 있다고…
아무리 노력해봐도 난 엄마의 눈엔 그저 철없는 딸인 거냐고? 나를 혼자 있게 놔둬!

사춘기는 그런 것. 사실은 자기도 겁나고 불안하고 공포를 느끼면서 반항하는 겁니다. 일단은 자신을 억압하고 있다고 여겨지는 기존의 질서와 명령을 거부합니다. 미래에 그것이 어떻게 작용할지는 몰라도 당장 그것이 부당하고 불쾌한 것만은 너무나 확실하기 때문입니다. 그런 아이의 눈에 어른들은 도무지 불합리한 고집쟁이들, 비겁한 위선자들, 치사한 현실주의자일 뿐입니다. 그러나 그들도 압니다. 엄마가 몰래 눈물을 훔치고, 조용히 가슴을 치고 있다는 것을.

어떤 부모들은 자녀에게 고백하기도 합니다. 엄마도 아빠도 실은 처음이라 부모 노릇을 잘하지 못한다고. 미안하다고. 이해해달라고. 그래요, 어른이 돼서 늙는 게 아니고, 늙은 다음에서야 서서히 어른이 되는 거더라고요. 사춘기 자녀를 키우던 사십대도 지금 생각해 보면 어린 나이였습니다. 훌륭한 부모가 되기엔 너무 깜냥이 모자랐고, 지혜와 인내도 모자란 때였습니다. 지금의 경륜을 갖고 그때로 돌아간다면 정말 멋진 부모가 될 수 있을 것 같은데 많이 아쉽고 후회되기도 합니다.

마지막으로 이시영 시인의 〈성장〉이라는 시를 나눠드려 볼게요. 잘 들어보세요.

성장

이시영

바다가 가까워지자 어린 강물은 엄마 손을 더욱 꼭 그러쥔 채 놓지 않았습니다. 그러다가 그만 거대한 파도의 뱃속으로 뛰어드는 꿈을 꾸다 엄마 손을 아득히 놓치고 말았습니다. 그래 잘 가거라 내 아들아. 이제부터는 크고 다른 삶을 살아야 된단다. 엄마 강물은 새벽 강에 시린 몸을 한번 뒤채고는 오리처럼 곧 순한 머리를 돌려 반짝이는 은어들의 길을 따라 산골로 조용히 돌아왔습니다.

—《은빛 호각》(창비, 2003)

이랬어야 되지 않았나. 손을 꼭 잡은 채 한순간도 놓치지 않으며 돌보던 우리 아이, 눈에 넣어도 아프지 않던 우리 아이, 그러다가 어느 순간, '그래 잘 가거라, 내 아들, 내 딸아' 하며 이제부터는 너의 삶을 살라고, 품을 떠나가는 아이를 흐뭇하게 바라보다가, 속울음 삼키며 단호히 돌아서야 하는 것. 자녀의 올곧은 성장을 위해 돌봄과 기다림과 떠남의 과정까지 감당해야 하는 것이 부모의 몫 아니었을까. 흐르는 강물처럼 말입니다. 그러면 어린 강물은 기억할 것입니다. 엄마는 참 좋은 엄마였다고. 그리고 아빠를 존경한다고.

부
모

어머니의 발톱을 깎아드리며

엄마가 없다

너는 내가 낳은 첫애 아니냐. 니가 나한테 처음 해보게 한 것이 어디 이뿐이간? 너의 모든 게 나한티는 새세상인디. 너는 내게 뭐든 처음 해보게 했쟎어. 배가 그리 부른 것도 처음이었구 젖도 처음 물려봤구. 너를 낳았을 때 내 나이가 꼭 지금 너였다. 눈도 안 뜨고 땀에 젖은 붉은 네 얼굴을 첨 봤을 적에… 넘들은 첫애 낳구선 다들 놀랍구 기뻤다던디 난 슬펐던 거 같어. 이 갓난애를 내가 낳았나… 이제 어쩌야 하나. (중략)

고단헐 때면 방으로 들어가서 누워 있는 니 작은 손가락을 펼쳐보군 했어. 발가락도 맨져보고. 그러구 나면 힘이 나곤 했어. 신발을 처음 신길 때 정말 신바람이 났었다. 니가 아장아장 걸어서 나한티 올 땐 어찌나 웃음이 터지는지 금은보화를 내 앞에 쏟아놔도 그같이 웃진 않았을 게다. 학교 보낼 때는 또 어땠게? 네 이름표를 손수

건이랑 함께 니 가슴에 달아주는데 왜 내가 의젓해지는 기분이었는지. 니 종아리 굵어지는 거 보는 재미를 어디다 비교하겠니.

— 신경숙, 《엄마를 부탁해》(창비, 2008) 중에서

신경숙 소설 《엄마를 부탁해》의 한 대목입니다. 아휴, 이러지 않은 부모가 어디 있을까요? 아이도 처음, 부모도 처음, 그 모든 첫 순간들이 저에게도 기쁨이었습니다. 가끔가다가는 심지어 부모의 은혜보다 더 고마운 게 자녀의 은혜가 아닐까 여길 정도로 말이죠. 은혜는 부모에게 받고 사랑은 자식에게 베푸는 것이 인생인 걸까요. 그 사랑이 자식에게는 다시 은혜가 되고, 이렇게 거듭된 되풀이를 통해 지금껏 이어져 내려온 존재가 인류일 테죠.

그 뻔한 이야기를 다룬 게 이 소설입니다. 한데 뻔하긴커녕 읽는 이마다 뒤통수를 얻어맞은 듯, 가슴이 후벼지는 듯한 느낌이 드는 건, 우리가 모르면서 아는 척했던, 혹은 알면서 모른 척했던, 어쩌면 지하실에 감추고파 했던 우리 가족의 자화상을 태양 아래 마주한 때문일지도 모릅니다.

그 자화상은 마치 거울처럼, 내가 기억하는 나 자신과 늘 반대입니다. 이 소설은 "엄마를 잃어버린 지 일주일째다"라는 문장으로 시작해 "엄마를, 엄마를 부탁해"로 끝이 납니다. 왜 엄마가 아닌 자식이 엄마를 잃어버리고 또 부탁한다는 걸까요? 엄마가 치매에 걸려 아이가 됐기 때문입니다. 아니, 치매에 걸리지

2장 돌봄

않았더라도 엄마는 엄마이기 이전에 소녀였고 여자였음을 깨닫게 되었기 때문입니다. 아니 아니, 치매에 걸리지 않고 소녀티를 조금도 찾아볼 수 없는 여전히 강단지고 굳세 뵈는 엄마라도 언젠가는 우리가 돌보고 보살펴야 하고, 그러다 끝내는 손을 놓치고 잃어버릴 수밖에 없을 것이기 때문입니다. '엄마를 부탁해'라는 제목은 그렇게 우리 가슴을 파고듭니다. 항상 부탁은 더 어리고 약한 것들에 대한 것이었는데, 어느새 그 부탁의 주체와 대상이 뒤바뀌게 되었음을 아프게 받아들여야 하니까요.

소설의 마지막 장면에서 딸은 피에타상 앞에 섭니다. 예수를 안고 있는, 곧 '인류의 모든 슬픔을 연약한 두 팔로 끌어안고 있는' 여인상, 그 성모의 입술을 넋을 잃고 바라보다 눈물을 흘립니다. 그러곤 물러나와 바티칸 광장을 망연히 내려다보며 되뇝니다. "엄마를, 엄마를 부탁해"라고. 딸은 엄마와 성모를 동일시했을 겁니다. 그러기에 평소 엄마에게 부탁하듯 바로 그 말투로, 누군가의 딸로 힘겹게 인생을 살아간 엄마, 그 연약하고 슬픈 존재의 영혼을 모든 이의 엄마라 믿는 성모에게 부탁하는 걸 겁니다.

딸이니까요. 그 딸도 또 누군가의 엄마니까요. 하지만 딸은 몰랐습니다. 엄마도 누군가의 딸이었다는 걸 엄마를 잃어버리기 전까진 몰랐던 겁니다. 그래서 딸은 언니한테 이런 글을 보냅니다.

언니, 단 하루만이라도 엄마와 같이 있을 수 있는 날이 우리들에게 올까? 엄마를 이해하며 엄마의 얘기를 들으며 세월의 갈피 어딘가에 파묻혀있을 엄마의 꿈을 위로하며 엄마와 함께 보낼 수 있는 시간이 내게 올까? 하루가 아니라 단 몇 시간만이라도 그런 시간이 주어진다면 나는 엄마에게 말할 테야. 엄마가 한 모든 일들을, 그걸 해낼 수 있는 엄마를, 아무도 기억해주지 않는 엄마의 일생을 사랑한다고, 존경한다고.

— 신경숙,《엄마를 부탁해》(창비, 2008) 중에서

하루가 아니라 단 몇 시간만이라도 그런 시간이 주어진다면…. 잘난 부모든 못난 부모든, 잘난 자식이든 못난 자식이든, 부모님 떠나보내고 이런 생각 안 해본 자식이 있을까요? 다시 뵐 수만 있다면, 정말 당신 사랑한다고, 존경한다고, 이제야 당신을 이해하겠노라 말씀드릴 텐데. 그럴 수만 있다면, 정말 당신 하고팠던 이야기 다 해보시라고 하고선 눈과 귀 모두 담아 하나도 빠짐없이 들어드릴 텐데. 정말 정말 다시 만나 함께 살 수 있다면, 맛난 것, 입고픈 것, 가고픈 곳, 무엇이든 어디든, 부디 말씀만 하면 원 없이 다 들어드릴 텐데.

엄마가 다시 돌아온다면

효도하고자 하는 그 마음은 갸륵해도, 하지만 그런 것은 소원이 아닙니다. 그 본질의 태반은 후회일 뿐입니다. 나이도 들 만큼 들고 살림도 살 만큼 살게 된, 어른 다 된 자식들의 때늦은 깨달음과 아쉬움이라고나 할까요. 하지만 잘해드리려고 천국에서 잘 계신 엄마를 소환한다는 건 말이 되질 않습니다. 엄마를 만나고픈 간절한 소원, 하늘나라 계신 엄마를 불러야 할 때는 이럴 때입니다.

엄마가 휴가를 나온다면

정채봉

하늘나라에 가 계시는

엄마가

하루 휴가를 얻어 오신다면

아니 아니 아니 아니

반나절 반시간도 안 된다면

단 5분

그래, 5분만 온대도 나는

원이 없겠다

얼른 엄마 품속에 들어가

엄마와 눈맞춤을 하고

젖가슴을 만지고

그리고 한 번만이라도

엄마!

하고 소리 내어 불러 보고

숨겨 놓은 세상사 중

딱 한 가지 억울했던 그 일을 일러바치고

엉엉 울겠다.

— 《너를 생각하는 것이 나의 일생이었지》(샘터, 2006)

　자식은 어른이 되어도 어린 자식입니다. 센 척하며 살고 있지만 엄마 품이 그립고, 그 품속에 들어가 아기처럼 위로받고 싶고, 살다가 겪은, 누구한테 말 한번 못한 억울한 일, 엄마한테 속 시원히 일러바치고 그냥 엉엉 울고 싶은 때가 있는 겁니다. 나이가 드니까 그렇게 맘 놓고 일러바칠 사람이 없네요. 엄마가 계셨더라면 아마도 엄마는 무조건 내 편을 들어주었을 겁니다. 자초지종 따지지 않고, 입바른 소리는 뒤로 돌린 채, 일단은 "아이고, 내 새끼~" 하며 내 눈물 콧물 당신 손으로 닦아주었을 겁니다. 하늘나라 엄마가 휴가만 나온다면요.

　동화작가이자 시인인 정채봉은 정작 어머니에 대한 저런 살뜰한 기억이 없다고 합니다. 시인의 나이 세 살 때, 스무 살 어머니는 여동생을 낳은 후 돌아가셨다죠. 시인은 엄마의 얼굴도 모르고, 엄마라 부른 기억도 없고, 다만 부엌에서 해송 타는 냄새 비슷한 엄마의 내음만 기억한다고 했다는데, 그것도 그다지 믿을 만하지는 않아 보입니다. 그러기에 저 시는 오히려 사실보다 더 강렬하게 들립니다. 평생토록 삼키고 삼켰다가 토해낸 소원일 것이기 때문입니다.

소원은 이런 겁니다. 절박하기로 말하면 일자리를 구하거나 급전을 마련하거나 하는 일 따위가 절박해 보이지만, 마음먹기로 하면 그런 일도 까짓것 지금 당장이 힘들 뿐 이루지 못할 일은 아닙니다. 일자리나 급전이 하늘나라에서 휴가까지 얻어 나온 엄마에게 바랄 일은 아니지 않습니까. 그에 비하면 고작 억울했던 일을 일러바치는 게 무슨 대수겠습니까만은, 엄마 아니고는 그런 말 받아줄 사람이 없으니 그게 더 절박한 일이 되는 겝니다. 아니 어쩌면 그것도 별것 아닙니다. 그냥 엄마 하고 소리 내어 불러보는 일, 엄마랑 눈 맞추고 품에 안기어 젖가슴 만지는 일, 아니 아니 엄마가 오 분만 다시 살아 돌아와 만나는 일, 그게 가장 절박하고 순박한 소원인 겁니다.

이 시를 아침 라디오 방송 〈김영철의 파워FM〉에 출연해 낭송을 한 적이 있습니다. 늘 활기차고 밝은 디제이 김영철이 울음을 터뜨리더니 급기야 스튜디오는 물론 애청자들의 출근길마저 눈물바다가 되고 말았다고 합니다. 우리들의 엄마는 아니 계시거나, 계셔도 예전 같지가 않으십니다. 어릴 적 부모님을 떠올리면 언제나 우산처럼 나를 든든하게 보호해 주던 존재였는데, 어느덧 부모님이 늙고 쇠약해지셨습니다. 나보다 힘도 약하고 지식도 모자라고 돈도 없어 뵙니다. 건강 문제로 병원을 들락거리고, 그 쉬운 인터넷도 못하시고, 이제는 자식인 내가 부모님을 봉양하며 돌봐드려야 하는 입장이 되어버린 겁니다. 억울한 일 일러바칠 부모님이 사라지신 것이죠.

저도 그랬습니다. 우리 어머니는 왜 이렇게 리모컨을 못 다룰까? 이 쉬운 리모컨을 말이야. 몇 번을 일러줘도 또 못하시네. 젊을 때 운동도 하고 건강도 좀 챙기시지, 고혈압에 당뇨에 온갖 성인병은 다 앓아 병원을 무상 드나들어야 하다니. 아버지는 왜 저런 말씀을 하실까. 어휴, 또 그 말씀일세. 한 번만 더 하시면 백 번이야.

아, 그런데 문명이 리모컨에서만 끝났어도 떳떳하게 살 수 있었을 텐데, 이젠 저조차 매일같이 자식한테 새로운 문명의 이기에 관해 하나하나 물어가면서 간신히 살아가고 있습니다. 그뿐인가요? 예전엔 몰랐다는 핑계라도 있지, 건강에 관한 갖은 정보 다 알면서도 막상 챙기지는 못하고 운동도 게을리하며 삽니다. 이러다 저도 부모님처럼 될까봐 전전긍긍하면서 말이죠.

이제 제가 당신을

나이가 아무리 들어도 부모 자식의 관계는 바뀌지 않지만, 그 위치는 바뀌게 됩니다. 자식이 부모의 보호자 위치에 서게 되는 날이 오는 겁니다. 보호자였던 부모님이 그리하였듯, 이제는 우리가 부모님의 보호자로서 사랑과 정성을 바쳐야 하는 것이죠. 이제는 우리가 부모님의 발톱을 깎아드려야 할 때입니다.

늙은 어머니의 발톱을 깎아드리며

이승하

작은 발을 쥐고 발톱을 깎아드린다

일흔다섯 해 전에 불었던 된바람은

내 어머니의 첫 울음소리 기억하리라

이웃집에서도 들었다는 뜨거운 울음소리

이 발로 아장아장

걸음마를 한 적이 있었단 말인가

이 발로 폴짝폴짝

고무줄놀이도 한 적이 있었단 말인가

뼈마디를 덮은 살가죽

쪼글쪼글하기가 가뭄못자리 같다

굳은살이 덮인 발바닥

부모

딱딱하기가 거북이 등 같다

발톱 깎을 힘이 없는
늙은 어머니의 발톱을 깎아드린다

가만히 계셔요 어머니
잘못하면 다쳐요

어느 날부터 말을 잃어버린 어머니
고개를 끄덕이다 내 머리카락을 만진다

나 역시 말을 잃고 가만히 있으니
한쪽 팔로 내 머리를 감싸 안는다

맞닿은 창문이
온몸 흔들며 몸부림치는 날

어머니에게 안기어
일흔다섯 해 동안의 된바람 소리 듣는다

—《인간의 마을에 밤이 온다》(문학사상, 2005)

다리를 주물러 내려가다 늙은 어미의 발을 만져본 이라면 다

2장 돌봄

알 겁니다. 그녀의 발이 얼마나 쪼끄매졌는지를. 살은 간신히 뼈마디에 붙어 있고, 복숭아뼈 가죽은 코끼리처럼 쭈글쭈글, 발바닥 굳은살은 풀잎마냥 서걱거리고, 발톱은 성한 게 없는 듯하니, 비록 각자의 처지마다 다르기야 하겠지만, 무릇 인간의 품위는 찾아보기 힘든 게 노인네의 발입니다.

하지만 볼품없어 뵈는 저 발도 한때는 아장아장 걸음마를 하고, 폴짝폴짝 고무줄놀이도 한 적이 있답니다. 발바닥으로 전해지던 견고한 땅의 감각과 온화한 풀의 기운으로 그녀는 쑥쑥 자라났죠. 줄기처럼 벋쳐오르던 몸, 잎사귀처럼 매끈하고 꽃처럼 빛나던 자태, 열매처럼 부풀던 가슴속 꿈, 가시처럼 날카롭던 지혜. 그렇게 봄이 지나 여름이 가고 가을이 길다 싶더니만 어느샌가 그녀는 바스러질 지경입니다. 스스로를 지탱하기가 버겁습니다. 시나브로 시들어가는 그녀를 누구에게 부탁할까요.

자식이 그녀의 조그만 발을 쥐고 또각또각 발톱을 깎습니다. 발톱을 깎으며 자식이 말합니다. "가만히 계셔요 어머니. 잘못하면 다쳐요." 말해놓고 보니 어디서 많이 듣던 말입니다. 어릴 적 내 손발톱을 깎거나, 당신 무르팍에 놓인 내 귀를 파주실 때면 늘 하시던 어머니 말씀을 이제 제가 어머니께 하고 있는 겁니다. 그러자 "어느 날부터 말을 잃어버린 어머니가 고개를 끄덕이다 내 머리카락을 만진다"고 합니다. 이 대목에서 또 울컥합니다. 돌아가신 어머니가 생각났고 이 친구처럼 하지 못한 게 후회됐기 때문입니다. 발톱을 깎아드렸어야 했는데, 그 못난 발톱을 고이 깎아드렸어야 했는데….

　발톱 맡길 이를 둔 사람도, 누군가의 발톱을 깎아줘 본 사람도 다 복 받은 사람들입니다. 발톱을 맡긴다는 게 쉽지 않은 일이거든요. 모르긴 몰라도 이 시 속의 어머니 또한 기운이 조금만 더 있었어도 자식에게 발톱을 맡기려 하진 않았을 겁니다. 발톱은 내어놓기가 괜히 부끄럽습니다. 낯선 이가 있는 마루에 맨발로 다닐라 치면 나도 모르게 발톱이 보이지 않도록 발가락을 오므리고 다니게 되곤 하지 않습니까. 그런 발톱을 어머니가 자식에게 내맡깁니다. 자식은 공처럼 둥글게 등을 말아 쪼그린 채 말없이 어머니의 발톱을 깎습니다. 말을 잃어버린 어머니도 말 대신 가슴팍에 다가온 자식의 머리를 만지고 감싸 안습니다. 그렇게 서로 돌보는 겁니다. 어려서는 엄마가, 나이 들어서는 자식이 그렇게 서로 돌봐야 하는 겁니다.

　박완서의 단편소설 〈길고 재미없는 영화가 끝나갈 때〉는 그러한 엄마와 딸 사이의 녹진녹진한 관계를 기막히게 잘 표현한 작품입니다. 위암 수술을 받은 어머니, 개복해 보니 이미 다른 장기로 전이가 돼 반년을 넘기지 못하리라던 어머니를 집으로 모신 것은 딸이었습니다. 맞벌이하는 오빠 부부가 못 모실 게 뻔해 말도 안 꺼내었건만, 오빠는 여동생이 모시는 것도 반대합니다. 남들의 눈치가 보였겠죠. 한데 말기 암 환자의 마지막은 웬만한 간병인도 감당하기 힘듭니다. 게다가 어머니는 수술 후 괄약근이 풀어져 뒤를 가리지 못합니다. 평소 깔끔하기 그지없던 어머니는 마지막까지 의식이 명료했는데, 이 모든 일이 기운이 떨어진 탓이라 여기는 듯 몸을 보하려 뭐든지 열심히 드십니다. 이를 간병인은 못마땅해하죠. 어차피 회복되긴 글러 보이는데 저렇게 많이 먹으면 관리만 힘들어지니까요. 간병인의 구박을 견딜 수 없던 것은 어머니가 아니라 딸이었습니다.

> 내가 떠맡고 싶은 건 어머니가 아니라 어머니의 똥구멍이었다. 생판 남이 어머니의 똥구멍을 진저리를 치며 구박하도록 내버려둘 수는 없었다. 그건 효도 따위보다 훨씬 진실하고 씩씩한 분노였다.
> 하필 항문의 고무줄이 빠질 건 뭐였을까, 다른 사람도 아닌 우리 어머니가 어머니에게 그건 얼마나 참을 수 없는 치욕이었을까. 나는 어머니가 어떤 사람이라는 걸 알고 있다는 대가로라도 그 치욕을 다소나마 가려주는 일을 맡고 나설 수밖에 없었다.
>
> — 박완서,《그 여자네 집》(문학동네, 1999) 중에서

젊은 날 어머니는 완벽하고 당당하고 인내심 강한 성품으로 유명했던 분입니다. 그런 어머니의 품위와 위엄이 늘 자랑스러웠던 딸입니다. 어머니가 어떤 사람인지 알기에 딸은 어머니의 항문을, 어머니의 치욕을 남에게 맡길 수 없었던 겁니다. 그 심정 충분히 이해가 가지 않습니까.

성격 좋기로 소문난 저희 어머니도 그러셨습니다. 염치가 중요했고 남세스러운 일 못하고 타인에게 부담 주거나 싫은 소리

하는 것을 끔찍이 여겼던 어머니는 거동이 편치 못할 때조차 당신 몸을 제가 씻겨드리는 것을 한사코 꺼려하셨습니다. 어쩔 수 없는 지경에 다다라서야 온갖 웃음과 아양으로 다가드는 아들의 손을 비로소 허락하셨지만, 그때 지으신 어머니 미소 속의 그 까마득한 절망을 제가 어찌 몰랐겠습니까.

어릴 적에 저를 씻겨주시고 똥도 닦아주시고 그러셨잖아요. 이제 제가 해드릴게요. 그동안 저한테 해주신 걸 생각하면 너무나 당연한 거잖아요. 이제부터 갚을게요. 누구나 이렇게 말하고 싶고, 그렇게 믿고 싶고, 그럴 수 있으리라 여기지만, 우리 현실은 또 얼마나 가혹합니까? 생각은 쉬운데 실천은 녹록지가 않죠.

할 수만 있다면 박완서 소설 속의 저 딸처럼 자식 집에서 편안히 모시고 싶지만, 자식들도 살기 바쁩니다. 맞벌이해야 되고, 또 키워야 할 자식이 있고, 편안하게 살기를 바라고, 그 밖에도 이러저러한 핑계가 산만큼 높습니다. 말로는 부모님도 자식들 신세 지기 싫다고는 하십니다. 그런데 아직도 이른바 '시설'에 모시는 것이 아주 익숙하거나 자연스러운 문화는 못됩니다. 그래서 세대와 집안의 문화에 따라, 개인의 성격에 따라 적응에 차이가 있고, 이로 인해 부모와 자식 간의 갈등이 생겨나기도 합니다.

그런가 하면 요양병원 같은 데에는 또 아무나 갈 수가 있느냐? 그런 것도 아닙니다. 한국은 OECD 회원국 중 노인 빈곤율 1위의 나라입니다. 그분들이 놀고먹어서 이렇게 된 건가요? 아닙니다. OECD 가운데 우리나라 노인들이 가장 많이 일하고 가장 가난하다고 합니다. 가난하기 때문에 늙어서도 일해야 하고, 그렇게 일하는데도 가난하다는 말입니다. 노인 자살률 1위를 기록하고 있는 안타까운 현실도 결코 우연이 아닙니다. 그러니 요양병원에 가려면 노인세대는 자식들의 봉양에 의지할 수밖에 없습니다. 한데 그 자식세대는 또 그들의 자식인 청년세대까지 경제적으로 책임져야 할 형편입니다. 오죽하면 지금의 5060세대를 '캥거루 부모'라고 부르겠습니까.

누군가를 돌본다는 것이 마음과 의지의 문제만은 아닙니다. 육아든 봉양이든 돌봄은 시간과 비용의 허용 범위 내에서 가능하기 때문입니다. 비용을 대려면 직장을 다녀야 하고 시간을 맞추려면 직장을 관둬야 하는 갈등 앞에서 어쩔 줄 몰라 하는 안타까운 장면을 두고, 요즘 사람들은 이기적이라든가, 자식 다 소용 없다든가 하는 말들을 해서는 안 됩니다. 그것은 부모세대더러 노후 하나 준비 못했느냐, 그러기에 평소 운동도 열심히 하면서 몸을 만들었어야 하지 않느냐 하는 식의 철없는 투정과 본질적으로 다를 바가 없습니다. 돌봄이 여의치 못한 상황이라면 원망보다 연민을 앞세워야 할 것입니다. 자식은 부모님이 오죽하면 저러실까 이해해야 하고, 부모는 자식의 속앓이를 걱정하며 안타까워해야 합니다.

엄마를 부탁한다

봉양이든 양육이든 돌봄은 매한가지여서 둘 다 시간과 품과 돈이 드는 일. 그런데 경험적으로 보면 이런 문제에서는 확실히 부모가 자식보다 낫습니다. 부모들은 자식 양육할 때 자식의 고통을 더 염려하여 자신의 고통은 감추려 드는 반면, 자식들이 부모 봉양할 때는 여간 생색을 내는 게 아닙니다. 그러니 자식 입장에서 부모 봉양 문제로 스트레스를 받고 있는 분이라면, 이런 시 한번 읽어 보시기 바랍니다. 우리를 키우실 때의 부모님 마음은 어떠했는지.

아버지의 꼬리

안상학

딸이 이럴 때마다 저럴 때마다
아빠가 어떻게든 해볼게
딸에게 장담하다 어쩐지 자주 듣던 소리다 싶어
가슴 한쪽이 싸해진다
먹고 죽을 돈도 없었을 내 아배
아들이 이럴 때마다 저럴 때마다
아부지가 어떻게든 해볼게
장담하던 그 가슴 한쪽은 어땠을까

아빠가 어떻게든 해볼게

걱정 말고 너는 네 할 일이나 해

딸에게 장담을 하면서도 마음속엔

세상에서 수시로 꼬리를 내리는 내가 있다

장담하던 내 아배도 마음속으론

세상에게 무수히 꼬리를 내렸을 것이다

아배의 꼬리를 본 적이 있었던가

아무리 생각해도 아배의 꼬리는 떠오르지 않는데

딸은 내 꼬리를 눈치챈 것만 같아서

노심초사하며 오늘도 장담을 하고 돌아서서

가슴 한쪽이 아려온다 꿈틀거리는 꼬리를 누른다

—《그 사람은 돌아오고 나는 거기 없었네》(실천문학사, 2014)

딸을 둔 아빠가 자신의 아버지를 생각하고 있습니다. 등록금이다, 수학여행비다, 이러저러하게 돈 드는 일이 있을 때마다 그의 아버지는 큰소리치곤 하셨습니다. 그러셨겠죠. "아부지가 어떻게든 해볼게. 너는 아무 걱정 말고 공부나 열심히 해"라고. 그 말을 턱없이 믿고 자라난 아들이 이제야 알게 됩니다. 그 말을 할 때마다 아버지 가슴 한쪽이 얼마나 싸해졌을지를. 그 약속을 지키기 위해 그 당당하시던 아버지가 세상에 나가서는 얼마나 꼬리를 내리며 살았었을지를.

어릴 적 우리는 그걸 몰랐습니다. 아버지가 꼬리 내린 걸 본 적이 없으니까요. 아무래도 자신의 꼬리는 딸아이에게 들킨 것 같은데, 아버지는 그 꼬리를 어쩌면 그렇게 다 감출 수 있었을까. 시인은 그것이 몹시도 궁금하고 부럽고 미안하고 안쓰럽습니다. 아배의 꼬리는 그러한데, 그렇다면 자식의 꼬리는 어떠할까요? "제가 어떻게든 알아서 해볼 테니 아버지 어머니는 아무 걱정 말고 건강하기만 하세요"라고 말씀드리며 세상에 나가서 내릴 꼬리 들키지 않고 티 내지 않을 자신 있으신지요.

양육으로서의 돌봄만큼이나 봉양으로서의 돌봄도 참 힘든 겁니다. 효도도 그냥 이루어지는 것이 아니라 오랜 시간 준비하고 연습해야 하는 거죠. 아니, 준비와 자세를 다 갖추었어도 다른 가족의 동의는 물론 주변의 정황이 다 맞아떨어져야 가능한 거랍니다.

행복이란 누구나 언제든 취할 수 있는 정상 상태가 아니죠. 분투노력해서 얻은 결과이든 우연히 얻은 것이든 감사해 마지 않아야 할 특별한 상태입니다. 좋은 부모와 자식 관계도 그와 마찬가지입니다. 부모라는 이름으로, 혹은 자식이라는 이름 때문에 무조건 희생해야 하는 것도 마땅한 일이 아닙니다. 부모와 자식 간의 사랑은 당연한 것이 아니라 굉장히 감사해야 할 복인 겁니다.

부모라고 해서 다 사랑의 능력이 있거나 자녀에게 자애롭지는 않습니다. 나쁜 부모도 있습니다. 물론 자녀도 마찬가지죠.

2장 돌봄

심지어 부모도 좋은 사람이고 자녀도 좋은 사람인데 부모 자식 사이가 안 좋을 수도 있는 거고요. 부모와 자식 관계도 뭔가 뜻하지 않은 이유로 상처를 주고받다가 끝내 그것을 극복하지 못할 수도 있습니다. 그것은 개인의 인격과는 또 다른 문제일 때가 많습니다. 어느 쪽의 잘잘못을 따져서 해결할 수 있는 문제가 아닌 겁니다. 운명은 때로 아주 고약하니까요.

하지만 그런 것도 다 젊어서의 일이고, 잘했든 잘못했든, 노년의 부모들은 애잔하기만 합니다. 자녀에게도 지시나 명령을 하지 않고 언제부턴가 슬슬 눈치를 보며 부탁을 하십니다. 부탁이란 말은 곱씹을수록 참 짠한 단어입니다. 거꾸로 말하면 짠해야 진짜 부탁입니다. 염치없이 아무에게나 쉽고 편하게 부탁하는 사람은 무례해 보입니다. 늙는다는 게 잘못도 아니고 죄도 아니지만, 늙어서 무례하면 답이 없습니다. 나이 들수록 고집이 세지면 대책이 없어서, 주위 사람들이 어쩔 수 없이 말은 듣겠지만 존경받기는 글렀습니다. 그래서 노인다운 노인은 애써 부탁하는 겁니다. 노인의 부탁은, 그래서 더욱 애잔한 겁니다. 소설《엄마를 부탁해》로 돌아가봅시다.

스무 살에 만나 오십년이 흘러 이 나이가 되는 동안 아내로부터 가장 많이 들은 게 좀 천천히 가자는 말이었다. 평생을 아내로부터 천천히 좀 가자는 말을 들으면서도 어째 그리 천천히 가주지 않았을까. 저 앞에 먼저 가서 기다려주는 일은 있었어도 아내가 원한 것,

서로 얘기를 나누며 나란히 걷는 것을 당신은 아내와 함께해본 적이 없었다.

당신은 아내를 잃고 나서 자신의 빠른 걸음걸이를 생각할 때마다 가슴이 터질 듯했다.

— 신경숙,《엄마를 부탁해》(창비, 2008) 중에서

소설 속의 아버지, 그러니까 엄마의 남편은 평생 아내에 대한 배려란 모르고 살았습니다. 물론 바깥에서는 부부 사이라고 해도 적당히 내외하는 것이 그 세대의 풍속이기도 했으니까 그리 책망할 일은 아니라 할 수도 있겠습니다만, 여하튼 그 바람에 아내를 잃어버린 꼴이 되고 보니 아버지로서는 자책하지 않을 수가 없을 겁니다. 그런 아버지가 이제 딸에게 부탁을 합니다. 그것도 자신의 아내, 엄마를 부탁하는 겁니다.

— 부탁헌다… 니 엄마… 엄마를 말이다.

딸이 참지 못하고 수화기 저편에서 어—어어어 소리내어 울었다. 당신은 송아지 같은 딸의 울음소리를 수화기를 귀에 바짝 붙이고 들었다. 딸의 울음소리가 점점 더 커졌다. 당신이 붙잡고 있는 수화기 줄을 타고 딸의 눈물이 흐르는 것 같았다. 당신의 얼굴도 눈물범벅이 되었다. 세상 사람들이 다 잊어도 딸은 기억할 것이다. 아내가 이 세상을 무척 사랑했다는 것을, 당신이 아내를 사랑했다는 것을.

— 신경숙,《엄마를 부탁해》(창비, 2008) 중에서

2장 돌봄

각각 아내와 엄마를 잃은 아버지와 딸. 애써 부인하며 버텼던 절망을 받아들여야 할 때가 왔습니다. 남편이든 아버지든 남자들이란 왜 꼭 뒤늦게 깨닫는 건지요. 아내에 대한 사랑과 그리움, 그리고 회한에 휩싸여 아버지는 어찌할 바를 모릅니다. 그래서 자식에게라도, 아니 자식이기에 자기의 아내, 자녀의 엄마를 부탁해야 하는 남편이자 아버지의 마음은 어떠했을까요. 태산 같은 줄만 알았던 아버지로부터 엄마를 부탁받는 딸의 심정은 또 어떠했을까요. 오죽하면 저러실까. 딸의 눈물은 엄마 때문만이 아닙니다. 저도 약해지신 아버지를 생각하니, 아니 그것이 어쩌면 아버지의 본모습이라 생각하니 눈물이 터져 나왔을 것입니다. 늙은 부모로부터 직접 '부탁한다', '고맙다', '미안하다' 같은 말을 들으면 그것만으로도 울컥할 때가 있는데 아버지로부터 엄마를 부탁받는 딸의 심정이 여북하겠습니까.

개인적으로 저는 이 대목에서 울음이 터졌습니다. 저희 어머니는 일찍부터 지병이 많았습니다. 아버지는 당신도 편치 않으신 몸으로 긴 세월 동안 어머니를 돌보셨습니다. 그러다 그만 아버지가 먼저 가시게 되었습니다. 유언처럼 아버지는 어머니를 부탁했습니다. 천덕꾸러기 취급받지 않게 해달라고요. 그 부탁은 작은누이가 들어주었습니다. 누이가 집으로 모셔 수년 동안 어머니를 씻기고 발톱도 깎아드리고 대소변도 받아주고, 그리고 임종도 해드렸습니다.

누이와 저는 사이가 좋은 편입니다. 우리 남매들은, 특히 누이는 정이 많고 그런 만큼 눈물도 많은 편입니다. 돌아가신 지몇 해가 지났건만, 부모님 이야기만 나오면 지금도 우리는 찔찔대기 일쑤입니다. 그런 누이가 하루는 메시지를 보내왔습니다. 텔레비전에서 또 무슨 드라마인지 다큐인지를 본 모양인데 엄마 아빠 생각이 나서 울었다고. 그러면서, 동화에서처럼 만일 딱한 가지 소원만 들어주는 게 있다면, 자기는 돈, 미모, 학벌, 그런거 말고, 우리 엄마 아빠 딸로 다시 태어나게 해달라고 할 거라는데, 글자에 눈물이 얼룩져 보였습니다.

가끔씩 그녀의 오라버니 노릇을 하고 싶을 때가 있는데 그날이 그러했던지 맞장구 대신 이렇게 답을 보냈습니다. "엄마 아빠 또 고생시켜드리기 싫어. 난 엄마 아빠의 아빠로 태어날 거야." 이만하면 한 방 제대로 먹인 셈 아닌가요. 승리감에 도취하며 그녀의 답을 기다렸는데, 웬걸, 그녀는 밝은 목소리로 즉각응사해왔습니다. "할아버지, 저 돈 좀 주세요!" 낭패로다. 잘못했다간 또 지게 생겼습니다. 주춤거리다 이렇게 답을 했죠. "네 애미 애비 키우느라 다 썼다." 흐흐흐. 승자의 미소를 짓고 있는데곧바로 답이 왔습니다. "아… 다행이에요… 할아버지, 저희 엄마 아빠 풍족하게 살게 해주셔서 고마워요." 또 졌습니다. 져도좋았습니다.

농담으로 시작한 이야기였는데 갑자기 부모님 말년에 좋은옷, 좋은 음식, 좋은 구경 못해드린 생각이 되살아나, 누이랑 저는 또 꺼이꺼이 울었습니다. 눈물 나게 고맙고 미안한 부모님 둔

게 또 고맙고 미안해 실컷 울었습니다. 돌아보니 인생은 나를 돌봐준 이와 내가 돌볼 이로 이루어진 돌봄의 연속인 것 같습니다. 부디 잘들 부탁드립니다.

3장

건강

다이어트, 금연, 금주, 운동하기…
'웰빙'은 죄다 큰 결심이 필요한 일들뿐입니다.
마음도 그럴까요? 마음도 결심한다고 나아지는 것이면 얼마나 좋을까요?

몸

몸은 좀 어떠신가요

쉰 고개 넘은 지가 엊그제 같은데 어느덧 환갑이 더 가까운 쪽이 되어버렸습니다. 지나온 오십 대를 돌아봅니다. 대체 누가 아프니까 청춘이라 그랬습니까? 정말 말을 안 해서 그렇지, 되게 아프니까 오십입니다. 여기저기 돌아가며 아프니까 오십이고, 죽을 정도도 아니고 그렇다고 싹 낫지도 않고 그냥 계속 아프니까 오십이요, 그러다 정말 큰 병치레를 겪게 되면, 절로 한숨이 나오면서 이래서 쉰이구나 싶답니다.

삼십 대만 해도 설운 서른이라며 엄살을 부렸는데, 웬걸요, 이내 마흔이 다가오고, 이것저것 가릴 것도 따질 겨를도 없이 무작정 앞만 보고 달려왔는데, 덜컥 쉰에 도달하고 나니, 정작 나 자신을 돌아보지 못했다는 걸 깨닫게 됩니다. 그게 쉰이라는 나이입니다.

쉰

김수열

혼자서는 갈 수 없는 줄 알았다

설운 서른에 바라본 쉰은

너무 아득하여 누군가

손잡아주지 않으면 못 닿을 줄 알았다

비틀거리며 마흔까지 왔을 때도

쉰은 저만큼 멀었다

술은 여전하였지만

말은 부질없고 괜히 언성만 높았다

술에 잠긴 말은 실종되고

더러는 익사하여 부표처럼 떠다녔다

여기까지 오는 동안

몇몇 벗들은 술병과 씨름하다

그만 샅바를 놓고 말았다

팽개치듯 처자식 앞질러 간 벗을 생각하다

은근슬쩍 내가 쓰러뜨린 술병을 헤아렸고

휴지처럼 구겨진 카드 영수증을 아내 몰래 버리면서

다가오는 건강검진 날짜를 손꼽는다

3장 건강

쉰은 자칫 오만하기 쉽습니다. 그럴 만한 실력과 경륜이 쌓일 때이기도 하니까요. 하지만 세상은 부단히 변하고, 몸은 쉬지 않고 무너져내려 간다는 사실을 잊고 지냅니다. 그래서 자기 자신은 그대로인 것 같은데 어느 날부턴가 슬슬 오만한 사람 취급을 받기도 하고, 올드한 사람 취급도 받으며, 그걸 받아들이기 힘들다 보니, 언성만 높아져서 더욱 오만하고 올드해 보이는 악순환이 일어나기 시작합니다. 꼰대는 오만과 올드의 합성어입니다.

몸이 예전 같지 않고 사회적 지위가 달라졌는데 술은 여전하다는 것 역시 자신에 대한 착각, 오만의 일종입니다. 귀는 열고 입은 닫아야 되는데 언성 높여가며 부질없이 옛날 말 늘어놓는 것도 올드의 징조입니다. 싸울 게 따로 있지 왜 술병과 씨름을 한답니까. 샅바를 놓치고 사라지는 친구들이 하나둘 늘어납니다. 아내 몰래 술값 영수증을 감추는 건 여전한데, 그러면서도 은근히 염려돼 건강검진 날짜는 챙기고 있는 모습. 검진을 받으려니 두렵고 안 받으려니 더 두려운, 그게 딱 평범하고 소심한 오십 대 아닐까 싶습니다.

이쯤 되면 누굴 만나도 건강이 제일 중요하다는 말을 입에 달고 삽니다. 여기에는 남녀가 다를 바 없지요. 젊은 날부터 열심히 돈 벌고 집안일 하면서 직장 걱정, 나라 걱정 다 하고, 부모 봉양에다 자식 키우느라 정작 내 몸뚱이는 돌볼 새가 없었으니까요. 나를 위해주자, 나도 좀 챙겨주자 하는 생각이 슬슬 위기 감과 더불어 늘어갑니다. 고혈압, 당뇨병 따위의 성인병 걱정에 이런저런 운동을 할까 생각해 보고, 몸에 좋다는 영양제나 건강 보조제도 꼬박꼬박 챙겨보려 하고, 흰머리, 탈모, 주름살, 점, 잡티, 기미 등등 미용에 관한 관심도 커져갑니다.

쉰 넘어보니 딴 거 없습니다. 내 몸이 나입니다. 웰빙Well-being 하지 않으면 웰다잉Well-dying도 없습니다. 돈 벌고 일하느라 애쓴 내 몸, 남들 위해 바친 내 몸, 내가 아니면 누가 돌보겠습니까. 잘 먹고 잘 살아야지. 이 말을 참 오랜만에 꺼내보는 나이인 겁니다.

그러나 막상 건강을 챙기고 보기 좋게 몸을 관리하는 일이 결코 호락호락하지가 않습니다. 좋은 것 먹고 나쁜 것 안 먹기, 뭐든 적당히 먹기, 이게 뭐 어려울까 싶은데 진짜 잘 먹고 잘 살려면 상상할 수 없을 정도의 인내와 노력이 필요하죠. 살은 찌는 건 참 자연스럽게 찌면서 빠지는 건 왜 그리도 부자연스러운 건지요. 그래서들 하는 말이 있죠. 원래 다이어트는 내일부터라고. 금연도, 금주도 늘 내일부터입니다.

소주 한 병이 공짜

임희구

막 금주를 결심하고 나섰는데

눈앞에 보이는 것이

감자탕 드시면 소주 한 병 공짜란다

이래도 되는 것인가

삶이 이렇게 난감해도 되는 것인가

날은 또 왜 이리 꾸물거리는가

막 피어나려는 싹수를

이렇게 싹둑 베어내도 되는 것인가

짧은 순간 만상이 교차한다

술을 끊으면 술과 함께 덩달아

끊어야 할 것들이 한둘이 아니다

그 한둘이 어디 그냥 한둘인가

세상에 술을 공짜로 준다는데

모질게 끊어야 할 이유가 도대체 있는가

불혹의 뚝심이 이리도 무거워서야

나는 얕고 얕아서 금방 무너질 것이란 걸

저 감자탕 집이 이 세상이

훤히 날 꿰뚫게 보여줘야 한다

가자, 호락호락하게

— 《소주 한 병이 공짜》(문학의전당, 2011)

결심이란 익숙한 것과의 결별을 의미합니다. 하지만 내 몸
에는 너무 많은 관성이 들어 있습니다. 오래된 세월의 흔적이 몸

구석구석에 살뜰히도 배어 있습니다. 그것과 싸워 이겨내기에는 우리는 너무나 호락호락한 사람들입니다. 싸울 게 따로 있지 왜 자신과 싸운답니까.

이 시의 주인공이 딱 그렇습니다. 막 금주를 결심했는데 하필이면 그날 눈에 띈 것이 '감자탕에 소주 한 병이 공짜'랍니다. 기가 찰 노릇이죠. 다이어트를 결심하면 그날따라 꼭 저녁 회식이 있고, 금연을 결심한 날은 왜 꼭 복잡한 일이 급하게 계속 터지는건지. 정말 난감합니다. 결심이 흔들리니 행동도 덩달아 꾸물거리는 법인데 날씨 또한 때맞춰 꾸물거리기까지 하니 이런 날은 감자탕에 소주 한잔 해야 하지 않겠냐고, 머리만은 아주 재빠르게 돌아가며 그럴싸한 합리화가 벌어집니다. 술을 끊으면 술과 함께 끊어야 할 일이 어디 한둘이겠냐고. 그 끊어야 할 대상이 보통 사이냐고, 그들이 무슨 잘못을 했다고 연을 끊어야 하느냐고, 사람이 이리 모질어서야 되겠느냐고, 세상에 술을 공짜로 준다는데 뭐 하러 불혹의 뚝심을 발휘하려 드는 게냐고.

이로써 새로운 결심이 굳어집니다. 금주는 날이 흐리지 않고 아무 일도 없는 날 실행한다!

탐식과 절식 사이

바야흐로 잘 먹고 잘 사는 게 전 세대의 목표가 된 듯한 시대에 우리는 살고 있습니다. 그래서 한편으로는 맛집 정보를 꿰고 매일 저녁 먹방을 보면서 식탐을 추구하는가 하면, 다른 한편으로는 다이어트 건강식을 찾고 매일 아침 방송으로 몸에 좋은 음식 정보를 구하며 바른 식생활을 기원합니다. 탐식의 즐거움과 절식의 미덕 사이에서 우리는 방황하기 일쑤이죠. 무엇이 내 몸을 위한 것인지 그때그때마다 생각이 달라집니다.

이럴 때 떠오르는 영화가 있습니다. 《아웃 오브 아프리카》로 유명한 작가 이자크 디네센의 원작 소설을 가브리엘 악셀 감독이 각색하고 연출한 〈바베트의 만찬〉(1987)이라는 작품입니다. 19세기 말 덴마크 해안의 작은 마을, 거기에는 청빈하고 엄격한 개신교 목사와 재능 있고 아리따운 그의 두 딸이 있습니다. 뭇 청년들이 연모하며 도시에서의 삶을 청해보지만, 딸들은 아버지의 뜻을 따라 거절하고 독신으로 살아갑니다.

아버지가 세상을 떠난 뒤, 두 딸은 소박하고 경건한 청교도적인 삶을 독실하게 지켜가면서 아버지를 이어 마을을 신앙 공동체로 이끌어가고자 합니다. 마을 사람들은 탐욕과 탐식을 죄악시하는 검소한 생활을 통해 자신들의 신앙을 실천하는 듯하지만, 서로에 대한 시기와 의심, 원망이 독버섯처럼 자라나며 갈등과 분쟁이 늘어만 갑니다.

그러던 어느 날, 이제는 늙어버린 자매의 집에 전쟁으로 남편과 아들을 잃고 오갈 데 없는 처지가 되어버린 바베트라는 프랑스 여인이 들어옵니다. 그녀는 요리와 집안일과 온갖 허드렛 일을 다 맡아주며 14년을 그 집에서 지냅니다. 그런 바베트에게 거액의 복권이 당첨되는 행운이 찾아옵니다. 고생 끝 행복 시작, 당연히 이제 그녀가 고향으로 돌아가리라 여기던 자매에게 바베트는 마지막으로 동네 사람들을 위해 요리를 대접하고 싶다고 말합니다.

놀라운 일은 그때부터 벌어집니다. 바베트가 주문한 재료들이 속속 도착하는데 면면이 진귀한 것들입니다. 소, 닭은 기본, 거북이가 오는가 하면, 귀한 샴페인과 와인, 하얀 테이블보와 화려한 은식기에 이르기까지 호화롭기 그지없습니다. 그동안 절제와 금욕, 검소하고 경건한 삶을 지켜오던 자매와 마을 사람들은 불안을 넘어 두려워지기 시작합니다. 그리고 다짐을 합니다. 그녀가 정성껏 준비했으니 그 음식을 먹어는 주되 어떠한 표현도 하지 말자고.

하지만 바베트의 만찬이 진행되면서 그들은 무너지고 맙니다. 그녀의 요리를 한 입씩 베어 물 때마다 온몸에 밀려드는 감동으로 인해 영혼마저 행복하게 녹아내리는 겁니다. 누구보다도 크게 놀란 사람은 그 자리에 합석하게 된, 젊은 날 언니를 연모했던 장군입니다. 장군만이 이 요리가 과거 프랑스 최고 레스토랑 '카페 앙글레'에서 먹어본 그 맛이란 걸 알아차리죠.

바베트는 바로 그 레스토랑의 수석 요리사였습니다. 프랑스 혁명 이후 레스토랑이 번성하게 된 것은 역사적인 사실이지요. 망명하는 귀족 주인을 따라가거나 부르주아 집안으로 들어간

요리사들이라면 모를까. 귀족 밑에서 일하던 수많은 요리사가 이 혁명으로 인해 길거리로 쫓겨나와 개업하기 시작하면서 레스토랑이 유행하게 된 거랍니다.

바베트가 그런 대단한 요리사였으니 그 맛이 오죽했겠습니까. 음식이 주는 맛의 즐거움에 오롯이 빠진 마을 사람들은 식탁에 둘러앉아 처음으로 서로의 솔직한 속내를 꺼냅니다. 자신들이 지니고 있었지만 미처 느끼지 못했던 감각들이 막 깨어난 것입니다. 갈등과 반목, 불평과 불만도 사라지며 그들은 바베트의 식탁에서 마치 천국처럼 기뻐하며 하나가 됩니다.

감동적인 만찬이 끝났습니다. 하지만 바베트는 프랑스로 돌아가지 않습니다. 아니 돌아갈 수가 없습니다. 이 만찬을 준비하느라 복권 당첨금을 모두 써버렸기 때문입니다. 자매는 얼굴이 창백해져서 말합니다. "바베트, 이제 다시 가난하게 살아야 하잖아!" 그러자 바베트가 답합니다. "예술가는 가난하지 않아요." 그리고 덧붙입니다. "자신이 최선을 다하면 사람들을 행복하게 할 수 있죠." 천사의 축복이라도 내리는 듯, 창문 너머로는 흰 눈이 소복소복 쌓입니다.

바베트는 복권 당첨금 1만 프랑 모두를 이웃을 대접하는 데 썼습니다. 마치 나사로의 누이 마리아가 은화 삼백 데나리온이나 되는 비싼 향유를 예수 발에 부어드린 것처럼 말입니다. 훗날 예수를 팔아넘긴 유다는 그 돈이면 가난한 사람을 살릴 수 있었을 것이라며 비난했지만, 예수는 오히려 마리아를 칭찬합니다. 바베트의 만찬은 그런 의미가 아닐까요. 그것은 호화찬란한 먹방이 아니었습니다. 욕망이나 물질의 흥청거림도 아니었습니다. 낯설고 징그러워 뵈는 음식 재료들은 제물처럼 식탁에 올려지고, 만찬은 잔치가 되어 진정한 관계를 회복하는 화목제가 되었습니다. 거기서 닫혀 있던 감각이 열리며 몸에 갇혔던 사랑이 완성되는 겁니다.

인생 식탁의 식사법

탐식도 절식도 다 소중합니다. 탐식이 절식의 미덕을 무너뜨려서는 안 됩니다. 절식이 탐식의 즐거움을 억압해서도 안 되겠죠. 그러나 그중 어느 하나라도 내 몸을 사랑하는 게 아니라 해치는 거라면 내 몸은 물론이려니와 영혼도 건강할 수 없습니다. 이제 올바른 식사법을 가르쳐드리지요.

식사법

김경미

콩나물처럼 끝까지 익힌 마음일 것
쌀알빛 고요 한 톨도 흘리지 말 것
인내 속 아무 설탕의 경지 없어도 묵묵히 다 먹을 것

고통, 식빵처럼 가장자리 떼어버리지 말 것

성실의 딱 한 가지 반찬만일 것

새삼 괜한 짓을 하는 건 아닌지

제명에나 못 죽는 건 아닌지

두려움과 후회의 돌들이 우두둑 깨물리곤 해도

그깟것 마저 다 낭비해버리고픈 멸치똥 같은 날들이어도

야채처럼 유순한 눈빛을 보다 많이 섭취할 것

생의 규칙적인 좌절에도 생선처럼 미끈하게 빠져나와

한 벌의 수저처럼 몸과 마음을 가지런히 할 것

한 모금 식후 물처럼 또 한 번의 삶,을

잘 넘길 것

—《쉬잇, 나의 세컨드는》(문학동네, 2001)

이 시를 읽으면 깔끔하고 소박한 식탁이 떠오릅니다. 바베트의 만찬에 비하면 옹색하기 짝이 없지만, 원래 자매와 마을 사람들 식탁에 비하면 제법 구색을 갖춘 식탁일 성싶습니다. 사실, 식탁이 화려하든 조촐하든 그 자체는 그리 중요해 보이지 않습니다. 그 무엇이든 온전히 받아들이는 성실함과 인내가 중요해 보입니다. 먹는다는 것은 음식을 배 속으로 받아들이는 일이니까요. 그래야 우리가 살 수 있으니까요.

산다는 것은 먹는다는 것이고 먹는다는 것은 산다는 것입니다. 그러기에 이 시인은 식사법을 말한다면서 우리에게 사는 법을 강론講論하고 있는 것처럼 들립니다. 살기 위해 먹는다는 것은 매우 경건한 일입니다. 먹는 것처럼 산다는 것도 그리해야 합니다. 우리의 마음도, 끝까지 푹 익혀 먹는 콩나물처럼, 그렇게 익혀야 합니다. 쌀 한 톨도 흘리지 말아야 하듯 삶 속에서 고요한 순간들도 놓쳐서는 안 됩니다. 설탕처럼 달지 않은 인생이라도 끝까지 묵묵히 사는 게 인생이며, 식빵 가장자리를 떼어버리지 말아야 하듯 고통이라고 해서 그것을 인생으로부터 제거하려 해도 안 됩니다.

죽을 때까지 밥을 먹듯, 죽기까지 성실하게 사는 것, 그것이 인생입니다. 그러기에 살다보면 입안에 돌이 서걱거리기도 하고, 멸치똥 같은 날이 이어지기도 하지만, 푸성귀처럼 유순한 눈빛도 키워야 한다고 시인은 말합니다. 잊을 만하면 찾아오는 좌절이 있다 하더라도 생선뼈 마디마디 발라내듯이 미끈하게 빠져나올 줄도 알아야 하고, 그러면서 늘 수저 한 벌마냥 가지런히 몸과 마음을 가눌 줄 알아야 합니다. 식후 한 모금 물 마시며 한 끼 한 끼 먹어 넘기듯, 그렇게 잘 넘기고 넘어가는 게 우리의 사는 법 아니겠습니까.

먹는 일, 먹이는 일

그런데 말입니다, 사람 사는 게 다 똑같은 건 아니잖습니까. 먹는 게 다른데 어찌 같겠느냐고요. 프랑스 미식가의 시조라 불리는 장 앙텔름 브리야샤바랭이 한 유명한 말입니다. "당신이 먹은 것이 무엇인지 말해 달라. 그러면 당신이 어떤 사람인지 말해주겠다." 하지만 그가 요즘 세상으로 살아 돌아온다면, 그렇게 쉽사리 자신하지는 못할 겁니다.

예전보다 먹을거리가 풍요롭고 다양해진 것도 사실인 반면, 대중화되고 획일화된 경향도 그만큼 강해진 세상에 우리는 살고 있습니다. 같은 슈퍼마켓, 같은 식재료, 같은 레시피의 세상인 거죠. 식당도 대부분 체인점입니다. 그 덕에 어딜 가나 실패할 염려 없이 안전이 보장된 맛을 누리고는 있지만, 내 입에 맞는 집을 찾기란 점점 더 어려워지고 있습니다. 오히려 방송에서 소개된 맛집을 찾아가고 그 맛을 맛있다고 뇌에 각인시키려 듭니다. 그것은 학습일 수도 있지만 강요된 자발성일 수도 있습니다. 남의 입맛에 내가 승복하지 않으면 맛도 모르는 놈 취급받기가 십상이니까요.

이럴 때면 저는 팝 아트의 거장 앤디 워홀의 〈캠벨 수프 통조림〉(1962) 연작을 떠올리곤 합니다. 현대 사회의 대량 생산 문화를 상징하는 그림이죠. 그런데 이 그림을 잘 들여다보면 다 똑같은 캠벨 수프지만 하나하나의 맛은 다 다릅니다. 각각의 캔은 치킨 수프, 옥수수 수프, 조개 수프 등등 다양한 맛입니다. 하지만 그래본들 깡통 수프 맛입니다. 그렇다면 이 그림은 획일화를 표현한 것인지 다양화를 표현한 것인지 헷갈립니다. 이에 관해 그가 투명하게 답한 적도 없으니까요.

'캠벨 수프'와 함께 유명한 작품이 〈코카콜라〉(1961)입니다. 앤디 워홀은 이렇게 말한 바 있죠. "미국의 위대함은 만인이 평등하다는 사실이다. 이를 상징하는 것이 코카콜라다. 대통령도 억만장자도 엘리자베스 테일러도 일반 서민과 똑같은 코카콜라를 마실 뿐이다. 더 비싼 돈을 줘도 고급 코카콜라를 마실 수가 없다. 이것이 미국의 자랑이다."

대중문화의 풍요는 평등을 가져다줬습니다. 누구나 같은 코카콜라를 마시고, 캠벨 수프를 먹게 되었습니다. 그러나 생산자와 소비자 사이의 권력의 추가 점점 한쪽으로 기울어져가면서 획일화의 위험에 다다르고 있습니다. 이것이 대중문화의 양면성입니다. 풍요는 다양화를 선물해 주는 것 같았습니다. 코카콜라만이 아니라 다양한 청량음료를 만들어주었고, 온갖 맛의 수프를 탄생시켰죠. 그러나 그것들은 자기 생태계 내부의 다양화만 허락할 뿐, 골목식당과 집밥의 생태계를 위협합니다.

그런 의미에서 집밥을 먹는 일을 음식 문화의 파시즘에 저항하는 레지스탕스에 비유해볼 수는 없을까요? 가족은 한솥밥을 먹는 식구食口라고도 부르는데 이 집이나 저 집이나 식탁 위 풍경이 다를 게 없다면 식구가 무슨 의미가 있겠습니까. 하지만 집

밥의 문제에서도 별도로 고려해야 할 중요한 문제가 도사리고
있습니다.

찬밥

문정희

아픈 몸 일으켜 혼자 찬밥을 먹는다

찬밥 속에 서릿발이 목을 쑤신다

부엌에는 각종 전기 제품이 있어

일 분만 단추를 눌러도 따끈한 밥이 되는 세상

찬밥을 먹기도 쉽지 않지만

오늘 혼자 찬밥을 먹는다

가족에겐 따스한 밥 지어 먹이고

찬밥을 먹던 사람

이 빠진 그릇에 찬밥 훑어

누가 남긴 무 조각에 생선 가시를 핥고

몸에서는 제일 따스한 사랑을 뿜던 그녀

깊은 밤에도

혼자 달그락거리던 그 손이 그리워

나 오늘 아픈 몸 일으켜 찬밥을 먹는다

집집마다 신을 보낼 수 없어

신 대신 보냈다는 설도 있지만

홀로 먹는 찬밥 속에서 그녀를 만난다

나 오늘

세상의 찬밥이 되어

—《양귀비꽃 머리에 꽂고》(민음사, 2004)

요즘은 찬밥 먹기가 오히려 힘든 세상입니다. 전기밥솥 뚜껑만 열면 24시간 따뜻한 밥을 언제든 먹을 수 있기 때문입니다. 하지만 제가 어릴 때만 해도 보온밥통이 없었습니다. 그러니까 밥을 지으려면 아버지가 몇 시에 돌아오시는지가 굉장히 중요한 문제였죠. 느닷없이 아버지 귀가가 늦어지면 그땐 그 밥을 밥그릇에 잘 담아다가 아랫목에 놓고 이불로 덮어두는 겁니다. 이슥히 되어 그제야 아버지가 돌아오시면 밥상을 차려다가 따끈하게 드시라고 그 밥을 내어드렸죠. 식은 밥은 어머니 차지고요. 그러니 어머니가 천사라는 겁니다. 집집마다 신을 보낼 수 없어 신 대신 보냈다는 천사 말이죠.

허영만 화백은 《식객》에서 "맛은 추억이다. 맛을 느끼는 것은 혀끝이 아니라 가슴이다. 그러므로 절대적으로 훌륭한 맛이란 없다. 세상에서 가장 맛있는 음식은 이 세상 모든 어머니의 숫자와 동일하다"라고 했습니다. 저도 동의합니다. 유명 맛집의 소문난 메뉴라 해도 한두 번 먹어보고는 그걸 인생 음식이라 말할 수는 없습니다. 그때 그 자리의 맛일 뿐, 돌아서면 기억도 잘 나지 않으니까요.

다시 이 시로 돌아가 봅시다. 어머니는 천사이기 전에 식구여야 했습니다. 왜 그녀만 찬밥을 드셔야 했던가요. 왜 아픈 몸 일으켜 밥을 지으셔야 했던가요. 그 시절에는 그랬다 칠 수도 있을 겁니다. 그러나 지금은 '부엌에는 각종 전기 제품이 있어 일 분만 단추를 눌러도 따끈한 밥이 되는 세상'입니다. 그런데도 시인은 어머니처럼 찬밥을 먹습니다.

냉전 시대에 '부엌 논쟁Kitchen Debate'이라 불리는 사건이 있었습니다. 미소 양국의 대립이 가열되어 가던 1959년, 모스크바에서 열린 박람회에 당시 미국의 부통령이던 리처드 닉슨이 방문하여 소련의 서기장 니키타 흐루쇼프와 만났습니다. 일종의 긴장 완화 정책 차원에서, 미소 양국이 상대국에서 박람회를 열기로 한 것이죠. 미국은 전시장을 최신 가전제품으로 채웠습니다. 식기세척기, 진공청소기, 토스터와 냉장고가 등장했죠. 가사노동으로 인한 가정주부들의 고통을 과학기술이 획기적으로 덜어주리라 기대하던 시대, 그렇게 모던하고 세련된 주방을 갖는다는 것 자체가 당대 여성들의 로망이던 시대였습니다. 닉슨은 흐루쇼프 앞에서 미국 가전제품의 첨단 기술력을 자랑했습니다. 거기에는 미소 간의 군비 경쟁 구도를 삶의 질 경쟁 프레임으로 바꾸고자 한 의도가 들어있었을 겁니다.

이를 자본주의 진영의 기만적 전시라고 여긴 흐루쇼프는 닉슨에게 이런 것들은 소련에도 다 있다며 발끈합니다. 이에 대해 닉슨은 임금 인상을 요구하며 파업 중인 철강 노동자들도 이 정도는 구매할 수 있다고 응수하죠. 의심의 눈초리를 거두지 않으면서 흐루쇼프는 목소리를 높였습니다. "그래본들 이 가전제품은 여성을 주방에 가둬놓기밖에 더합니까. 소련의 여성은 이미 가정이 아닌 바깥에서 남성과 동등하게 일하고 있습니다."

가전제품이 인간 노동의 상당 부분을 대체한 것은 맞습니다. 그뿐만 아니라 요즘은 많은 가사노동이 사회화되어 집도 인테리어 전문가에게 맡기고, 식사는 수많은 식당과 간편식이 대신해 주고 있습니다. 그러나 가사노동의 실질적 평등화나 해방은 아직도 이루어지지 않았습니다. 여성이 가정이 아닌 바깥에서 남성과 일하는 세상이 온 지도 이미 오래지만, 그러나 여전히 '동등하게' 일하고 있지는 못합니다. 그러니 집 안이나 집 밖에서나 동등하지 않고 부당한 현실인 게 맞습니다. 이런 형편에 맛의 획일화나 기업화에 대한 대항마로서 집밥을 강조하기란 남세스런 일이 아닐 수 없답니다. 집밥은 '천사가 하는 것'이라는 전제가 바뀌지 않으면 안 된다는 말입니다.

사실, 이런 말을 하다 보면 저도 무척 찔립니다. 몇 번이나 이 부분은 슬쩍 넘어가려 했는지 모릅니다. 다만 입은 비뚤어져도 말은 바로 해야겠다고 맘먹었을 따름입니다. 내가 잘 먹고 잘 살려면 내 몸만이 아니라 내 몸을 먹이는 이의 몸을 잘 지켜줘야 합니다. 맛있고, 건강하고, 다양하게 먹으려면, 요컨대 우리 집밥을 지키려면, 집밥의 가치와 기능은 살리되 먹고 먹이는 주체와 객체를 번갈아가며 서로의 몸을 지켜주는 길밖에 없습니다.

그리하여 마지막으로 다음 시를 올립니다. 단, 이 시에서 '아
내' 자리는 적절히 바꿔 읽으시면 좋겠습니다. 부디 그리해 주시
길 빕니다. 그래야 우리 식구들 모두의 몸이 건강할 것입니다.

오늘은 일찍 집에 가자

이상국

오늘은 일찍 집에 가자

부엌에서 밥이 잦고 찌개가 끓는 동안

헐렁한 옷을 입고 아이들과 뒹굴며 장난을 치자

나는 벌 서듯 너무 밖으로만 돌았다

어떤 날은 일찍 돌아가는 게

세상에 지는 것 같아서

길에서 어두워지기를 기다렸고

또 어떤 날은 상처를 감추거나

눈물자국을 안 보이려고

온몸에 어둠을 바르고 돌아가기도 했다

그러나 이제는 일찍 돌아가자

골목길 감나무에게 수고한다고 아는 체를 하고

언제나 바쁜 슈퍼집 아저씨에게도

이사 온 사람처럼 인사를 하자

오늘은 일찍 돌아가서

아내가 부엌에서 소금으로 간을 맞추듯

어둠이 세상 골고루 스며들면

불을 있는 대로 켜놓고

숟가락을 부딪치며 저녁을 먹자

―《어느 농사꾼의 별에서》(창비, 2005)

마음

누구에게나 지하실이 있다

영화 〈이보다 더 좋을 순 없다〉(1997)의 주인공인 로맨스 소설 작가 멜빈 유달은 삼팔선도 아닌데 금을 밟으면 그 자리에서 죽기라도 하듯 보도블록 사이의 틈조차 밟지 않으려 하고, 길에서 사람들과도 절대 부딪히지 않으려고 조심조심 뒤뚱뒤뚱 민폐를 끼치며 걷습니다. 매사가 이런 식입니다. 식사도 언제나 똑같은 레스토랑, 똑같은 테이블에 앉아서 자신이 직접 챙겨온 플라스틱 포크만을 써야 합니다. 그에게 세상은 위험하고 불안하며 심지어 더럽고 저열해 보입니다. 믿을 수도, 만족할 수도, 사랑할 수도 없습니다.

강박증에다 결벽증까지 있는 괴팍한 성격의 소유자, 자신은 돌아볼 줄 모르고 주변의 모든 사람을 피곤하게 만들며 불평만 늘어놓는 무례한 이 남자. 그래서 다들 기피하는 이 작자를 레스토랑의 종업원인 캐롤 코넬리만이 유일하게 마주 대하며 온갖 불만을 다 들어줍니다. 멜빈은 그런 캐롤을 마음속으로 좋아하면서도 겉으로 칭찬 한마디 한 적이 없습니다. 캐롤이 자신에게 한 번만이라도 칭찬해달라고 조르자, 몇 번을 망설인 끝에 억지로 쥐어짜듯 그가 내뱉은 말은 이렇습니다.

"You make me want to be a better man."

요 정도는 번역 안 해드려도 되겠죠? 멜빈의 이 말에 캐롤은 감동합니다. 살면서 지금까지 들어본 최고의 찬사라고. 그렇게 두 사람의 사랑은 시작되고, 이러저러한 우여곡절을 거쳐 마침내 각자가 안고 있던 마음의 상처들이 치유, 극복되면서 해피엔딩에 이릅니다. 멜빈의 상상 속에서 허구로만 존재했던 로맨스 소설이 삶으로 실현된 셈입니다. 하지만 그것도 영화 속이긴 마찬가지이니, 현실에서 그런 로맨스가 이루어질 듯 보이도록 만든 이 영화야말로 참 로맨틱한 허구라 하겠지요. 세상이 그럴 수만 있다면 더 바랄 것이 있을까요? '더할 나위 없다'는 이럴 때 써야 하는 말일 겁니다.

그래서 이 영화의 제목이 '이보다 더 좋을 순 없다'인 걸까요? 원제목 'As Good As It Gets'는 문맥에 따라서 긍정적인 의미로도 쓸 수 있고 부정적인 의미로도 쓸 수 있는 말이라고 합니다. 이보다 더 좋을 수는 없을 정도로 지금이 최고라는 뜻도 되지만, 더 나아질 기미가 없으니 별로 좋지도 않은 지금 이 정도가 최고라는 뜻으로 쓰일 수도 있지요. 물론 사람에 따라서는 후자의 그 부정적인 의미조차도 긍정적으로 받아들일 수 있을 겁니다. 보일러를 고치다가 오늘은 이 정도 따뜻한 게 최선이라고 하면 어쩔 수 없이 현실을 받아들이며 견딜 수도 있을 테니까요.

그런 의미에서라면 저도 긍정의 힘을 믿고 싶습니다. 2016년 리우 올림픽 남자 펜싱 에페 종목 결승전에서 박상영 선수가 패전으로 기울어가는 그 절체절명의 시간, 거의 모든 국민이 이젠 끝났구나 낙담하던 그 찰나. 그 고독한 순간에 오직 자신만이 스스로에게 '할 수 있다'고 되뇌면서 몸과 마음을 새로이 추스리고 도전한 끝에 기필코 역전승을 이끌어내어 금메달을 따는 극적인 장면을 눈앞에서 보았을 때, 역시 긍정적인 자세와 마음가짐이 소중하구나 하는 생각을 아니할 수 없는 것입니다.

그러나 그런 일이 매번 일어나지는 않는다는 것도 인정해야 할 겁니다. 그런 의미에서 저는 긍정의 힘은 믿어도 긍정의 미신은 믿기 싫습니다. 모든 게 마음먹기에 달렸고, 그래서 긍정적으로 생각하면 모든 게 잘될 거라는 믿음, 그것은 헛될 뿐만 아니라 위험합니다. 생각이 현실이 된다는 주장은 사이비에 가깝습니다. 왜 그런지 다음의 시를 함께 읽어보시죠.

패랭이꽃

류시화

살아갈 날들보다

살아온 날이 더 힘들어

어떤 때는 자꾸만

패랭이꽃을 쳐다본다

한때는 많은 결심을 했었다

타인에 대해

또 나 자신에 대해

나를 힘들게 한 것은

바로 그런 결심들이었다

이상하지 않은가 삶이란 것은

자꾸만 눈에 밟히는

패랭이꽃

누군가에게 무엇으로 남길 바라지만

한편으론 잊혀지지 않는 게 두려워

자꾸만 쳐다보게 되는

패랭이꽃

—《외눈박이 물고기의 사랑》(무소의뿔, 2016)

결심이란, 살아온 나에 대한 부정이었고, 살아갈 나에 관한

3장 건강

긍정이었습니다. 그러기에 살아온 날들을 반성하며 비장하게 결심할 때면, 살아갈 날들은 늘 밝게 빛나 보였습니다. 그러나 세월이 좀 더 지나면 우리는 또 실망하고 반성하고 아마 또 똑같은 결심을 새로운 각오로 하겠지요. 자주 결심했다는 것은 그만큼 그 결심이 나와 어울리지 않는다는 의미일 텐데, 한사코 자신을 부정하느라 나를 힘들게 하고 타인들마저 힘들게 하는 것이지요. 눈에 밟히고 애잔하게 쳐다보게 되는 패랭이꽃처럼, 그러다 또 이내 잊히는 길가의 패랭이꽃처럼, 우리 삶이란 무언가 의미 있는 존재가 되길 바라면서 또 한편으로는 잊히지 않는 게 두려운 것. 그렇게 자신을 키우고, 무너뜨리고, 우쭐해하다가 우울해하며 이어가는 것.

내 마음대로 되지 않는 이 복잡다단한 현실을 사는 데에 어찌 긍정만 힘이 있고 부정은 힘이 없겠습니까? 다만, 긍정적으로 마음먹고 결심한다 해서, 안 될 일이 반드시 될 리는 없다 하더라도, 스스로 안 된다고 마음먹으면, 될 일도 반드시 안 될 것만은 분명하기에, 되도록이면 긍정적으로 생각하라고 권할 따름이겠지요.

긍정이냐 부정이냐. 우리 마음도, 현실도 그렇게 심플하지는 않습니다. 경우에 따라서는 과연 어느 쪽이 긍정적 사고이고 어느 쪽이 부정적 사고인지 가름이 안 될 때도 많습니다. 그만큼 우리 마음이란 놈부터가 그리 녹록하거나 단순하지가 않습니다. 마음은 단층單層이 아니라 단층斷層으로 이루어져 있으니까요.

칸 영화제 황금종려상 수상에 이어 미국 아카데미 시상식에서 작품상·감독상·각본상·국제장편영화상까지 거머쥔 봉준호 감독의 영화 〈기생충〉(2019). 우리 사회의 계층 간 갈등을 그린 걸작이란 찬사를 받는 영화이죠. 사실, '계층'이란 말부터가 은유적 표현이랍니다. 친족 간이나 조직 사회 내 구성원의 관계를 관습적으로 윗사람, 아랫사람 같은 말로 표현하곤 하는데, 이것도 실은 인간관계를 공간에 빗대어 표현한 비유이니까 말이죠. 은유는 이처럼 우리의 삶에서 너무 일상적으로 사용되고 있어서 그것이 은유인지조차 인지하지 못하는 경우가 많죠.

〈기생충〉은 계층이라는 비유의 실제 모습을 바로 우리 눈앞에 있는 그대로 펼쳐 보입니다. 봐라, 정말로 인간들이 상층, 하층으로 나뉘어 존재하고 있지 않느냐! 이 영화가 상징적인데도 묘하게 현실적이란 말이 성립하는 이유입니다. 둘 다 공간에 비유한 판타지이지만, 계층 관계를 앞과 뒤의 공간 관계로 설정하고 과연 누가 기차를 끌고 있는지를 물은 전작 〈설국열차〉(2013)에 비해, 〈기생충〉이 더 실감 나게 다가오는 이유가 여기에 있습니다. 상하上下 공간의 수직적 넘나듦과 전복의 가능성이 전후前後 공간의 그것보다 더 긴장감을 주기 때문입니다. 그러나 그보다 더 중요한 차이는 〈설국열차〉의 비유가 알레고리에 가깝다면, 〈기생충〉의 비유는 상징적이라는 데 있습니다. 그래서 훨씬 더 풍요롭고 다양한 열린 해석이 가능한 겁니다.

어쩌면 〈기생충〉의 공간 은유는 우리 마음의 구조를 의미하

3장 건강

는 것으로 볼 수도 있습니다. 프로이트의 개념에 따라 말하자면, 이 영화 속의 지상, 반지하, 지하는 각각 의식, 전의식, 무의식의 공간일 수 있고, 자아, 초자아, 이드의 관계로도 볼 수 있기 때문입니다.

이드Id는 쾌락 원칙에 따라 움직이는 원초적 본능입니다. 삶의 본능인 에로스Eros와 죽음의 본능인 타나토스Thanatos가 이드에 함께 잠재해 있습니다. 〈기생충〉에서 지하층의 생존과 폭력의 욕망이 바로 그런 것이죠. 그런 지하실이 있다는 걸, 아무도 알지 못했다는 점이 중요합니다. 무의식의 세계는 그런 것이니까요. 반면에 초자아Superego는 우리에게 허용된 경계선을 지어줍니다. 그러면서도 죄책감이나 수치심, 허약함, 의무감 등을 느끼는 원인이 되죠. 영화 속 지상의 호화 주택이 지닌 양면성이 그에 가깝습니다.

이드와 초자아 사이에서 중재자 역할을 하려 애쓰는 것이 자아Ego, 영화에서는 반지하라는 공간입니다. 한 번에 두 주인을 섬기지 말라 했거늘, 프로이트에 따르면 이 불쌍한 자아는 이드와 초자아, 그리고 외부세계 등 세 주인을 섬기는 상태이지요. 외부세계와 상호작용하면서 이드의 어둡고 무서운 본능을 억누르고, 초자아가 요구하는 대로 안전, 책임, 존중 같은 걸 고려하게 만들면서 우리를 지켜주는 것이 자아의 역할입니다.

자아는 이드를 통제하고 초자아가 지니고 있는 불안감과 죄책감 등을 완화해가며, 균형을 유지하려는 불쌍한 싸움을 지속

하고 있습니다. 통제되지 않는 저 무대책의 지하 세계, 자기기만에 빠져 무례하게 억압하고 무시하려고만 드는 지상 세계 사이에서 말입니다. 그게 〈기생충〉 속 기택을 비롯한 반지하 인생들, 바로 우리 자아의 모습인 셈입니다.

그래서 〈기생충〉은 잘살든 못살든 바로 우리 모두의 문제를 담고 있는 것입니다. 나는 저 위선의 부르주아들과 다르다고, 저 거칠고 야만적인 지하 빈민층과 다르다고, 마름처럼 빈민층을 수탈하고 상류층에 기생해 사는 반지하 인생과 다르다고 안심하지 말라고 드리는 말씀입니다. 비웃지도 마시고요. 그게 다 우리 마음속 이야기라는 말입니다. 오늘도 어제도 내일도 한결같이 벌어지는.

마음 깊은 곳에서

우리 마음속 지하실은 과연 어떤 모습일까요? 스스로에게도 감추고 외부로 드러내지 않고 있는 자신의 참의식, 그 깊은 바닥에서 바라보는 자신은 어떤 모습일까요? 마음속 깊은 곳에서 우리는 누구나 자기 자신에 대해 자격지심을 느낍니다. 그런데 그 자격지심이 소외감으로 이어져 세상에 대한 경멸로 나아가면 참 힘들어집니다. 뒤집어보면 그 세상 속으로 소속되고 싶고 사람들의 인정을 받고 싶어 하는 욕구의 이면일 뿐인데, 오만과 비굴, 독립감과 소속감 사이에서 갈팡질팡하다 보면 자아는 자꾸 추락하는 기분이 들기 마련입니다.

그것은 〈기생충〉의 더럽고 냄새나는 벌레와 같습니다. 냄새란 지울 수 없는 것. 내 의지와 노력과 무관하게 환경으로 인해 그저 몸에 배어버리는 그런 것. 삼겹살집에서 회식하면 누구나 공평하게 냄새가 배는 법인 것을, 내 탓이 아니라 환경과 문화 탓인 것을, 마치 나의 잘못이나 결함이라도 되는 것처럼 취급당하는 것. 피부색이 달라서, 여성이라서, 가난해서 선 밖으로 밀려나는 것.

그러나 아무리 밀어내도 소멸되지는 않습니다. 명민하게도 프로이트는 '억압'이란 단어를 씁니다. 누를 뿐입니다. 적당히 누르면 잠잠합니다. 하지만 너무 세게 누르면 오히려 튑니다. 터집니다. 조심해야 합니다. 안 그러면, 자꾸 선을 넘는, 아무리 막으려 해도 막을 수 없이 넘나드는 냄새를 잡으려다가, 그 빈대 같은 벌레를 잡으려다가, 그만 초가삼간, 아니 고급 주택 하나가 홀랑 다 타버려 재가 되는 겁니다. 의식이 미쳐버리고 마는 겁니다.

아무리 수련을 거듭한들, 우리가 완벽하게 이성적이고 도덕적이기만 한 존재, 거룩한 초자아로만 이루어진 존재는 될 수 없습니다. 초자아조차 늘 죄책감에 시달립니다. 우리 웬만한 건 너무 세게 결심하지 맙시다. 자신에게 엄격하고 타인에게 관대하라는 말도 스스로에게 너무 강요하게 되면 자신에게 가혹하고

타인에게 굴종하는 일이 되고 맙니다.

특히 우울이나 불안 같은 감정의 문제는 남들의 시선이나 남들과의 관계에서 비롯하는 경우가 많습니다. 그런 감정의 문제는 대개 머리로는 해결책과 정답을 알고 있으면서도 행동으로 이어지지 않는 경우일 때가 많죠. 반성은 하되 필요 이상으로 자신에게 가혹해져서는 안 될 듯합니다.

그러니 우리 마음의 지하실에 가끔은 신선한 공기를 불어넣어줘야 합니다. 냄새가 흘러 나가도록 해줘야 하는 겁니다. 그러니까 우리가 의식 저편으로 팽개쳐놓고 감춰놓았던 것들, 누구나 다 갖고 있는데 없는 척 살아온 것들을 한번 들여다보는 겁니다. 누구에게나 있는 지하실 문을 열어보고, 그 안에 있는 우울 같은 것들을 살펴보자는 말입니다.

슬퍼하지 않을래. 불안해하지 않을래. 왜 내가 우울해야 해? 긍정적으로 생각하면 돼. 난 나약한 사람이 아니야. 이런 태도는 마주보는 것이 아니라 오히려 피하는 겁니다. 그건 더 위험합니다. 우울함에 빠지는 게 문제이지 우울함을 인정하는 게 문제는 아니기 때문입니다. 그 슬픔과 우울함이 흘러 나갈 수 있게 길을 터주어야 하는 것이죠.

슬픔은 우리 몸에서 무슨 일을 할까?

김경주

물고기는 물을
흘러가게 하고

구름은 하늘을
흘러가게 하고

꽃은
바람을 흘러가게 한다

하지만
슬픔은
내 몸에서 무슨 일을 하는 걸까?

그 일을 오래 슬퍼하다 보니

물고기는 침을 흘리며
구름으로 흘러가고
햇볕은 살이 부서져
바람에 기대어 떠다니고

꽃은 하늘이

자신을 버리게 내버려 두었다

슬픔이 내 몸에서 하는 일은

슬픔을 지나가게 하는 일이라는 생각

자신을 지나가기 위해

슬픔은 내 몸을 잠시 빌려 산다

어린 물고기 몇 내 몸을 지나가고

구름과 하늘과 꽃이 몸을 지나갈 때마다

무언가 슬펐던 이유다

슬픔은 내 몸속에서 가장 많이 슬펐다

—《현대시 : 2016년 3월호》(한국문연, 2016)

시인의 발상과 시선에 주목해야 합니다. 그는 물이 물고기를 흘러가게 하는 게 아니라 물고기가 물을 흘러가게 한다고 말합니다. 프레임을 바꿔보니 일상의 주체와 객체 관계가 뒤바뀌어 보이네요. 그뿐만 아니라 관습에 매였던 관계의 확장도 이루어집니다. 물고기와 구름이 관계를 맺고, 햇볕이 바람과, 꽃이 하늘과 새 관계를 맺습니다. 그렇다면 내 몸도 물고기, 구름, 하늘, 꽃과 무관할 리 없습니다.

마음   143

내 몸속에 슬픔이 한 일은 슬픔을 지나가게 해서 그들이 지나가게 한 겁니다. 그래서 물고기를 들여다볼 때 내가 슬펐던 모양입니다. 구름과 하늘과 꽃이 지나갈 때마다 슬펐던 이유랍니다. 그러니 슬픔은 얼마나 슬펐겠습니까.

몰랐으면 모를까, 그렇다면 이제 받아들여줘야지요. 슬픔은 내 몸을 잠시 빌려 사는 기생충 같은 놈이란 것을. 슬픔이란 놈이 우리 인생의 기생충이라면 그놈도 살게 해줘야 하지 않겠습니까. 그놈도 숙주가 필요하기에 내 몸속으로 찾아오지 않았겠습니까. 가끔씩 지하에서 올라와 햇볕도 쐬고 나 몰래 술도 한잔하고 내 일상을 갉아먹으며 살도 좀 오르곤 하겠죠. 그렇게 잠시 내 몸을 빌린 슬픔이 슬픔을 지나가게 한답니다. 감기 바이러스라 해도 되겠군요. 기어이 앓아야만 사라지는 감기 말입니다.

슬픔에 슬픔을 허하라

그러니 슬플 땐 슬퍼합시다. 우울할 땐 우울하다고 말합시다. 슬픔과 우울을 감추거나 섣불리 극복하려 하는 게 문제입니다. 우울에 대해 부정적으로만 생각할 필요도 없습니다. 정당한 우울도 많습니다.

문제는 주변에 있습니다. 우울해할 필요가 있어서 우울해하는 이에게 우울함을 용납하지 않는 이들, 별것도 아닌 거 갖고 우울해한다며 덕담인 양 나무라는 이들, 세상사 다 마음먹기에 달렸다며 문제의 원인과 해결을 당사자에게 귀착시키는 이들, 괜히 주위 사람들까지 우울하게 만든다는 공리주의형 인간들, 모두 다 우울을 감추게 하여 우울을 키우는 이들입니다.

군집

이훤

세계에 검열 당하고

나에게 외면당해

잉태되지 못한 감정들 모여

내밀히 일으키는

데모

누군가는 그것을 우울이라 불렀다

이따금 정당하기도 했다

―《너는 내가 버리지 못한 유일한 문장이다》(문학의전당, 2016)

주위 사람 눈치가 바로 검열입니다. 그 검열 때문에 슬퍼하지 못했습니다. 나조차 그 슬픔을 외면했습니다. 그 감정들의 씨앗이 하나둘 쌓이면 뭉치기 시작합니다. 드디어 어느 날 터집니다. 스트라이크를 벌이고 데모를 합니다. 이따금 정당한 우울입니다.

모든 감정의 군집이 정당하지는 않습니다. 모든 데모가 정당한 건 아닌 것처럼요. 그러나 감정의 쪼가리들이 흘러가지 못하고, 사그라지지 못하게 될 때, 그것들이 모이고 뭉치기 시작하면 불온해집니다. 흥미로운 것은 저 군집群集의 뜻이 '여러 종류의 생물이 자연계의 한 지역에 살면서 유기적인 관계를 가지고 생활하는 개체군의 모임'이라는 데 있습니다. 한 가지 감정이 아니라 이러저러한 여러 종류의 감정들이 쌓이고 쌓였다가 어느 날 한데 모여들어 데모를 하게 된다는 뜻 같습니다. 그 정도면 정당한 우울 아닐까요? 〈기생충〉의 가족들도 그렇게 데모를 했듯이 말입니다.

감정은 소중합니다. 그런데도 우리는 그것을 자꾸 지하실에 가두어놓고 검열하고 외면해왔습니다. 그렇게 잉태된 감정들을 어떻게 다뤄내느냐가 이 사회에서 굉장히 중요한 문제가 된 지 오래임에도 불구하고, 지금의 사회는 개인에게서 이러한 감정을 오히려 박탈해가고 있습니다. 미국의 사회학자 스테판 메스트로비치는 《탈감정사회》에서 이렇게 묻습니다. "오늘날 현대 사회에서 내가 느끼는 감정이 진짜 내 감정인가?"

매스컴이나 미디어는 우리 감정을 조절하고, 아예 감정적 반응을 그들이 만들어 제공해 줄 때도 있습니다. 뉴스앵커는 사건을 보도하며 "분개할 만한 사건이 일어났습니다"라고 이미 우리

감정을 판단해 줍니다. 예능 프로그램의 자막에 주목해 보십시오. 어느샌가부터 우리는 자막의 내용에 따라 자동적으로 그에 걸맞은 희로애락의 감정을 보이고 있습니다. 미디어가 우리의 감정적 반응을 미리 정해서 넘겨주는 셈이죠.

놀이공원은 어떨까요? 놀이공원 안에 모든 놀이 기구의 동선은 다 계산되어 있습니다. 이럴 때 넌 재밌어야 해. 이럴 때 넌 공포를 느껴야 돼. 이럴 때 넌 즐거울 거야. 이처럼 남들이 만들어놓은 감정을 느끼면서 행복감을 느끼지만, 이는 문화산업에 의해서 조작된 것, 기계적인 감정이기 때문에 '탈감정'이라 부르고 있는 겁니다.

이러한 탈감정사회에서는 자신의 감정을 스스로 다스리기가 힘들기 때문에 감정적인 카타르시스라는 것이 사라져버립니다. 마음속에 어떤 감정이 쌓여 있을 때 영화나 소설을 보면서 한번 시원하게 울어버리거나 화를 내고 나면 무언가 해소되는 기분이 들죠? 그러면 다음 단계로 나아갈 수가 있습니다. 하지만 탈감정사회에서는 남이 만들어놓은 모호한 감정들 사이에서 세련되고 친절한 행동만 하게 될 뿐입니다.

감정을 표현하지 못하도록 하는 세계의 검열, 표현해도 들어주지 않는 세계의 무감각함과 공감의 부재. 그런 현실이 우리를 더 우울하게 만드는 것은 아닐까요? 그래서 점점 더 검열당한 것들을 지하실 밑으로 집어넣기만 하고 데모 한번 일으키지 못하고 사는 것 아닌가요? 아니면 그와 반대로, 인터넷 악성 댓글처럼, 감정과 이성의 차원이 아니라 감정에 미달한 것들을 이성적 판단 없이 마구잡이식으로 분노를 표출하기도 하죠. 그것은 정당한 데모가 아닙니다. 카타르시스라는 말이 가진 가장 나쁜 의미에서 그것은 배설에 지나지 않습니다.

그러는 사이, 우리는 슬슬 녹슬어갑니다. 아니, 번아웃 증후군이란 말처럼 타들어갑니다. 번아웃은 한 번에 불타 재가 되는 것이 아니라, 조금씩 조금씩 마음을 좀먹다가 벌어지는 일입니다. 처음에는 누구나 꿈이 있고 비전이 있고 열정이 있어서, 스스로 좋아서 한 일들이었는데 그것들이 점차 자신을 힘들게 만들죠. 현실이 기대를 따라가주지 못할 때, 마음에 점점 여력이 없어집니다. 여력餘力, 정말 그 남은 힘이 있어야 되는데 다 써버리고 만 겁니다. 자신을 치유할 수 있는 힘조차 다 없앴단 말이에요. 내가 소진되어갈 때 어디 가서 충전할 수 있는 힘은 남아 있어야 하는데, 그 힘마저 없으면 어느 날 덜컥 멈춰 서게 되는 것입니다.

이쯤 되면 비명이라도 질러야 하지 않을까요? 비명이라도 지르면 살 만하지 않을까요? 그런데 말이죠, 비명을 지르기 전에, 비명을 들어줄 이는 있기나 한지 주위를 먼저 돌아보면 어떨까요?

아름다운 비명

바닷가에 앉아서

파도소리에만 귀 기울여 본 사람은 안다

한 번도 같은 소리 아니라는 거

그저 몸 뒤척이는 소리 아니라는 거

바다의 절체절명,

그 처절한 비명이 파도소리라는 거

깊은 물은 소리 내지 않는다고

야멸치게 말하는 사람아

생의 바깥으로 어이없이 떠밀려 나가 본 적 있는가

생의 막다른 벽에 사정없이 곤두박질쳐 본 적 있는가

소리 지르지 못하는 깊은 물이

어쩌면 더 처절한 비명인지도 몰라

깊은 어둠 속 온갖 불화의 잡풀에 마음 묶이고 발목 잡혀서

파도칠 수 없었다고 큰소리 내지 못했다고

차라리 변명하라

바다가 아름다운 것은

저 파도소리 때문인 것을

너를 사랑하는 이유도 그러하다

　　　　　　　　　　　—《시인시각: 2009년 가을호》(문학의전당, 2009)

　　바닷가 멀찍이 서서 "아, 파도소리 한번 시원하니 듣기 좋네!" 하는 분은 파도소리를 귀 기울여 듣지 않으신 거랍니다. 매번 그게 그 소리 같다는 분도 마찬가지고요. 파도소리는 시시각각 내지르는 아픈 바다의 처절한 비명이랍니다. 파도와 달리 깊은 바다는 소리 내는 법이 없다고 점잖이 말씀하시는 양반도 실정을 모르시는 거랍니다.

　　오히려 소리도 지르지 못하는 아픔을 깊은 바다는 겪고 있는 중이니까요. 소리가 안 들릴 뿐, 그게 더 처절한 비명일지 몰라요. 너무 아프고 너무 깊어서 소리도 새어 나오지 못하는 거니까요.

　　화가 에드바르 뭉크의 〈절규〉를 보세요. 그 그림에 소리가 입혀졌다면 도리어 그런 명작이 될 수 없었을 겁니다. 화면 속에 사로잡혀 아무 소리도 새어 나오지 못하고 그 안에 갇혀서 지르는 저 절규처럼, 깊은 바다는 처절한 비명을 목울대에 감추고 살아가는 거랍니다. 아니, 어쩌면 소리 내어 통곡하건만 아무리 소리쳐 울어도 듣는 이 없는 그런 설움일지도 모릅니다. 그러니 아무런 소리 아니 해도 내 맘 다 알아줄 사람을 두는 건 바라지도 않거니와, 원컨대 내가 비명을 지르게 되면 제발 그것이 조난 신호인 줄만이라도 알아주십사 부탁하고픈 겁니다.

그런데요, 파도소리를 제대로 듣지 않은 사람은 아름다운 소리로만 기억하고, 파도소리에 귀 기울여 본 사람은 거기서 비명을 듣는 반면, 파도소리만이 아니라 깊은 바다 속의 고요마저 귀 담아들은 시인은 이를 아름다운 비명이라 부르고 있음에 유념하시기 바랍니다. 이 시는 바다가 아름답다고 끝을 맺습니다. 아픔이 있기에 아름다운 거라고, 그러기에 파도소리는 비명은 비명이되 아름다운 비명이라고 말하는 것 같습니다. 아마도 시인에게는 파도소리가 시처럼 들렸나 봅니다. 시인의 고통을 먹고 사는 아름다운 시 말입니다.

우리 인생도 그럴까요? 소리 내어 울어도 본 그 아픔들, 소리도 내지 못한 채 가슴에 묻어둔 그 고통들이 언젠가는 아름다운 꽃으로, 아름다운 시로 피어날 수 있는 걸까요? 인생은 희극입니까, 비극입니까?

인생은 롱 숏으로

"인생은 가까이에서 보면 비극이지만, 멀리서 보면 희극이다." 찰리 채플린의 명언으로 알려진 말입니다. 들을수록 참 근사한 말입니다. 그런데 번역도 그럴싸하지만, 원래의 영어 문장이 더 재미있습니다. "Life is a tragedy when seen in close-up, but a comedy in long-shot." 직역하자면 이렇습니다. "인생은 클로즈업으로 보면 비극이지만, 롱 숏으로 보면 희극이다."

희극 영화의 감독답게 실제로 채플린은 자신의 영화에서 클로즈업 기법을 거의 사용하지 않았습니다. 관객들은 카메라의 시점에 몰입해 카메라가 보여주는 대로 따라가게 되어 있는데, 코미디의 웃음은 전체 상황을 관망하면서 보아야 극대화되기 때문이죠.

반면에 정서적 효과를 극대화하고 싶을 때 감독들은 클로즈업 기법을 구사합니다. 채플린 자신이 주연, 감독한 영화 〈시티 라이트〉(1931)의 마지막 장면에서는 감독 채플린도 배우 채플린의 모습에 클로즈업으로 다가갑니다. 눈먼 소녀의 꽃을 받아 들고 채플린이 환하게 미소 짓는 유명한 장면이지요. 아, 그는 웃는데 우리는 눈물이 납니다.

그렇습니다. 영화처럼, 영화의 카메라처럼, 우리 인생도 가까이서 보면 비극이고 멀리서 보면 희극인 겁니다. 다른 사람들, 남의 집을 보면 다 잘 사는 것처럼, 다들 행복하게 사는 것처럼 보입니다. 멀리서 보니까요. 하지만 나 자신, 우리 집을 보면 우울해집니다. 속속들이 들여다보면 비극적인 부분만 돋보입니다. 가까이서 보니까요. 마찬가지로 자기 인생도 지금 당장의 가까운 시점에서 보면 비극입니다. 하지만 며칠, 몇 달, 몇 년이 지난 후 멀찌감치 돌이켜보면 별거 아니지 않습니까. 그러니 행복하려면 자기 자신을 약간 떨어진 자리에서, 좀 더 객관적인 시점에서 살펴볼 필요가 있습니다. 반면 너무 낙관 일변도로 교만하

3장 건강

게 살고 있지 않나 싶을 땐 카메라를 가까이 들이밀고 자신의 삶을 구석구석 성찰해 보아야 할 것입니다.

자신에 대해서만이 아니라 주변의 가까운 이들에게도 그렇게 하면 더 좋겠습니다. 가까이 있어서 그 사람의 객관적 가치를 몰라주고 야박하게 굴 때가 많으니까요. 그 사람도 멀리서 보면 다들 괜찮다고 한답니다. 사춘기 자녀와 부모 사이의 갈등도 대개들 너무 가까이서만 보기 때문에 일어납니다. 부모님은 다른 집 자녀들을 그저 멀리서 보고 부러워하며 왜 우리 애만 이런지 속상해합니다. 그럴 때 자녀들이 늘 하는 말이 뭡니까. "딴 애들도 다 그런단 말이야. 왜 나만 갖고 그래!" 반면에 또 우리 자녀들은 부모님이 당최 이해가 가질 않습니다. 집 안에서 바라보면 도대체 존경할 구석이라곤 하나도 안 보이는데 사회에서는 그런 부모님이 칭송을 받는다니 이걸 어찌 받아들여야 한단 말입니까. 그래서 자녀는 이렇게 그 격차를 단숨에 해소해버립니다. "우리 부모님은 위선자야!"

요컨대 대상에 대한 적당한 거리와 시간의 간격이 필요합니다. 자신에게든 타인에게든 너무 일희일비하는 것은 마음 건강에 해가 됩니다. 자중자애 할 수 있도록 여유를 부여해줘야지요.

그러려면 너무 잘하려는 마음을 조금은 버려야 합니다. 지금은 조금 못할 수도 있고, 조금 우울하거나 불행할 수도 있다고, 어차피 정답은 나중에서야 알 수 있는 거라고, 조급한 마음을 내려놓고, 다그치지 말고 다독여야 합니다.

목표가 이끄는 삶, 그래서 계획과 전략을 세우고, 매일 결심과 각오를 새로이 하며 사는 인생도 훌륭하지만, 그저 과정에 충실하고 결과에 감사한 삶이면 가히 족하고 남습니다. 어차피 희극도 있고 비극도 있는 삶, 긍정도 하고 부정도 하는 삶이지만, 그래도 헛것에 빠지지 않고, 뭔가를 욕심내는 바람에 자기 삶이나 주위 사람들을 희생하는 일도 없이, 기왕이면 선한 말, 칭찬하는 말 많이 베풀며 이냥저냥 살아가면 마음이 행복하지 않겠습니까?

그냥 사는데 그냥 사는 게 아닌 삶이라고 하면 어떨까요? 무슨 목적이나 의도가 있어서 누군가에게 선물하는 것보다 그냥 선물하는 게 더 감동적인 것처럼 말입니다. 말이 그냥이지 그게 정말 그냥이겠습니까? 대충 산다는 뜻이 아닙니다. 목표나 결과에 너무 얽매이지 말되 다른 이들에게 작은 감동을 줄 만큼 최선을 다하는 삶을 말하는 겁니다.

그냥 네가 좋아서, 그냥 당신을 사랑해서, 그냥 오는 길에 네가 생각나서, 그냥 보고 싶어서, 그냥 주고 싶어서, 이 선물을 준비했다고 말하듯, 그냥 내 마음이 움직여서 오늘 하루도 값있게 사는 겁니다, 그냥! 마음의 행복은 그런 무목적의 합목적성에서 온다고 저는 믿습니다. 시, 아름다움, 낭만, 사랑처럼 말입니다.

그래서 마지막 시는 황지우 시인의 〈늙어가는 아내에게〉를 골라왔습니다. 조금 길어도 그냥 읽어 보세요. 마음이 그냥 좋아질 겁니다.

늙어가는 아내에게

황지우

내가 말했잖아

정말, 정말, 사랑하는, 사랑하는, 사람들,

사랑하는 사람들은,

너, 나 사랑해?

묻질 않어

그냥, 그래,

그냥 살어

그냥 서로를 사는 게야

말하지 않고, 확인하려 하지 않고,

그냥 그대 눈에 낀 눈곱을 훔치거나

그대 옷깃의 솔밥이 뜯어주고 싶게 유난히 커 보이는 게야

생각나?

지금으로부터 14년 전, 늦가을,

낡은 목조 적산 가옥이 많던 동네의 어둑어둑한 기슭,

높은 축대가 있었고, 흐린 가로등이 있었고

그 너머 잎 내리는 잡목숲이 있었고

그대의 집, 대문 앞에선

이 세상에서 가장 쓸쓸한 바람이 불었고

머리카락보다 더 가벼운 젊음을 만나고 들어가는 그대는

내 어깨 위의 비듬을 털어주었지

그런 거야, 서로를 오래오래 그냥, 보게 하는 거

그리고 내가 많이 아프던 날

그대가 와서, 참으로 하기 힘든, 그러나 속에서는

몇 날 밤을 잠 못 자고 단련시켰던 뜨거운 말:

저도 형과 같이 그 병에 걸리고 싶어요

그대의 그 말은 에탐부톨과 스트렙토마이신을 한알 한알

들어내고 적갈색의 빈 병을 환하게 했었지

아, 그곳은 비어 있는 만큼 그대 마음이었지

너무나 벅차 그 말을 사용할 수조차 없게 하는 그 사랑은

아픔을 낫게 하기보다는, 정신없이,

아픔을 함께 앓고 싶어하는 것임을

한밤, 약병을 쥐고 울어버린 나는 알았지

그래서, 그래서, 내가 살아나야 할 이유가 된 그대는 차츰

내가 살아갈 미래와 교대되었고

이제는 세월이라고 불러도 될 기간을 우리는 함께 통과했다

살았다는 말이 온갖 경력의 주름을 늘리는 일이듯

세월은 넥타이를 여며주는 그대 손끝에 역력하다

이제 내가 할 일은 아침 머리맡에 떨어진 그대 머리카락을

침 묻은 손으로 집어내는 일이 아니라

그대와 더불어, 최선을 다해 늙는 일이리라

우리가 그렇게 잘 늙은 다음

힘없는 소리로, 임자, 우리 괜찮았지?

라고 말할 수 있을 때, 그때나 가서

그대를 사랑한다는 말은 그때나 가서

할 수 있는 말일 거야

—《게 눈 속의 연꽃》(문학과지성사, 1990)

4장

배움

어릴 때 어른들은 "지금 그럴 때가 아니고 공부해야지"라고 말하곤 했습니다.
그런데 나이 드니 공부하기 딱 좋은 나이는 중년부터라고 합니다.
'나무 학교'에 들어갈 때라는군요.

교
육

마크 저커버그를 원하십니까

교육에 대해 이야기해볼까 합니다. 30년이 넘도록 교육계에 몸담으면서도 도무지 자신 없는 것이 바로 이 교육이라는 주제입니다. 교육 문제는 사회적, 국가적 의제와 마찬가지로 제반 모순된 요구들로 이루어진 복합적인 문제이지만, 특히, 나보다 더 귀한 내 자식의 문제이기에 이해관계가 더욱 첨예하게 다가듭니다. 회복 불가한 개인들의 인생이 걸려 있기에 실험도 할 수 없으며, 사회적으로는 다음 세대에서나 그 결과를 확인할 수 있기에 제도나 정책의 방향 설정이 무척 중하고도 까다롭기 때문입니다.

가까운 예로, 뛰어난 학생을 우선적으로 양성하는 수월성 교육이 되어야 하느냐, 평등한 기회를 강조하는 형평성 교육이 되어야 하느냐에 관한 논쟁을 들 수 있습니다. 어느 한 편의 손을 들어주기가 참 쉽지 않습니다. 그런데 흥미롭게도 양쪽 모두 동의하는 점이 하나 있습니다. 지금 우리나라의 교육으로는 스티브 잡스나 마크 저커버그를 키울 수 없다. 그러면서 이쪽은 이쪽대로, 저쪽은 저쪽대로, 그래서 이렇게 저렇게 가야 한다는 겁니다. 그런데 수월성이든 형평성이든 당최 저런 이들의 창의성은 어떻게 얻어지는 걸까요? 과연 계획되고 의도된 교육 과정에 따라 얻어질 수 있는 걸까요?

혹시 세렌디피티Serendipity라는 말을 들어본 적 있나요? 의도하지 않았는데도 뜻밖에 혹은 운 좋게 뭔가를 발견했을 때 쓰는 말인데요, 원래는 스리랑카의 옛 이름인 세렌디프Serendip 왕국의 세 왕자가 섬을 떠나 세상을 주유하면서 겪은 이야기에서 비롯한 단어라고 합니다.

전해오는 이야기는 이렇습니다. 어느 날, 세 왕자는 낙타를 잃어버린 한 아프리카인을 만납니다. 그런데 그의 이야기를 듣고 세 왕자는 마치 본 적이라도 있는 것처럼 그 낙타를 정확하게 묘사하는 겁니다. 낙타를 훔치지 않고서야 어떻게 저리 세세히 알까 하여 그 아프리카인은 세 왕자들을 관가에 고발합니다. 하지만 얼마 지나지 않아 잃어버렸던 낙타를 찾게 되었고, 왕자들은 무죄로 풀려납니다. 도대체 본 적도 없는 낙타를 어떻게 정확히 알 수 있었냐는 질문에 세 왕자는 이렇게 답하죠.

"왼쪽 길섶의 풀만 뜯어먹은 걸로 보아 오른쪽 눈이 먼 낙타요, 풀이 듬성듬성 뜯긴 걸 보면 이가 빠진 낙타요, 발자국이 다르니 한쪽 다리를 저는 낙타요, 한쪽 길가에는 개미들이 다른 쪽 에는 벌이 우글대니 기름과 꿀을 실은 낙타가 아니겠는가?"

관련성을 발견하기 전에는 우연한 사실들의 나열에 불과해 보이지만, 관찰을 잘하면 우연히 얻은 정보들 사이에서 진실을 발견하게 될 때가 있는 법. 그럴 때 쓰는 말이 바로 '세렌디피티' 입니다. 그런데 놀랍게도, 어쩌면 당연하게도, 이 말이 인과론적 으로 가장 합리적이어야 할 과학계에서 심심찮게 쓰인답니다. 페니실린의 발견도 우연에 의한 것이었고, 아스피린도 세렌디 피티였다는 겁니다. 기술이나 산업계도 마찬가지여서, 노벨상 의 창설자 알프레드 노벨이 발명한 다이너마이트, 접착제를 만 들려다 실패하는 바람에 우연히 발명한 포스트잇 등등, 이런 예 는 무수히 들 수 있지요. 실은 앞서 우리가 창의성의 대표 격으 로 든 마크 저커버그도 페이스북의 성공을 세렌디피티 덕으로 돌리곤 했습니다.

우리 안의 세렌디피티

말 나온 김에 바로 그 페이스북에서 우연히 보게 된 노르웨 이의 광고 한 편을 소개할까 합니다. 지금은 아마 '가난한 소년 의 점심시간'이라 검색하면 찾을 수 있을 텐데요, 내용은 이렇습 니다. 한 초등학교 교실에 점심시간을 알리는 종이 울립니다. 모두 환한 얼굴로 도시락을 꺼내는데 한 소년만이 근심 어린 표정으로 도시락통을 열어봐요. 아니나 다를까 텅 빈 도시락통이었습니다. 소년은 슬며시 손을 들어서 담임 선생님께 허락을 받고, 교실 밖으로 나와 급수대 물로 배를 채웁니다.

터덜터덜 교실로 돌아와 도시락통을 가방에 옮겨 넣으려는 순간 뭔가 느낌이 이상해요. 묵직하단 말이죠? 무슨 일이지 하며 도시락통을 열어보니 그 안에 샌드위치, 당근, 포도 등이 가득 담겨 있는 겁니다. 주위를 둘러보니 친구들은 못 본 척, 무심한 척, 혹은 미소를 씩 지으면서 각자 도시락을 먹는데, 자세히 보면 앞에 친구는 당근을, 앞에 옆에 친구는 포도를, 그리고 바로 옆의 짝꿍 친구는 샌드위치를 먹고 있습니다. 마침내 소년은 아주 편안한 웃음을 지으며 빵을 한입 크게 베어 뭅니다.

이 광고는 부모가 없어 도시락도 싸오지 못하는 아이의 모습을 보여줌으로써 이른바 수양가정을 확대해달라는 취지로 만든 공익 캠페인 광고입니다. 전 세계인의 마음을 울린 이 광고 속 장면이 어쩐지 우리에게는 굉장히 낯이 익습니다. 그렇지 않은가요?

제가 학교를 다니던 그 시절, 웬만하면 누구나 다 가난했던 그때에는 오히려 이런 나눔이 비일비재하고 너무도 당연한 일상이었습니다. 부잣집 친구 몇몇을 빼곤 누구의 도시락도 그다지 특별할 것이 없었고, 앞뒤로 책상을 돌려 앉아 네 사람이 한 식탁을 이루어 서로의 반찬을 공유하기도 했지요. 아예 도시락을 싸올 수 없는 친구도 있었는데, 그런 친구는 그냥 숟가락 하나만 가져오면 되었습니다. 가운데가 포크 모양으로 되어 있는 일체형 수저로 모든 급우들의 밥과 반찬을 먹을 수 있는 권리가 그에게 주어졌습니다. 물론, 그 친구라고 마음이 편하지는 않았을 겁니다. 숫기가 없는 친구들은 그러지도 못하고 정말 밖에 나가서 물로 배를 채워왔을지도 모를 일입니다.

대부분의 아이들이 무상 급식을 먹는 시대, 이제 학교에서 남몰래 배곯을 아이는 없겠지만, 급식만으로는 뭔가 부족합니다. 분배와 나눔은 다른 법. 이 광고를 통해 제가 말씀드리고 싶은 것은, 교실은 '사람을 살리는 곳', '같이 나누는 곳'이어야 한다는 점입니다. 아무도 안 가르쳐줬지만 우리는 그것을 배웠습니다. 진정한 교육은 교과서보다, 학원보다, 삶과 사람을 통해서 이루어집니다.

그런 점에서 이 광고의 진짜 주인공은 빈 도시락을 가져온 가엾은 그 친구가 아니라, 자신의 음식을 나누어 그의 도시락을 채운 친구들이라고 해야 할 겁니다. 특히 그 짝꿍이 단연코 주연급입니다. 당근이나 포도를 나눠준 다른 친구들은 연기가 서툴러서 자기가 줬다는 티를 감추지 못하는 반면, 저 짝꿍은 영상에서 클로즈업 한 번 없이 아주 짧게 지나가는 존재이지만, 정작 샌드위치를 뚝 떼어주고도 곁눈조차 주지 않은 채 시크하게 앞만 바라보고 있지 않습니까?

이렇게 멋진 녀석을 어디선가 또 본 적이 있는 거 같은데….

복효근 시인의 〈세상에서 가장 따뜻했던 저녁〉입니다.

　세상에서 가장 따뜻했던 저녁

복효근

　어둠이 한기처럼 스며들고
　배 속에 붕어 새끼 두어 마리 요동을 칠 때

　학교 앞 버스 정류장을 지나는데
　먼저 와 기다리던 선재가
　내가 멘 책가방 지퍼가 열렸다며 닫아 주었다.

　아무도 없는 집 썰렁한 내 방까지
　붕어빵 냄새가 따라왔다.

　학교에서 받은 우유 꺼내려 가방을 여는데
　아직 온기가 식지 않은 종이봉투에
　붕어가 다섯 마리

　내 열여섯 세상에
　가장 따뜻했던 저녁

—《운동장 편지》(창비교육, 2016)

　　　　　　　　　　　　　　　　　　　　　4장 배움

이 시에 나오는 선재가 아까 그 짝꿍 같은 친구일 겁니다. 붕어빵을 나눠주는 친구, 그것도 "야, 이 붕어빵 내가 사줬다"가 아니라, "야, 네 가방 지퍼 열렸다" 하면서 가방 속으로 슬쩍 붕어빵 넣어주는 그런 친구 말입니다. 그런 친구가 없다면, 열여섯이 아니라 쉰여섯이 되어도 이토록 따뜻한 저녁은 만날 수 없을 겁니다. 눈물 젖은 빵도 이런 빵 같으면 매일 먹고도 힘이 날 것 같습니다.

그래서 이런 시는 분석할 필요도 없이, 그저 "하, 선재 저 자식 참…!" 하면서 눈물 반 웃음 반 지어 읽으면 그만이겠습니다만, 갑자기 머리를 스치는 생각이 하나 있습니다. 하필이면 붕어빵이 왜 다섯 마리일까요? 천 원에 붕어빵 다섯 마리를 주던 시절이었기 때문이겠죠. 선재는 먹다 남은 붕어빵을 준 게 아니라, 온전히 친구를 위해 천 원짜리 붕어빵 다섯 개를 사다가 그걸 그대로 가방 속에 넣어준 겁니다.

내친김에 한 발짝만 더 나아가볼까요. 붕어빵이라 하면 붕어는 물고기니 고기 어魚요, 빵은 서양 떡이니 떡 병餠이요, 다섯 마리라 했으니 다섯 오五. 이를 다 합치면 오병이어五餠二魚가 됩니다. 성경에 나오는 예수의 이적異蹟! 떡 다섯 개와 물고기 두 마리로 오천 명의 굶주린 무리를 먹였다는 기적! 그렇습니다. 오병이어의 기적은 꼭 신만이 할 수 있는 게 아닙니다. 오히려 저 시처럼, 저 광고처럼, 한국과 노르웨이 교실의 어린 친구들처럼, 우리 누구나 할 수 있고, 실제로 해왔고, 앞으로도 해야만 하는 그런 것일 뿐입니다.

지금까지의 이 짧은 이야기 안에서도 우리는 많은 세렌디피티를 발견할 수 있을 겁니다. 노르웨이의 도시락, 대한민국의 붕어빵, 이들이 이렇게 우연히 만나다니 말입니다.

관찰, 삶의 경이를 일깨우는 힘

세렌디피티는 또 다른 세렌디피티로 이어지기도 합니다. 모 방송 프로그램에서 한 번 만난 인연이 이어져 일루셔니스트 이은결과 저는 지금도 가끔 컬래버레이션 공연을 꾸미곤 하는데요, 그때마다 빠지지 않는 레퍼토리가 바로 저 시를 읽으며 광고 속 장면을 무대에서 현실로 구현하는 거랍니다. 시를 낭송하는 일이 저에게 그리 힘든 일이 아니듯, 텅 빈 도시락을 관객들 눈앞에서 순식간에 꽉 찬 도시락으로 만드는 일이 그에겐 어렵지 않은 일일지 모릅니다. 이런 만남이 있기 전에는 서로 상상하지도 못했던 이미지와 표현을 새로이 얻게 되어 얼마나 신이 났는지 모릅니다.

그 무대에서 저희가 같이 나눈 시를 한 편 더 소개해드릴까 합니다. 마종하 시인의 〈딸을 위한 시〉입니다.

딸을 위한 시

마종하

한 시인이 어린 딸에게 말했다.
'착한 사람도, 공부 잘하는 사람도 다 말고
관찰을 잘 하는 사람이 되라고.
겨울 창가의 양파는 어떻게 뿌리를 내리며
사람들은 언제 웃고, 언제 우는지를.
오늘은 학교에 가서
도시락을 안 싸온 아이가 누구인지 살펴서
함께 나누어 먹기도 하라고.'

─《활주로가 있는 밤》(문학동네, 1999)

어쩌면 앞서의 선재나 동영상 광고 속의 친구들이야말로 모두 이 시인 같은 부모님 밑에서 자라났는지 모르겠습니다. 이 시인은 딸에게 '관찰'을 잘하는 사람이 되라고 당부합니다. 착한 사람도, 공부 잘하는 사람도 될 필요가 없다면서 말이죠. 하지만 착하게 살지도 말고 공부 잘하지도 말고 그저 관찰만 잘하라는 뜻으로 이 시를 읽게 되면 앞뒤가 맞지 않아 보일 겁니다. 그보다는, 제대로 잘 관찰하면 진짜 착한 사람도, 진짜 공부 잘하는 사람도 될 수 있다고 보아야 하겠지요.

참고서를 보는 게 아니라 겨울 창가의 양파가 어떻게 뿌리를 내리는지 직접 관찰한 친구는 진짜 공부를 잘하는 사람, 창의력을 갖춘 사람이 될 겁니다. 사람들은 언제 웃고 언제 우는지를 잘 관찰하고, 도시락 안 싸온 아이를 챙겨서 함께 나누어 먹는 친구는 착한 사람, 인성을 갖춘 사람이 될 겁니다.

관찰은 창의성과 인성을 낳고, 그럴 때 창의성과 인성은 서로 배반하지 않습니다. 세렌디프의 왕자들 이야기를 기억해 보십시오. 무엇보다도 그들은 관찰을 잘한 사람들이었습니다. 관찰이란 세계의 숨겨진 질서, 감춰진 비밀을 바로 보는 일일 겁니다.

그러고 보니 저에게도 그런 기억이 있습니다. 초등학교 시절, 저는 그림을 잘 그리고 싶었습니다. 마침 미술을 전공하신 한 선생님께서 지금으로 말하면 방과 후 미술 교실을 여셨습니다. 수업 첫날 선생님께 받은 숙제는 이것이었습니다. "집에 가서 밤하늘을 보고 그걸 그려와라."

저는 지금 생각해도 대담한 구도로 스케치를 하기 시작했습니다. 도화지의 한 4분의 3은 하늘, 아래쪽 나머지 4분의 1은 낮은 산과 지붕을 그렸습니다. 산과 지붕은 수채화로 그리고, 하늘은 온갖 색깔의 크레파스를 칠해 그 위를 검정 크레파스로 새까맣게 덮은 다음, 칼 따위로 군데군데 스크래치를 냈습니다. 그럼 반짝반짝 별들이 빛나는 밤하늘이 되는 겁니다. 노란 달도 잊었을 리가 없지요.

다음 날, 의기양양하게 도화지를 내밀었는데 선생님은 제 그림을 보자마자 딱 이러시는 겁니다. "선생님이 밤하늘을 '보고'

그려오라고 했는데 너 안 봤구나! 이렇게 새까만 하늘은 없단다." 쇼크였습니다. 밤하늘 하면 무조건 검은색 아닌가요. 깜깜한 우주 아니에요? 그제야 여태껏 밤하늘이 무슨 색인 줄 몰랐다는 사실을 알았습니다. 밤하늘이 군청색이라는 사실을 몰랐던 겁니다. 아니, 볼 줄 몰랐다는 게 맞을 겁니다. 늘 밤하늘을 봤지만 그건 본 것이 아니었습니다. 관찰하지 않고, 관념으로 그린 것이었으니까요.

선생님은 새롭게 보라거나 창의적으로 그리라거나 하지 않으셨습니다. 그저 관찰하라고만 하셨습니다. 그런데 그냥 보는 것이 아니라 말 그대로 '관찰'해 보면 세상은 다르게 보입니다. 요즘은 국민시처럼 암송되는 나태주 시인의 〈풀꽃〉도 그와 상통할 겁니다. 나무들을 하나같이 고동색으로 몸통을 칠하고 초록색으로 이파리를 그리면 선생님은 혼을 내셨습니다. "세상에 똑같은 나무는 하나도 없단다. 너희가 그런 것처럼."

그 덕분에 저는 미술대회에서 한 번도 큰 상을 받아본 적이 없습니다. 나무 한 그루 기와 한 장 하나하나 다 다르게 그리느라 어느 대회에서는 시간 안에 완성본을 제출할 수 없었고, 돼지의 질감을 살리려고 도화지 위에 직접 물감을 짜서 붓끝으로 긁어내기도 하고 그랬더니 처음엔 유화처럼 아주 근사했는데 수성 물감이라 이내 다 굳어져버려 또 낭패를 겪곤 했습니다. 저는 그때 이미 "절망이 기교를 낳고, 기교 때문에 절망한다"던 시인 이상의 심정을 이해하고 있었을지 모릅니다.

이 오래된 기억을 새삼 일깨워 준 친구가 이은결이었습니다. 마술에 발휘하는 창의성의 원천을 묻자 놀랍게도 그 역시 관찰이라고 답했습니다. 다만 관찰을 통해 얻은 바를 구현하려면 엄청난 노력과 수련이 필요하다는 점을 잊어선 안 될 것입니다. 맞습니다. 눈이 먼저고, 손이 나중이며, 관찰도 소중하지만 노력 없이 되는 것은 없습니다. 리듬과 이미지의 세계라는 공통점을 지닌 시와 마술, 하지만 마술이 시에 취하고 시가 마술에 경탄하는 이유, 곧 우리 두 사람이 죽이 맞은 진짜 이유는 바로 거기에 있었습니다.

좋아하면 못 말린다

바로 보고, 뒤집어 보고, 다시 보는 것. 그것은 곧 어린아이의 눈을 회복하는 일입니다. 기억을 못해서 그렇지, 아마도 제가 인생 최초로 본 마술은 아버지, 어머니가 저한테 했던 "까꿍"일 겁니다. 손으로 가리자 사라지는 얼굴. 아! 소멸과 상실에 대한 그 긴장과 공포. 잠시 후 되살아나는 얼굴. 아! 생성과 부활이 주는 그 안도와 감격. 무한반복을 해도 사라질 줄 몰랐던 그 환희! 화려하게 펼쳐지는 그 어떤 생성production과 소멸vanishing 마술도 이보다 경이로울 수는 없었을 것입니다.

경이를 경이롭게 바라볼 줄 알던 어린 제 눈은 결코 어리석은 눈이 아니었습니다. 오히려 관찰할 줄 모르고 밤하늘을 새까맣게만 그려대는 어른의 눈이 어리석었던 겁니다. 모자로만 본 나머지, 코끼리를 삼킨 보아뱀을 보지 못하던《어린 왕자》의 어른들처럼 말입니다. 시인은 어린 왕자의 편입니다. 그래서 언어의 마술을 펼치는 겁니다. "까꿍" 하듯이 말이죠.

가령 윤희상 시인의 〈소를 웃긴 꽃〉이라는 작품을 찾아보세요. 나주 들판에서 갓 피어난 꽃이 소 발밑을 간질이는 바람에, 공중에 살짝 들어 올려진 소가 웃다가 쓰러질 뻔했다는 내용을 담고 있습니다.

이 시는 막말로 '뻥'입니다. 근데요, 어린아이들은 이렇게 얘기해요. "야, 나 소가 웃는 것 봤다!" 그럼 처음에는 다들 "뻥치지 마!"라고 해요. 근데 정말 봤다고 하면, 미심쩍어 하며 묻습니다. "어디서?" 그럼 벌써 반은 넘어간 겁니다. "나주 들판에서"라고 하면 애들 눈빛이 바로 흔들려요. "어떻게? 왜애?" "꽃이 소를 간질이더라니까?" "정말?" 그러고 믿는 거죠. 아니, 어쩌면 처음 이 말을 한 아이도 뻥이 아닐지 모릅니다. 정말 소와 꽃을 잘 관찰해서 발견한 세렌디피티일 수 있으니까요.

그러니까 우리도 믿어야 합니다. 그리고 그런 시각에서 다시 사물들과 그 질서를 눈여겨봐야 합니다. '뻥'보다 더한 마술을 봐도 제발 따지고 분석하지 좀 말고 그냥 감탄하는 겁니다. 상상해 보세요. 중력의 법칙 따위 좀 잊어버리고, 정말 꽃이 소를 간지럽히고 들어 올려서 소가 웃고 자빠지려 하는 장면을 말이죠.

생각만 해도 우습고 즐겁지 않습니까?

저 시를 읽고 나서 저는 대번에 《꽃을 좋아하는 소 페르디난드》(먼로 리프 지음, 로버트 로슨 그림)라는 명작 그림동화가 떠올랐습니다. 이 동화는 월트 디즈니에 의해 애니메이션으로 제작되어 1939년 미국 아카데미 시상식에서 단편 애니메이션 부문을 수상하고, 2017년 20세기 폭스에 의해 장편 애니메이션 〈페르디난드〉로 리메이크되기도 했습니다. 내용은 이렇습니다.

스페인에 페르디난드라는 어린 황소 한 마리가 살고 있었습니다. 다른 친구들은 모두 다 달리고 뛰어오르고 서로 머리를 받으며 지냈지만, 그는 그저 코르크나무 그늘에 조용히 앉아서 종일토록 꽃향기 맡는 것을 좋아했죠. 그런 페르디난드가 혼자서 외롭지 않을까 가끔 걱정도 됐지만, 엄마소는 꽃향기 맡으며 행복해하는 아들을 존중하며 이해해 주었답니다. 세월이 흘러 페르디난드는 몸집이 아주 크고 멋진 황소로 자라났습니다.

그러던 어느 날, 마드리드에서 사람들이 마을을 찾아옵니다. 투우 시합에 나갈 힘세고 거친 황소를 뽑기 위해서였죠. 다른 황소들은 투우 경기에 나가고 싶어 서로 머리를 받고 뿔로 찌르며 안달이었지만, 페르디난드는 그런 일엔 도통 관심이 없었습니다. 그는 늘 하던 대로 꽃향기나 맡을 심산으로 풀밭에 엉덩이를 붙이려 했죠. 그런데 하필 풀밭 위 꽃잎에 앉아 있던 뒹벌 한 마리가 그만 페르디난드의 엉덩이를 호되게 쏘아버렸지 뭡니까.

바로 그 순간을 한번 머릿속에 그려보세요. 이제 믿어지십니까? 벌이 소를 살짝 들어 올려 소가 꽃 위에 잠깐 뜨고, 그 바람에 소가 중심을 잃고 쓰러질 뻔할 수 있다는 것을. 스페인의 들판이든 나주의 들판이든 꽃이 소를 웃기고 울릴 수 있다는 것도.

더 중요한 것은 그다음 이야기. 벌에 쏘인 페르디난드는 콧김을 뿜으며 펄쩍 뛰어올라 미친 듯이 씩씩거리며 박치기를 하고 땅을 긁어대며 달려 다닙니다. 마드리드에서 온 사람들이 고대하던 바로 그 성난 황소의 모습 그대로 말이죠. 이로 인해 페르디난드는 투우로 스카우트되어 마드리드 투우장으로 실려 갑니다.

결전의 그날, '공포의 페르디난드'로 소문난 그를 보기 위해 관중이 구름처럼 몰려오고, 투우장은 열기와 함성으로 가득합니다. 드디어 투우가 시작됩니다. 하지만 웬걸, 정작 페르디난드는 예의 그 모습대로 투우장 복판에 조용히 앉아 관중석 아가씨들의 머리에 꽂힌 꽃을 보며 꽃향기만 맡을 뿐입니다. 투우의 등에 작살을 꽂는 반데리예로banderillero, 투우를 창으로 찌르는 피카도르picador, 투우의 마지막 숨통을 끊는 빨간 망토의 마타도르matador 들이 무슨 짓을 하든, 아무리 어르고 달래도, 페르디난드는 전혀 싸우려 들지 않습니다. 성조차 내지 않습니다.

그다음 이야기는 어떻게 될까요? 이쯤 되면 우리는 페르난디드가 이 콤플렉스를 극복하여 마침내 훌륭한 투우로 자라나는 성공담을 기대합니다만, 동화의 마무리는 싱겁기 그지없습니다. 결국 페르디난드는 고향으로 돌려보내져서 자신이 좋아하던 코르크나무 아래에 앉아 꽃향기를 맡으며 살아갑니다.

어떠세요? 허탈한가요? 아니요, 이게 해피엔딩입니다. 얼핏 생각하면 우리 페르디난드가 최우수 투우로 성공을 해야 해피엔딩일 것 같은데 그렇지 않습니다. 그가 투우로 성공했다면, 오히려 그에게 주어지는 것은 반데리예로의 작살, 피카도르의 창, 마타도르의 칼이었을 테니까요. 황소가 투우가 되려고 태어난 건 아니지 않습니까.

이 이야기가 왜 중요할까요? 궁금하시다면, 박민규의 소설 《삼미 슈퍼스타즈의 마지막 팬클럽》을 보세요. 이 소설에는 프로야구계의 만년 꼴찌팀 삼미 슈퍼스타즈가 등장합니다. 그들이 꼴찌를 할 수밖에 없었던 이유는 '자신의 야구'를 완성하고자 했기 때문이죠.

삼미가 지향한 '자신의 야구'란 "치기 힘든 공은 치지 않고, 잡기 힘든 공은 잡지 않는다"였습니다. 전성기의 뉴욕 양키스나 요미우리 자이언츠도, 아니 그 어떤 프로팀도 결코 이룰 수 없었던 경지죠. 그들의 목표는 한결같이 우승뿐이니까. 우승을 목표로 하는 프로팀들로서는 가장 하기 힘든 야구가 바로 저 '자신의 야구' 아니겠습니까.

하지만 삼미는 이런 식입니다. 타석에 서서 보니까 투수가 정말 너무나 멋진 커브를 던진 거예요. 그럼 치지 않습니다. 치기 힘든 공이잖아요. 치려고 하기보다 그 멋진 커브를 경이로운 마음으로 지켜보는 겁니다. 그게 원래 우리가 처음 야구를 하려

4장 배움

고 했을 때의 뜻 아닙니까? 치고받기보다는 즐기고, 이기기보다는 아름다움을 누리는 것이 야구의 본질이요, 매력 아닐까요? 그리하여 소설 속 삼미 슈퍼스타즈는 프로 올스타즈와의 대결을 이렇게 마무리합니다.

7회 초의 공격은 끝이 나지 않았다. 오른쪽 잡초 덤불 쪽으로 빠진—2루타성 타구를 잡으러 간 〈프로토스〉는 공을 던지지 않았고, 그 이유는 공을 찾다가 발견한 노란 들꽃이 너무 아름다워서였고, 또 모두가 그런 식이었다. 워낙 힘을 들이지 않았기 때문에, 괴소년은 그렇게 많은 포볼을 던지고도 도무지 지치지 않았고, 또 같은 이유로 아무도 데미지를 입지 않았다. 수비들은 계속 체력을 축적하고, 오히려 전력을 다해 공격하는 타자들이 지쳐만 가는 이상한 경기가 계속 이어졌다. 길고 긴 7회의 공격이 언제 끝날지가 요원했던—아직 원아웃인가 그랬고 스코어는 20:1의 상황에서, 결국 타임을 외친 올스타즈의 주장이 웃으며 걸어 나왔다.

"그만 하죠."

승패를 떠나, 뭔가 태도에 문제가 있다는 생각을—그는 한 것 같았다. 고개를 가로젓는 조성훈에게 그는 농담처럼 "하하, 우리가 졌습니다"라고 웃으며 말했고, 돌아가다 문득 뒤를 돌아보더니

"왜 이런 식으로 야구를 하시는 겁니까?"

라고 물었다.

모자를 벗은 조성훈이, 끝없이 겸손한 표정으로 예를 갖춰 대답했다.

"야구를 복원하기 위해서입니다."

― 박민규,《삼미 슈퍼스타즈의 마지막 팬클럽》(한겨레출판, 2003)

저는 마지막 대목이 은근히 감동적이었습니다. 만약에 조성훈이 모자를 벗지 않고 끝없이 건방진 표정으로 "이게 야구잖아"라고 했으면 실망했을 겁니다. 하지만 조성훈은 압니다. 프로가 이런 식으로 야구를 한다는 게 얼마나 힘든지를. 그래서 끝없이 겸손한 표정으로 예를 갖춰 대답하였을 겁니다. 말로 다 하지는 못했지만, 그의 메시지는 아마도 이런 것이 아니었을까요? "너나 나나 원래 경쟁하기 위해서 야구를 한 게 아니잖아. 야구, 우리 서로 즐거워서 했던 거잖아. 그런 야구를 다시 복원할 수는 없을까?"

여하튼 이날의 수훈상은 노란 들꽃을 발견한 〈프로토스〉에게 주어집니다. 농담이든 진담이든 이긴 팀이 먼저 패배를 선언했으니까. 아니, 실제로는 졌어도 행복했으니까. 애초에 승부는 상관없고 그저 치기 힘든 공은 치지 않고 잡기 힘든 공은 잡지 않았으니까. 그게 예의이고 자연스러운 거니까. 그는 우리의 페르디난드였으니까. 황소가 투우를 하는 것이 자연스러운 것이 아니라 꽃향기를 맡는 게 자연스러운 거니까. 그걸 이상하게 보는 이들이야말로 이상한 거니까.

그러나 누군들 페르디난드처럼, 조성훈처럼 살고 싶지 않겠습니까만, 그게 말처럼 쉬운 게 아니라는 것 또한 우리는 압니다. 부모님들도 처음에는 자녀를 그렇게 키우고 싶어 합니다. 그러다가 학부모가 되면서 결심이 무너지기 시작하죠. 사실 이는 혁명보다도 힘든 일입니다. 도대체 언제부터 우리는 나를 버리고 남이 원하는 경쟁을 하게 된 것일까요? "까꿍"을 있는 그대로 믿던 눈, 전심을 다해 마술을 믿던 경이의 마음을 언제부터 버리게 된 걸까요?

공부의 아마추어 키우기

우리나라 교육의 가장 큰 문제점이 뭐냐고 물으면 저는 늘 이렇게 답합니다. "우리는 공부의 프로를 양성하는 데 실패하고 있는 게 아니라 아마추어를 양성하는 데 실패하고 있다." 문제 풀이의 프로들은 너무 많이 만들어놨는데 그중에 정작 페르디난드나 조성훈 같은 아마추어는 키우지 못했다는 겁니다.

아마추어amateur란 단어는 프로보다 못한, 실력이 미숙한 자라는 뜻이 아닙니다. 원래 이 단어의 가장 좋은 뜻은 사랑하는 자, 곧 애호가愛好家라는 의미이지요. 바둑이나 조기 축구든, 등산이나 낚시든, 요리나 꽃꽂이든, 뭐든 좋아하는 자는 못 말리는 법입니다. 그래서 바둑 아마추어, 곧 바둑 애호가들은 급수를 올리기 위해 더 힘든 묘수 풀이를 스스로 매우 즐겁게 합니다. 사서 고생합니다. 또한 바둑을 잘 두는 사람만 즐기는 것이 아니라 잘 두는 사람은 잘 두는 사람끼리, 잘 못 두는 사람은 또 그들끼리 더불어 즐겁니다.

말하자면 공부를 잘하게 하기보다 공부를 좋아하게 하는 교육이 더 중요하다는 겁니다. 평생 공부를 해야 하는데 고작 십 대까지 공부 좀 잘한 게 무슨 대수겠습니까. 공부 잘하는 친구도 공부 애호가여야 바람직할 것이며, 또 공부를 못해도 공부를 좋아할 수는 있는 겁니다. 좋아하는데 못하는 게 어디 공부뿐인가요? 물론 공부 말고 다른 걸 좋아할 수도 있지요. 다만 우리 사회에서 공부라고 하면, 공부를 잘하건 못하건, 하기 싫지만 억지로 해야 하는 것처럼 통하는 게 참 속상할 따름입니다. "공부 좋아서 하는 사람 어딨니? 다 힘들지만 참고 이겨내는 거야. 그래야 대입에 성공할 수 있고, 나중에 잘살아."

공부가 힘든 것도 맞습니다. 하지만 힘들어도 즐거울 수는 있습니다. 사실을 밝히자면 힘들수록 더 즐거울 수 있는 것이 공부입니다. 공부의 아마추어라면 말이죠. 그런 의미에서 저는, 우리나라 교육계가 마치 공부의 원수처럼 여기는 게임업계로부터 한 수 배워야 한다고 생각합니다.

어떻게 하면 아이들이 공부를 좋아할까요? 아이들이 그토록 좋아하는 게임을 한번 보십시오. 게임 만드는 분들이야말로 교육학의 대가들입니다. 그들은 스테이지 1에서 스테이지 2로 올라가려면 이용자들이 어떤 과정을 겪어야 하는지 너무나 정확히 알고 있습니다. 그래서 스테이지 1과 2 사이에는 적절한 반복과 비약이 존재하죠. 단계들이 서로 너무 비슷하면 지루해서 안 하고, 너무 차이가 나면 절망해서 못하지 않겠습니까? 그렇게 정성껏 배열해놓고서 어느 순간에는 '현질', 현금 결제를 하지 않고는 도저히 이길 수 없는 단계까지 만들어놨어요. 심리학자 레프 비고츠키의 용어를 빌리자면, 게임의 과정은 스캐폴딩 scaffolding과 유사합니다. 아동의 실제 발달 수준에서 잠재적 발달 수준으로 건너가도록, 마치 건물 공사장의 임시 발판인 비계飛階와 같은 역할을 하는 셈이죠.

사실, 알고 보면 게임은 정말 어렵고 힘든 문제 해결 과정입니다. 하지만 우리 아이들은 거기에 기꺼이 동참합니다. 그것도 스스로 밤을 새워가며 더 어렵고 높은 단계를 향해 나아갑니다. 그 과정이야말로 자기 주도 학습이라 부르기에 가장 적합한 예입니다. 그러니 한번 상상이라도 해보는 겁니다. 우리 아이들이 '만렙'을 꿈꾸며 게임 스테이지 1을 끝내자마자 스테이지 2로 올라가듯, '미분'을 끝내자마자 "선생님! 적분 주세요!"라고 외치는 광경을.

학업만이 아니라 다양한 세계에 관한 공부의 아마추어들이 많아졌으면 좋겠습니다. 그러려면 어느 분야든 그 공부에 대한 사랑을 키워주는 것이 먼저여야 합니다. 그러기에 "사랑하면 알게 되고, 알면 보이나니, 그때 보이는 것은 전과 같지 않으리라"는 말의 대전제에 주목해야 합니다. 사랑하면 질문이 생깁니다. 더 알고 싶어지니까요. 알면 보입니다. 전에는 보이지 않던 것이 보이게 됩니다. 관찰은 창의를 낳고 창의는 다시 더 큰 사랑을 낳는 선순환이 이어집니다.

이미 정답이 정해져 있는 관계 안에서는 새로운 세렌디피티를 찾을 수 없습니다. 세렌디피티를 '우연'이라고 번역해 쓰지만, 사실 그때 우연이라고 하는 것은 말을 바꿔보면 기존 루틴답지 않았다는 뜻입니다. 페니실린이든, 아스피린이든, 포스트잇이든, 스티브 잡스나 마크 저커버거든, 하나같이 기존의 정답을 거듭하지 않음으로써 탄생하게 된 존재들입니다.

세렌디피티란 뭔가 특별한 사람들에게만 주어지는 행운이 아닙니다. 하지만 그냥 우연에만 맡겨진 것도 아닙니다. 자기가 좋아하고 사랑하는 분야에서 꾸준히 관찰하고 공부하고 숙련해온 아마추어 출신의 프로들에게 축적된 능력이 어느 날 필요한 순간에 튀어나오는 겁니다. 마치 세렌디프의 왕자들처럼 말이지요. 세렌디피티란 이름의 창의성, 그것은 사실 준비된 우연, 어쩌면 준비된 이들에게 허여된 필연의 다른 이름일지도 모릅니다.

공부

어른, 이제 진짜 공부할 때

옛 노트를 펼치며

대학 신입생 시절의 이야기입니다. 대학교란 곳에 들어가 보니 고등학교 때까지 쓰던 공책이랑 별반 다르지도 않아 보이는데 군이 대학노트라 부르는 게 있더군요. 폼도 잡을 겸해서 두어 권 샀죠. 그러고 자세히 보니 역시 대학이라 다릅니다. 갈색 표지 상단에는 대학 마크가 찍혀 있고, 하단에는 한눈에 봐도 멋진 문구가 박혀 있는 겁니다. 그것도 한문으로 말이죠, 이렇게!

吾生也有涯 而知也无涯
─〈養生主篇〉,《莊子》

"오생야유애 이지야무애"라. 대충 헤아려보니, "우리 삶에는 끝이 있으나 앎에는 끝이 없다"라는 뜻 같았습니다. 소싯적에 주위들은, "인생은 짧고 예술[기술]은 길다Ars Longa, Vita Brevis"라는 히포크라테스의 말도 생각나고, 중학교 한문 시간에 그 비슷한 걸 배운 기억도 났습니다. 주자朱子의 말씀이죠. 少年易老學難成 (소년이로학난성) 一寸光陰不可輕(일촌광음불가경)이라. "젊은이는 늙기 쉽고 학문은 이루기 어렵나니 한순간도 가벼이 여겨서는 아니 된다"라고 하지 않았습니까. 그래서 고개를 끄덕였죠. 아무렴, 얼마나 힘들게 들어온 대학인데 열심히 공부해야지.

한데 그 아래에 밝혀놓은 이 구절의 출전을 보니《장자莊子》〈양생주편養生主篇〉이라지 않겠습니까? 어라? 예나 제나 당구풍월堂狗風月이라, 서당개가 풍월을 읊는 수준이어서 본디 문자 속이 깊지는 못했지만, 그래도 장자라고 하면 '무위자연無爲自然' 정도는 상식으로 알고 있던 터, 아무래도 이게 영 그분이 하실 만한 말씀은 아니지 않나 싶어서 그 길로 대학 도서관을 찾아갔지요. 아직 학생증도 안 나온 저는 갓 상경한 촌사람처럼 어리둥절 헤매다가 어렵사리《장자》책을 처음 찾아보았습니다. 그랬더니만, 놀랍게도 그 문구 다음에는 이런 문장이 이어져 있는 것이었습니다.

以有涯隨无涯 殆已

"이유애수무애 태이"라, 즉 "끝이 있는 것으로 끝이 없는 것을 좇으면 위태로울 뿐이다"라는 겁니다. 아직 끝이 아닙니다.

　　　　　　　　　　　　　　　　　　4장 배움

이어지는 또 하나의 문장.

已而爲知者 殆而已矣

"이이위지자 태이이의"라, "그런데도 앎을 추구하는 것은 더더욱 위태로울 뿐이다." 잉? 이쯤 되면, 우리 인생에는 끝이 있고 배움의 세계는 끝이 없으니, 더 공부해서 뭐 하느냐는 뜻 아니겠습니까? 그럼 그렇지. 이래야 장자답지. 역시 장자님 말씀다워. 세상에 이런 복음福音이 있나! 저는 영혼의 위로라도 받은 양, 실로 오랜만에 공부의 중압감으로부터 벗어날 수 있었습니다. 끝이 있는 인생, 그것도 쉽게 늙는다는 이 젊은 날에, 일촌광음인들 허투루 여겨 행여 그런 위태로운 일을 하면 어찌 되겠습니까? 하마터면 열심히 공부할 뻔하지 않았습니까?

그날 저는 《장자》 책장을 기쁜 마음으로 덮으며 도서관을 나섰고, 그날 그 덕에 이날 이때까지 위태로움에 빠지지 않고서 안전히 살아왔으니 오직 감사할 따름입니다. 그러고 저는 이제 중년의 노트에 이렇게 씁니다. "지금 나는 후회한다. 그때 책장 덮은 것을."

알 만큼 아는 나이가 되어, 이제 다시 옛 노트를 펼쳐봅니다. 내 젊음의 노트, 추억 속의 대학노트를 말이지요. 위태로울 정도로 열심히 학문을 닦지는 못했지만, 다시 돌아보니 그래도 그 젊은 시절, 그때 내 품에는 얼마나 많은 빛들이 있었는지, 그리고 그 빛들을 얼마나 좇고 싶어 했는지, 슬며시 가슴이 저며 옵니다.

옛 노트에서

장석남

그때 내 품에는

얼마나 많은 빛들이 있었던가

바람이 풀밭을 스치면

풀밭의 그 수런댐으로 나는

이 세계 바깥까지

얼마나 길게 투명한 개울을

만들 수 있었던가

물 위에 뜨던 그 많은 빛들,

좇아서

긴 시간을 견디어 여기까지 내려와

지금은 앵두가 익을 무렵

그리고 간신히 아무도 그립지 않을 무렵

그때는 내 품에 또한

얼마나 많은 그리움의 모서리들이

옹색하게 살았던가

지금은 앵두가 익을 무렵

4장 배움

그래 그 옆에서 숨죽일 무렵

　　―《지금은 간신히 아무도 그립지 않을 무렵》(문학과지성사, 1995)

　　젊은 날은 목말랐고, 늘 조바심이 있었습니다. 세상 안팎은 빛으로 빛나는데 저 자신만 너무나 초라해 보였으니까요. 그러면서 도달조차 해본 적 없는 저 빛의 세계를 마치 옛 주민이었던 양 그리워하기까지 했던 것 같습니다. 우왕좌왕, 좌충우돌, 위태로이 이곳저곳을 기웃거리며 많은 교만과 그만큼 많은 좌절 속을 헤매고 다녔습니다.

　　학문의 세계에 몸담기로 마음먹고 대학원에 가서도, 이제 막 공부를 시작한 주제에 왜 저 스승처럼, 저 선배처럼 되지 못하는 걸까 또 자학하고 감히 시기했습니다. 감히 선학들과 비교하면서 나는 정말 아는 게 하나도 없지, 언제 저렇게 되지 싶었고, 칸트나 헤겔처럼 철학사의 빛나는 성좌星座들을 보면서 나는 왜 저 빛에 도달하지 못할까, 아니 평생 도달할 수 없지 않을까 하는 조바심과 좌절이 있었습니다. 실은 내 마음속에 있던 그 빛들 덕에 살아올 수 있었으면서 그땐 그걸 몰랐던 것입니다. 그저 그리움과 열병만 가득했습니다.

　　그러다가 비로소 앵두가 익을 무렵이면 간신히 그리움도 견딜 만해집니다. 여하튼 시간은 흐르고, 그 시간과 함께하다 보면, 누구나 결실은 맺을 수 있으니까요. 익는다는 건 그런 일입니다. 제법 넉넉해지고, 뒤돌아볼 줄 알게 되고, 지난날에 감사를 보내게 되는 겁니다. 앵두도 그리 되는 겁니다. 크지 않아도, 위대하지 않아도, 밤하늘의 성좌가 못 되어도, 우리 누구나 그렇게 될 수 있는 겁니다. 긴 시간 견디어 익은 모든 앵두에게 우리가 경의를 표해야 하는 이유입니다.

길이 나를 만들었다

하지만 아직은 이릅니다. 앵두가 익을 무렵은 6월입니다. 가을이 아닙니다. 앵두만 한 결실에서 문제는 그 크기가 아니라 철입니다. 가을까지도 견딜 만은 하지만 간신히 견딜 뿐입니다. 가을을 맞이했더라면 앵두가 아니라 감이 되었을지 모릅니다. 그리고 더 넉넉히 성숙했을지 모릅니다.

아, 그리 생각하면 역시 《장자》를 읽었어야 했습니다. 장자 탓이 아닙니다. 장자를 오해한 탓입니다. 끝이 있는 것으로 끝이 없는 것을 좇는 것이 아무리 위태로워도 아예 좇지 아니하거나 중도에 멈추는 것보다야 위태하겠습니까? 생에 끝이 있는 줄 알면서 겸허히 끝이 없는 지知의 세계를 궁구해 나갔더라면 지금보다 한발은 더 나아갈 수 있지 않았을까요?

장자는 앎에 대한 겸손을 말하려고 하지 않았을까요. 마치 세상 진리를 다 아는 듯 철없이 굴었던 젊은 시절에도 앎 앞에서 겸손하지 못했고, 이제 겸손할 줄 아는 나이는 되었으나 돌아본

즉 겸손 떨 만한 위치에 이르지도 못한 건 아닐는지요.

어느새 감이 익을 무렵이 다가오는데 말입니다.

길

신경림

사람들은 자기들이 길을 만든 줄 알지만

길은 순순히 사람들의 뜻을 좇지는 않는다

사람을 끌고 가다가 문득

벼랑 앞에 세워 낭패시키는가 하면

큰물에 우정 제 허리를 동강내어

사람이 부득이 저를 버리게 만들기도 한다

사람들은 이것이 다 사람이 만든 길이

거꾸로 사람들한테 세상 사는

슬기를 가르치는 거라고 말한다

길이 사람을 밖으로 불러내어

온갖 곳 온갖 사람살이를 구경시키는 것도

세상 사는 이치를 가르치기 위해서라고 말한다

그래서 길의 뜻이 거기 있는 줄로만 알지

길이 사람을 밖에서 안으로 끌고 들어가

스스로를 깊이 들여다보게 한다는 것은 모른다

길이 밖으로가 아니라 안으로 나 있다는 것을

공부

아는 사람에게만 길은 고분고분해서

꽃으로 제 몸을 수놓아 향기를 더하기도 하고

그늘을 드리워 사람들이 땀을 식히게도 한다

그것을 알고 나서야 사람들은 비로소

자기들이 길을 만들었다고 말하지 않는다.

—《쓰러진 자의 꿈》(창비, 1993)

어릴 적 어른들은 곧잘 인생을 나그네 길에 비유하곤 했습니다. 하지만 제가 장돌뱅이처럼 살 리도 없으니 그때는 그 말을 실감할 수가 없었죠. 그런데 제가 택한 학문의 세계마저도 나그네 길과 다를 바가 없었음을 아는 데 그리 오랜 시간이 필요하지는 않았습니다. 정처가 없으니 어디든 갈 수 있지만 어디서도 반겨줄 이 없는 나그네, 좋아하는 책을 읽고 공부할 수 있는 자유를 택한 대가로 아무도 대신해 주지 않는 글쓰기의 외로움을 감당해야 하는 제 신세가 매양 한가지이니 말입니다.

그러니 이 시에 나오는 길처럼 학문의 길도 순순히 사람의 뜻을 따라주진 않는 게 당연하지 않겠습니까. 벼랑 앞에 서기도 하고, 때로는 먼 길을 돌아가고, 그럴 때마다 공부 확 때려치울까, 나는 공부랑 안 맞나 보다 등등 오만 생각을 하곤 했습니다. 왜 학문은, 인생은 뜻대로 되지 않는 겁니까?

시인은 이렇게 답해주는 듯합니다. 자, 여기 사람들이 만들어놓은 길이 있습니다. 언뜻 보면, 그 길이 사람들에게 세상 사

는 슬기를 가르치는 것 같습니다. 벼랑 앞에서는 어떻게 해야 하고, 큰물로 길이 끊기면 어찌 해야 할지를, 그 길 따라가며 구경하게 되는 온갖 곳, 온갖 살림살이를 통해 이른바 세상 사는 이치를 배우는 것 같기 때문이죠.

하지만 그것이 길의 뜻은 아닙니다. 길은 오히려 내 안을 들여다보게 합니다. 스스로를 깊이 들여다보면 내가 왜 그 길에 오게 되었는지 알게 됩니다. 자신은 돌아보지 않은 채 그저 자기 인생길을 원망하며 가지 않은 길을 부러워하거나 투덜대기만 하는 이에게 인생길은 고분고분해지지 않습니다. 뜻대로 인생이 풀리지 않은 건 길 탓이 아니라 어쩌면 자신을 잘 알지 못해 잘못 세운 뜻 탓일지 모릅니다.

사람들은 말합니다. 뜻이 있는 곳에 길이 있다고. 듣기에 참 좋은 말입니다만, 살아보니 뜻이 있는 곳에 길이 참 없습디다. 남들처럼 화려한 곳에 뜻을 두고 따라가다 보면 길이 아예 없거나, 있어도 너무 많은 이들이 몰려 내 차지가 아닙디다. 젊은 날, 남들 따라 정상을 향해 마구 달음질을 쳤습니다. 한데 자꾸 미끄러지고 밀려나고 이리저리 헤매며 돌아다니고, 그러면서 점점 정상에서 멀어지는 것만 같았습니다. 그럴 때마다 내가 어쩌다 이 길에 들어섰을까 하는 생각이 무시로 들곤 했습니다.

그런데 어느 순간 생각이 바뀌었습니다. 뜻을 이루기 위해 길을 찾는 것도 훌륭하지만, 이 길에서 뜻을 찾는 것도 얼마나 아름다운 일인가 하고 말이죠. 그 후로 비로소 남들의 길이 아니라 내 안의 길에서 뜻을 찾기 시작한 것 같습니다. 아, 산 정상은 내 갈 길이 아니었구나. 아, 그래서 이렇게 들길과 강 길을 지나게 된 거구나. 아 그래, 내 갈 길은 바다였는지 몰라. 다행이다. 하마터면 바다의 낙조를 보지 못할 뻔했구나, 어서 부지런히 바다를 향해 걸어가자꾸나.

그때부터 길은 조금씩 고분고분해집니다. 꽃으로 수를 놓아 향기를 더하기도 하고, 그늘을 드리워 땀을 식혀주기도 합니다. 어쩌면 이젠 제 후배나 제자들 중에서도 저를 보며 시기하고 질투하거나 심지어 좌절하는 이도 한둘쯤은 생겼을지 모릅니다. 잘난 척하거나 교만의 말을 하려는 것이 아닙니다. 전혀 그 반대입니다. 끝이 있는 잣대로 감히 끝이 없는 것을 재어가며 떨던 건방이 멈춰지자, 그제야 비로소 내가 길을 만든 게 아니라 길이 나를 만들었다고 말할 수 있게 되었다는 뜻입니다. 감이 익을 무렵이거든요.

공부하기 딱 좋은 나이

이제 진짜 공부를 시작할 때입니다. 공부는 젊었을 때 하는 거라고요? 그렇지 않습니다. 흔히 청년기가 인지 능력의 절정기라고 말들 하지만, 뇌과학 연구 결과에 따르면 계산 능력과 지각 속도만 그럴 뿐, 다른 고차원적인 인지 능력은 중년부터가 더 뛰어나다고 합니다. 예를 들어 하늘길을 지휘하는 항공 교통관제사의 경우, 정보 처리 속도는 젊은이가 빠르지만 충돌 피하기 같은 위기관리 능력은 중년의 관제사가 더 낫다는 것이지요. 중년에 이르러서야 인생의 경험이 축적되면서 비로소 모든 조각이 하나로 합쳐지기 때문이라고 합니다.

그뿐만 아니라 나이가 들수록 성실성, 자신감, 배려, 평정심도 발달한다고 하지요. 중년의 뇌는 의도적으로 긍정적인 면에 초점을 맞추도록 노력하기 때문에 감정에 대한 통제력이 증가되어 훨씬 더 침착하고 낙관적으로 사태를 바라볼 수 있다는 겁니다. 웬만한 일은 다 겪어봤으니까요. 감정의 통제력이 나아진 나이이기에 중년은 사랑보다는 역시 공부하기 딱 좋은 나이인 겁니다.

물론 사람마다 다 다르다고 하면 할 말이 없습니다. 배려 없이 고집만 센 늙은이, 평정심 없이 화만 잘 내는 늙은이, 감정 과잉의 목소리 큰 늙은이도 많지요. 하지만 이는 새롭게 변화될 자신이 없어 고집부리고, 자신이 틀린 걸 받아들이기 힘들어 화내고, 논리로 당해 낼 재간이 없어 목소리를 높이는 것일 때가 많습니다. 아무튼 그런 증상이 보이면 무조건 학교에 가야 합니다. '나무학교'에 말이지요.

나무 학교

문정희

나이에 관한 한 나무에게 배우기로 했다

해마다 어김없이 늘어가는 나이

너무 쉬운 더하기는 그만두고

나무처럼 속에다 새기기로 했다

늘 푸른 나무 사이를 걷다가

문득 가지 하나가 어깨를 건드릴 때

가을이 슬쩍 노란 손을 얹어놓을 때

사랑한다! 는 그의 목소리가 심장에 꽂힐 때

오래된 사원 뒤뜰에서

웃어요! 하며 숲을 배경으로

순간을 새기고 있을 때

나무는 나이를 겉으로 내색하지 않고도 어른이며

아직 어려도 그대로 푸르른 희망

나이에 관한 한 나무에게 배우기로 했다

그냥 속에다 새기기로 했다

무엇보다 내년에 더욱 울창해지기로 했다

―《양귀비꽃 머리에 꽂고》(민음사, 2004)

제주도에 가면 비자림을 자주 찾습니다. 그곳의 나무들은 웬만하면 오백 살이 넘습니다. 하지만 겉으로 봐서는 어느 나무가 더 노인네인지 도무지 그 나이를 알 수가 없습니다. 우리처럼 나이를 이마의 겉주름에 새겨 넣은 것이 아니고, 나이테를 속에다 쟁여 넣었기 때문입니다. 그뿐입니까? 그렇게 오래 산 나무도 봄이 되면 푸른 잎을 답니다. 역시 나무학교에서는 배울 것이 많습니다.

세월은 안으로만 새기고, 생각은 여전히 푸르른 희망으로 가득 찬 사람, 그리하여 내년엔 더 울창해지는 사람. 그렇게 나이 들어가면 좋겠습니다. 어른으로 늙는 것이 아니라 어른으로 계속 커가면 좋겠습니다. 늙음은 젊음의 반대말도 아니고, 젊음이 모자라거나 사라진 상태도 아닙니다. 늙음은 젊음을 나이테처럼 감싸 안고 더욱 크고 푸른 나무가 되어 쉴 만한 그늘을 드리우는 일입니다. 그러기 위해 공부를 결코 멈춰서는 안 되는 겁니다.

중년이 넘어 공부를 한다는 건 청년들의 자기 계발과는 목표와 차원이 다릅니다. 월급을 높여주는 것도 아니고, 더 나은 직업을 갖게 하는 것과도 무관합니다. 그러나 공부의 목표로부터 자유롭기 때문에 비로소 진짜 공부를 할 수 있는 겁니다. 공부해서 뭐 해? 그때가 진짜 공부해야 될 때입니다. 안 해도 될 때, 아무짝에도 쓸모없을 때 내가 좋아서 하는 것. 그게 진짜 아마추어로서의 공부입니다. 공부의 아마추어라면, 공부를 사랑하는 애호가라면, 공부할 게 많다는 건 얼마나 복된 일입니까. 백 년을 살면서 고작 이삼십 대 안에 공부를 끝내는 것이야말로 비극 아 닐는지요.

물론 인생 이모작, 삼모작을 위해, 수단과 도구로서 해야 하 는 공부들도 있을 겁니다. 하지만 어른의 공부에선 그보다는 내 면의 문제들, 삶의 의미를 찾는 문제들에 비로소 진지하게 눈이 가기 시작합니다. 젊은 시절 하루하루 먹고사느라 바빠서 그만 놓쳤던 궁극의 질문들에 해답을 찾아가며 진짜 어른이 되어가 는 겁니다.

그렇게 공부를 하다 하다가 도대체 나중에는 뭘 공부하게 될 까요? 역시 죽음을 공부해야 하지 않을까요? 어느 누구도 가르 쳐주지 않으니까요. 거기에는 스승도, 선배도 없습니다. 갔다 온 사람이 없기 때문입니다. 도무지 아는 게 없어요. 죽는다는 게 뭘까? 이것까지 공부하는 것이죠. 우리 삶의 끝에 관한 공부야 말로 공부의 끝이 아닐까요?

마지막 큰 공부

저에게 깊은 위로가 되었던 시 한 편으로 마무리 지으려 합 니다. 앞서 말씀드린 것처럼 부모님을 여의면서 많이 힘들었습 니다. 그러다 이 시를 읽게 되었습니다.

공부

김사인

'다 공부지요'
라고 말하고 나면
참 좋습니다.
어머님 떠나시는 일
남아 배웅하는 일
'우리 어매 마지막 큰 공부 하고 계십니다'
말하고 나면 나는
앉은뱅이책상 앞에 무릎 꿇은 착한 소년입니다.

어디선가 크고 두터운 손이 와서
애쓴다고 머리 쓰다듬어주실 것 같습니다.
눈만 내리깐 채
숫기 없는 나는
아무 말 못하겠지요만
속으로는 고맙고도 서러워
눈물 핑 돌겠지요만.

날이 저무는 일
비 오시는 일

바람 부는 일

갈잎 지고 새움 돋듯

누군가 가고 또 누군가 오는 일

때때로 그 곁에 골똘히 지켜섰기도 하는 일

'다 공부지요' 말하고 나면 좀 견딜 만해집니다.

—《어린 당나귀 곁에서》(창비, 2015)

죽음을 맞이하며 고통을 겪어야 했던 아버지도, 침상에 누워 골똘히 천장을 응시하며 옛 추억에 기대어 사셔야 했던 어머니도, 모두 다 공부하시는 것이었다고 생각하니 큰 위로가 되었습니다. 그래, 그분들도 처음 겪는, 마지막으로 맞이하는, 가장 큰 공부를 하신 거였어. 인생 다 공부지. 나서부터 죽기까지, 인생이 다 공부인 거야. 이렇게 생각하니 좀 견딜 만해졌습니다. 슬퍼하고 그리워하는 자식을 보며 머리를 쓰다듬어주시는 손길도 느껴지고, 그 고마움과 서러움에 눈물도 핑 돌지만, 앵두가 익을 때까지 간신히 참을 수 있을 만큼의 위로는 되더라는 말씀입니다.

역시 사람은 죽을 때까지 공부해야 합니다. 吾生也有涯 而知也无涯(오생야유애 이지야무애). 우리의 삶은 끝이 있지만 앎의 세계는 끝이 없기 때문입니다.

5장

사랑

혼자 사는 건 외롭고 같이 사는 건 괴롭습니다.
그럼에도 우리는 그토록 뜨겁게 사랑하고
아이나 의리를 핑계 삼아 오래도록 함께 살아가지요.

열애

사랑 때문에 살고 사랑 때문에 죽을 듯한

다시 듣는 사랑 노래

고등학교 문학 교과서를 만들 때의 일입니다. 《문학》 하권 마지막 단원의 끝자리를 어떤 작품으로 장식할까 고민이 깊었습니다. 여기까지 견뎌온 학생들에게 조금이나마 위로도 되고, 기왕이면 학년 말의 겨울 분위기에도 어울릴 시가 있으면 좋겠다 싶었는데, 아무리 뒤적거려도 도무지 마땅한 게 눈에 띄질 않았거든요.

이럴 땐 잠시 손을 놓아야지요. 답답한 마음에 한숨을 내쉬려니 저도 모르게 입에서 공기 반 노래 반이 섞여 나옵니다. 그때, 유레카의 순간이 찾아왔습니다. 바로 이거야!

옛사랑

이문세 노래, 이영훈 작사·작곡

남들도 모르게 서성이다 울었지
지나온 일들이 가슴에 사무쳐
텅빈 하늘 밑 불빛들 켜져가면
옛사랑 그 이름 아껴 불러보네
찬바람 불어와 옷깃을 여미우다
후회가 또 화가 난 눈물이 흐르네
누가 물어도 아플 것 같지 않던
지나온 내 모습 모두 거짓인걸

이제 그리운 것은 그리운 대로 내 맘에 둘 거야
그대 생각이 나면 생각 난 대로 내버려 두듯이

흰눈 나리면 들판에 서성이다
옛사랑 생각에 그 길 찾아가지
광화문 거리 흰눈에 덮여가고
하얀 눈 하늘 높이 자꾸 올라가네

시가 꼭 시여야 하는 것은 아니잖은가. 요즘에야 대중가요가
교과서에 실리는 일이 그다지 신선할 것도 못 되지만, 그때만 해

도 그렇지가 않았습니다. 저는 문학 교과서의 마지막을 대중가요로 장식한다는 것이 흐뭇하고 통쾌하기까지 했습니다.

왜 하필이면 저 노래냐고요? 노랫말이 시적이잖아요. 눈 내리는 겨울이잖아요. 많은 이가 좋아하는 사랑 노래, 워낙 인기가 많았던 명곡이잖아요. 그래서 그 시절 고등학생들에게 저 노래가 알맞다 싶었습니다. 물론 지금 같으면 박효신의 〈야생화〉를 골랐을 겁니다. 시대의 차이 때문이 아니라, 아무래도 〈옛사랑〉의 가사는 십 대의 정서를 넘어서는 자리에 있기 때문이죠. 그래서 지금 생각하면 조금 부끄러워집니다. 자기가 좋아한다고 그 노래를 교과서에 실은 것 같아서 말이지요.

저는 저 노래의 제목부터 마음에 들었습니다. 첫사랑도, 그 흔한 짝사랑도 아닌, 옛사랑이라니. 첫사랑이나 짝사랑 노래는 주로 과거의 아픈 기억조차 행복했던 순간으로 간직하려는 유아적 태도가 드러나는 반면, 옛사랑이라는 제목에서는 아직도 남은 아쉬움과 회한이, 아프지만 기억 속에서 떠나보내려는 성숙한 의지가 느껴지는 것 같았거든요. 그런 성숙은 괜히 서글픕니다. 그러기에 어쩌면 옛사랑이라는 제목의 방점은 '사랑'이 아니라 '옛'에 있는 게 아닐까 합니다. 지나간 것, 돌이킬 수 없는 것, 그걸 알지만 가끔은 어찌할 수 없는 그리움, 그 앞에서 울컥하지 않을 수가 있겠습니까.

이제 노랫말을 음미해봅니다. 남들도 모르게 서성이다 울었답니다. '남들이 모르게'가 아니라 '남들도 모르게'라니, 아마 자신조차도 몰랐을 것입니다. 그리움은 어느 날 문득 몰려오는 거니까요. 느닷없이 퍼붓는 눈처럼 말입니다. 그런 날은 몸도 마음도 서성거릴 수밖에 없습니다. 그러다 어둠이 내려오고 가로등 불이 들어올 때쯤이면 깨닫게 됩니다. 가슴이 왜 먹먹해오는지, 무엇이 가슴에 사무치는지. 그제야 비로소 가슴에 묻어두었던 그 주인공의 이름, 눈 내리는 광화문 거리에서 함께했던 바로 그 옛사랑의 이름을 가슴에서 꺼내 불러보는 것입니다. 그것도 '아껴' 불러보는 것입니다.

그러자 후드득 무너지고 맙니다. 후회가 밀려오고, 화가 나고, 눈물이 흐릅니다. 아프지 않은 것처럼 꽤나 잘 지내온 것 같았는데 그게 다 거짓이었던 모양입니다. 그래서 다짐합니다. 이제 그리운 것은 그리운 대로 마음에 두겠노라고, 그냥 자연스럽게 내버려두리라고, 그게 뭐 잘못이냐고.

맞습니다. 생각하지 말자고 다짐하고 기억 속에 묻어두려 한 것이야말로 오히려 집착이고 구속이었던 겁니다. 그러기에 이 자유는 마치 졸업장과도 같은 성숙의 표상입니다. 자유로운 성인이기에 그는 더 이상 서성이지 않아도 됩니다. 발걸음을 돌려 옛사랑과 함께했던 그날처럼 그 길, 눈 내리는 광화문 거리를 찾아가는 겁니다.

과연 어땠을까요? 그는 설명해 주지 않습니다. 그저 흰 눈에 덮여가는 광화문 거리와 하늘 높이 올라가는 하얀 눈을 우리에게 보여줄 뿐입니다. 그래요, 눈 오는 겨울밤, 광화문 빌딩 숲 사이를 걸어본 사람이라면 누구나 알 것입니다. 눈은 하염없이 내리고 눈은 또 자꾸 하늘로 올라간다는 것을. 옛사랑처럼 말입니다. 그 추억처럼 말입니다. 하지만 이 노래에 이런 반전이 살짝 숨어 있다는 걸 아십니까?

　　사랑이란 게 지겨울 때가 있지
　　내 맘에 고독이 너무 흘러넘쳐
　　눈 녹은 봄날 푸르른 잎새 위엔
　　옛사랑 그대 모습 영원 속에 있네

인정합니다. 사랑이란 게 지겨울 때가 있죠. 지겨워질 만큼 사랑이라도 해 봤으면 좋겠다는 사람도 있겠지만 말입니다. 바람이나 권태기 따위를 의미하는 것이 아닙니다. 웬만한 사랑으로 채워지지 않는 어떤 본질적인 공허함이나 부질없음에 대한 한탄에 가까울 것입니다. 공소함보다 차라리 쓸쓸함이 나아 보일 때, 그때 우리는 사랑보다 고독을 택할 자유가 있습니다. 하지만 그런 지경이 너무 오래 지속될 때, 그래서 내 마음에 고독이 너무 흘러넘칠 때, 이 노래의 주인공은 지난겨울 눈 녹은 자리를 다시 찾아가는 듯이 보입니다. 푸른 잎새 위에 영원히 존재하는 옛사랑을 꺼내보려고 말입니다.

　사랑이란 게 지겨울 때가 있다는 것을 자각한 이라면 옛사랑 또한 지겨울 때가 있음도 인정해야 옳습니다. 옛사랑이란 '가지 않은 길'과도 같으니까요. 가지 않았기에 빛나 보일 따름입니다. 그것은 또 다른 구속에 지나지 않습니다. 이러려고 그리운 것은 그리운 대로 내 맘에 두겠노라 한 것이 아니지 않습니까. 이듬해 봄까지 그리워할 건 아니지 않느냐고요. 이렇게 보면, 사랑은 자유와 구속 사이의 줄다리기 같습니다.

발견하고, 길들이고, 어둠이 되다

자유와 구속을 오가는 사랑의 존재론에 관해 고전적인 해답을 구한다면, 저는 서슴없이 《어린 왕자》를 이야기하겠습니다. 여러분도 잘 아는, 바로 이 대목에서부터 시작해 보죠.

"그런데 '길들인다'는 게 무슨 뜻이니?"
어린 왕자가 또다시 물었습니다.
"그건 자칫하면 잊기 쉬운 거야. 그건 '관계를 맺는다'는 뜻이야."
"관계를 맺는다니?"
"그렇단다. 내게 있어서 너는 지금 수많은 소년들 중 하나일 뿐이야. 그러므로 난 너를 필요로 하지 않아. 그리고 너도 역시 날 필요로 하지 않을 거야. 너에게 있어서 나는 수많은 여우들 중 하나일 뿐이니까. 하지만 네가 나를 길들인다면 우리는 서로를 필요로 하게 된단다. 너는 나에게 세상에서 단 하나뿐인 존재가 되는 거야.

나는 너에게 세상에서 단 하나뿐인 존재가 되고…"

네가 나를 길들인다면 우리는 서로를 필요로 하게 되고 서로에게 세상의 단 하나뿐인 존재가 된다, 그렇게 의미 있는 존재로 바뀌는 게 사랑이다, 여우는 이렇게 말합니다. 자, 이 이야기를 들으니 대번 떠오르는 시가 있죠? 네, 김춘수의 〈꽃〉입니다. 내가 그의 이름을 불러주기 전에 그는 다만 하나의 몸짓에 지나지 않았는데, 내가 그의 이름을 불러주었을 때 그는 나에게로 와서 꽃이 되었다는 바로 그 시. 여우라면 그 시를 이렇게 해설할 겁니다.

"네가 날 길들여준다면 내 삶은 햇살처럼 밝아질 거야. 다른 모든 발소리와 구별되는 하나의 발소리를 갖게 되는 거야. 다른 사람들의 발소리는 나를 땅속으로 숨게 하지만, 너의 발소리는 마치 음악처럼 나를 굴 밖으로 불러낼 거야. 자, 봐! 저기 밀밭 보이지? 나는 빵을 먹지 않아. 그러니까 나에게 밀은 소용없는 식물이야. 밀밭을 봐도 아무것도 생각나지 않아. 그건 얼마나 슬픈 일인지! 그런데 네 머리카락이 금빛이잖아. 네가 나를 길들여준다면 정말 멋질 거야. 황금빛 밀을 보면 네가 생각날 테니까. 그리고 나는 밀밭을 지나가는 바람 소리도 좋아하게 되겠지…"

이런 연애시를 쓴다는 건 정말 여우 같은 짓입니다. 너로 인해 네 발자국 소리는 물론, 아무 의미도 없던 황금빛 밀밭과 그 밀밭을 지나가는 바람 소리마저 좋아하게 될 거라는 것 아닙니까. 너의 발소리가 음악처럼 나를 굴 밖으로 불러낼 테고, 그렇게 네가 날 길들여준 덕에, 지난날 그토록 어둡고 지루하던 내 삶이 햇살처럼 밝아질 거라고 말하는 것 아닙니까. 맞아요, 사랑은 그런 겁니다. 내 금빛 머리카락 때문에 황금빛 밀밭을 볼 때마다 그대는 나를 생각하고, 분홍색을 좋아하는 그대를 위해 나는 내 금발 머리를 핑크색으로 염색하려 드는 게 사랑인 겁니다. 그래서 사랑은 자주 유치해집니다. 아기가 방싯거려준다는 이유만으로 부모님은 온갖 유치한 행동을 마다하지 않지요. 이럴 땐 아기가 오히려 부모님을 길들이는 것처럼 보이곤 합니다.

상대의 마음에 들고자, 상대가 길들이는 대로, 아니 그 이상으로 만족시키고 싶은 마음. 그게 사랑이라면, 사랑은 그 자체로 과잉입니다. 안 해보던 일도 하게 만들고, 머뭇거리던 선을 가뿐히 넘어서게 합니다. 이렇게요.

금화터널을 지나며

강형철

매연이 눌어붙은 타일이 새까맣다

너는 사랑하는 사람의 이름을 적어

그 곁에 보 고 싶 다 썼고

나는 정차된 좌석버스 창 너머로

네 눈빛을 보고 있다

손가락이 까매질수록

환해지던 너의 마음

사랑은 숯검댕일 때에야 환해지는가

스쳐지나온 교회 앞

죽은 나무 몸통을 넘어 분수처럼 펼쳐지는

능소화

환한 자리

—《도선장 불빛 아래 서 있다》(창비, 2002)

시인은 좌석버스를 타고 서울의 금화터널을 지나가는 중입니다. 매연으로 가득한 터널. 그 매연의 찌꺼기들이 눌어붙어 새까매진 타일 위에 하얗게 빛나는 문장이 눈에 들어옵니다. 아무개가 보고 싶다는, 낙서라 해야 할지, 광고라 해야 할지 모를, 아무튼 빛나는 음각화입니다.

그 아무개가 누구인지, 지나가는 행인들은 알 턱이 없습니다. 그 목적어 아무개를 사랑하는 이, 바로 저 문장의 감추어진 주어가 누구인지 알 수 있는 이는 오직 한 사람, 바로 그 아무개일 겁니다. 아마도 그 아무개 씨는 매일 아침저녁으로 저 금화터널을 지나다니는 이겠지요. 오다가다 어쩌다 한 번은 저 문장을 보게 되겠지요. 그리고 웃음 짓겠지요.

아무개 씨의 바로 그 행복한 순간을 위해, 금화터널에서 저렇듯 유치하고 창피 사기 쉬운 작업을 서슴지 않고 행하는 이를 시인은 창 너머로 바라봅니다. 숯검댕처럼 손가락이 까매진 그라피티 아티스트 같은 한 친구를 말입니다. 숯은 희생과 소생의 상징입니다. 버스 타고 스쳐 지나온 교회가 그렇고, 저 환한 능소화 또한 죽은 나무 몸통 덕에 피어났을 겁니다. 모든 사랑은 숭고합니다.

뜨거울수록 필요한 침묵과 인내

도시의 터널에만 있는 것이 아닙니다. 해변 모래사장이라면 아마 이러했을 테지요.

토막말

정양

가을 바닷가에
누가 써놓고 간 말
썰물진 모래밭에 한줄로 쓴 말
글자가 모두 대문짝만씩해서
하늘에서 읽기가 더 수월할 것 같다

정순아보고자퍼서죽겄다씨펄.

씨펄 근처에 도장 찍힌 발자국이 어지럽다

하늘더러 읽어달라고 이렇게 크게 썼는가

무슨 막말이 이렇게 대책도 없이 아름다운가

손등에 얼음 조각을 녹이며 견디던

시리디시린 통증이 문득 몸에 감긴다

둘러보아도 아무도 없는 가을 바다

저만치서 무식한 밀물이 번득이며 온다

바다는 춥고 토막말이 몸에 저리다

얼음 조각처럼 사라질 토막말을

저녁놀이 진저리치며 새겨 읽는다

　　　　　　　　　—《살아 있는 것들의 무게》(창비, 1997)

　늦가을 추운 바닷가, '토막말'의 이 친구는 술깨나 걸친 듯해 보입니다. 그것도 낮술입니다. 그에게도 금화터널의 능소화처럼 환한 사랑이 있었겠지요. 하지만 금화터널의 그 친구는 혼자 상상만 해도 신나는 퍼포먼스를 하는 것 같은데, 이 친구는 그렇지 못해 보입니다. 금화터널은 정기적으로 오가는 곳이지만, 가을 바다는 언제 다시 찾아올지 기약이 없으니까요.

　게다가 썰물 진 모래밭에 아무리 크게 써놓은들, 타일 위의 음각화보다 오래갈 리가 없겠지요. 이내 다가올 밀물이 쓸어버리면 그가 남긴 토막말은 얼음 조각이 녹듯 사라질 뿐입니다. 그러니 그가 남긴 해변의 그라피티는 소통이 아니라 통곡입니다. 그녀에게 보내는 메시지가 아니라 하늘더러, 운명더러 읽으라는 항의일지도 모르겠습니다. 어쩌면 그녀가 하늘나라에 있을지도 모르고요.

막말이지만, 진정성이 이보다 더할 수 있을까 싶을 정도이기에, 대책도 없이 아름답다고 시인은 말합니다. 하지만 그의 속은 정말 숯검댕 그 자체일 겁니다. 도무지 환해질 수 없는 고통의 통곡입니다. 이 시의 '정순'이는 금화터널 연인 같은 희망의 현재 진행형도 아니고, 광화문 거리의 옛사랑 같은 추억의 과거 완료형도 아니기 때문입니다. 희망을 갖기에는 너무나 거리가 멀고, 추억으로 완결 짓기에는 너무나 애절한, 고통의 현재 진행형입니다.

이쯤 되면 사랑 때문에 살겠고, 사랑 때문에 못 살겠다는 말이 과장이 아님을 인정해야 할 것 같습니다. 사랑은 결코 쉬운 일이 아닙니다. 길들이면 다 될 줄 알지만, 서로 다른 두 사람을 서로의 방식대로 길들인다는 건 얼마나 큰 갈등의 과정이겠습니까. 사랑은 남이 만들어주는 물건이 아닙니다. 내가 공을 들여 길들이고 길들여지는 인내의 과정입니다. 그래서 여우는 어린 왕자에게 이렇게 말하지요.

"누구든 자기가 길들인 것들밖에는 알 수가 없어. 이제 사람들은 뭔가를 알 시간이 없어. 그들은 상점에서 다 만들어진 물건을 사지. 하지만 친구를 파는 상점은 없어. 그래서 사람들에겐 이제 친구가 없는 거야. 친구를 갖고 싶다면 나를 길들여줘!"

"어떻게 하면 되지?"

어린 왕자가 물었습니다.

"인내심을 가져야 해. 우선 내게서 조금 떨어진 숲 위에 그렇게 앉는 거야. 내가 너를 곁눈질하는 동안, 넌 침묵을 지키는 거지. 말이란 오해의 씨앗이야. 하지만 하루하루 지나가면 너는 내 옆으로 점점 가까이 다가와 앉게 될 거야…"

여우는 인내심을 강조합니다. 침묵을 지키는 인내심, 침묵하면서도 함께 지낼 수 있는 인내심, 침묵 덕에 서로가 더욱 가까워질 때까지 견뎌내는 인내심 말입니다. 사랑은 속도전이 아닙니다. 서서히 신뢰를 쌓아가는 과정입니다. 오해할 일이 벌어지지 않을 정도로, 오해할 일이 벌어져도 오해하지 않을 정도로 말이죠. 하지만 여우의 말을 오해하면 안 됩니다. 오해하지 않기 위해서 침묵을 지키고 말을 안 하는 것이지, 오해해서 말을 안 하는 것이 침묵이나 인내인 것은 아닙니다.

사랑하는 상대와 어떤 갈등에 처했을 때 "우리 얘기 좀 해" 이런 말 많이 하죠? 한바탕 다툼이 오간 다음, 침묵이 이어지고, 서로 조심하며 눈치도 보고, 그런데 계속 말을 안 하자니 속이

터질 것 같고, 이래저래 참고 참다가, 냉전이 더 길어지면 위험하겠다 싶을 때 꺼내는 말이지요. 이 말은 타이밍이 참 중요합니다. 너무 일찍 해도 안 되고 너무 늦게 해도 안 되죠. 두 사람만의 적정한 리듬과 패턴을 찾아야 합니다. 그때까지 기다리고 인내할 줄 알아야 하는데, 평생을 같이 사는 부부도 힘든 게 그것입니다.

그런데 타이밍보다 더 중요한 게 대화의 목적과 성격입니다. 대화는 소중하지만, 모든 대화가 다 효과적인 것은 아닙니다. 말로 해서 오늘 당장 해결될 거라면 뭐 하러 싸웠겠어요? 말로 풀려다가 오히려 말로 상처주는 일이 생기고, 그렇게 되면 냉전은 장기화되기에 이릅니다. 싸움의 원인과 이유, 잘잘못을 따지고 시비를 가리기 위해 대화하는 것은 도움이 되지 않습니다. 그런 대화는 분쟁을 더 키울 뿐, 그런 식의 사이클이 되풀이되면 대화에 대한 신뢰가 무너지고, 사랑을 위한 인내의 침묵이 아니라 사랑을 접은 자포자기의 침묵이 두 사람 사이를 지배하게 되는 겁니다.

침묵도 마찬가지입니다. "우리 얘기 좀 해"라고 말하기 전까지 보내는 침묵의 시간이 자기의 주장을 더 강화할 논리를 준비하는 시간이어서는 안 됩니다. 상대방의 입장에서 사태를 돌아보는 침묵과 인내의 시간이어야 합니다. 그래서 다시 대화를 시작할 때는 시비를 가리는 것이 아니라 시비를 덮은 자리에서 오로지 화해를 위한 이야기만 준비해가지고 나와야 하는 겁니다.

당신을 생각하는 분량만큼

어린 왕자와 헤어지면서 여우는 사랑의 비밀 한 가지를 더 가르쳐줍니다.

"이제 내가 비밀을 말해줄게. 그건 아주 간단해. 마음으로 보아야 한다는 거야. 정말 중요한 것은 눈으로는 보이지 않아."

"중요한 것은 눈에 보이지 않는다."

"네 장미가 그렇게 중요한 것은 네가 그 꽃을 위해 기울인 시간 때문이야."

"내가 내 꽃을 위해 기울인 시간 때문이다…"

어린 왕자는 그 말을 기억하기 위해 되뇌었습니다.

"사람들은 이 진실을 잊어버리고 있어. 하지만 넌 잊지 말아야 해. 네가 길들인 것에 대해서는 영원히 책임을 져야 해. 넌 네 장미를 책임져야 해…"

책임이라는 단어에 주목해 봅시다. 사랑을 '책임'이라고 부를 때 많은 이가 부담스러워하고 심지어 부당하게도 여기는 것 같습니다. 낡고 늙은 이데올로기처럼 말이죠. 그러고 보면 참 알 수 없는 게 사람이고 사랑입니다. 그렇게 사랑해놓고, 우리는 자유로우면 구속을 원하고, 구속되면 또 자유를 그리워하는 경향이 있으니까요.

관계가 없이 인간은 살아갈 수 없습니다. 관계가 구속을 의미한다면, 인간은 누구나 구속되어 사는 겁니다. 아이가 자라 성인이 되면, "자립하고 싶어. 자유롭게 살고 싶어. 이제 집에서 나갈 거야"라고 노래를 부릅니다. 하지만 자립은 없습니다. 의존 관계가 없는 삶은 없기 때문입니다. 이때의 자립이란 부모라는 특정한 구속 관계로부터 벗어나되 자기가 독립적으로 다른 관계를 구축하는 것을 뜻할 따름입니다. 우리에게 자유가 있다면 그것은 어떤 구속을 택할 것인가 하는 자유뿐일 것입니다.

그러나 내가 A라는 구속을 택한다면, 그것은 A 아닌 것으로부터의 자유를 선택하는 아주 적극적인 행위입니다. 진리에 구속된다는 것은 거짓으로부터의 자유를 의미합니다. 그러니까 내가 누구를 사랑한다는 것은 그에게 구속되어 다른 선택으로부터 자유로워지는 것입니다. 이제부터는 그 한 사람만 사랑하면 되는 것입니다. 얼마나 자유롭습니까.

구속될 것을 스스로 자유롭게 선택한 것이 사랑입니다. 선택은 책임을 동반합니다. 상대방의 자유를 구속한 대가를 기꺼이 지불해야 하는 것입니다. 사랑이란 일시적이고 충동적인 것이 아니라, 길들이고 길들여질 충분한 시간을 기울여서 이루어낸 것이기 때문입니다. 오랫동안 서로 생각하고 생각하며, 사모하고 사모해서 계약한 관계이기 때문입니다.

제가 신혼부부들에게 결혼 축가 대신 나눠주는 시가 하나 있습니다.

사랑론論

허형만

사랑이란 생각의 분량이다. 출렁이되 넘치지 않는 생각의 바다, 눈
부신 생각의 산맥, 슬플 땐 한없이 깊어지는 생각의 우물, 행복할
땐 꽃잎처럼 전율하는 생각의 나무, 사랑이란 비어있는 영혼을 채
우는 것이다. 오늘도 저물녘 창가에 앉아 새 별을 기다리는 사람아.
새 별이 반짝이면 조용히 꿈꾸는 사람아.

—《첫차》(황금알, 2005)

　　우리말 역사에서 '사랑하다'와 '생각하다'가 원래 한뜻이었
다는 것은 분명합니다. 다만 '사랑'이란 우리말의 어원은 확정된
바가 없는데, '생각하여 헤아리다'라는 뜻의 '사량思量'에서 유래
되었다는 설도 있으니, 아마도 이 시인은 내친김에 '사량'을 '생
각의 분량'으로 풀어본 것이 아닌가 싶습니다. 물론 이런 걸 모
르더라도 '사랑이란 생각의 분량이다'라는 말을 이해하는 데 전
혀 지장은 없을 겁니다. 말 그대로 누군가를 사랑한다는 건 그만
큼 그를 생각한다는 것일 테니까요.

　　많이 사랑한다는 건 많이 생각한다는 것이고 많이 생각난다
는 건 그만큼 그를 사랑한다는 증거가 될 테지요. 오랜 세월 끊
임없이 늘 생각하는 사람이 있다면 그건 분명 사랑입니다. "네
장미가 그렇게 중요한 것은 네가 그 꽃을 위해 기울인 시간 때문

이야"라는 여우의 말이 바로 이런 뜻 아니겠습니까.

　이처럼 '사랑하다'는 '생각하다'와 같은 뜻의 동사입니다. 순간의 어떤 열정, 눈멀고 귀가 먼 어떤 상태의 형용사가 아닙니다. 오랜 시간 열렬히 생각하는 행위인 것입니다. 하지만 그 생각이 바다와 같이 넓더라도 출렁이되 넘쳐서는 안 됩니다. 절제와 충만이 함께하는 생각의 바다여야 합니다. 또한 때로는 눈부신 산맥과도 같고, 그러다 슬플 때는 우물처럼 한없이 깊어지기도 하고, 행복의 절정을 맛볼 때는 바르르 떠는 꽃잎처럼 전율도 해보는 것이 사랑이지요. 요컨대 그대 생각으로 내 영혼을 채우는 것이 사랑 아니겠습니까. 그것이 아니라면 우리의 빈 영혼을 무엇으로 채운답니까?

　'마음을 비웠다'라는 말을 저는 잘 안 믿는 편입니다. 마음이 잘 비워지질 않더라고요. 마음은, 영혼은, 채우는 겁니다. 그것을 뭘로 채울까가 중요한 겁니다. 얼마나 선한 것, 얼마나 귀한 것, 얼마나 사랑스러운 것으로 채울까. 그런 것들로 채워진 삶은, 행복하지 않을 도리가 없습니다. 그래서 시인은 얘기합니다. 사랑이란 비어있는 영혼을 그대 생각으로, 그대와 함께한 생각의 바다와 산맥과 우물과 나무로 채우는 것이라고 말입니다. 저물녘 창가에 앉아 반짝이는 새 별을 보며 조용히 그대를 꿈꾸면서 내 비어있는 영혼을 채우노니, 아, 사랑은 정말 아름다울 수밖에 없지 않습니까?

　그래서 사랑은 책임인 것입니다. 오랜 시간 생각하고 함께해온 그 사람을 책임지고, 그 사람에게는 나를 책임지도록 하는 것이 사랑이란 말입니다. 부당한 억압이나 고통스러운 책무가 아니라 아름다운 의무이자 권리인 것입니다.

그러므로 이기적인 사람은 사랑을 할 수 없습니다. 사랑은 관계니까요. 자유롭고 아름다운 구속이니까요. 오랜 시간 서로 길들이고 인내하고 생각하며 책임져야 하는 것이니까요. 그래서 그대로 인해, 그대를 위해, 내 스스로가 좀 더 나은 사람이 되고 싶은 마음이 들게 하는 거니까요.

마침 신형철 평론가가 이런 말을 했다고 해요. "나로 하여금 좀 더 나은 인간이 되고 싶다는 생각을 하게 만드는 사람은 내가 '사랑하는' 사람들이다. 그리고 훌륭한 시를 읽을 때, 우리는 바로 그런 기분이 된다." 훌륭한 시는, 내가 사랑하는 사람처럼, 나로 하여금 좀 더 나은 사람이 되고 싶게 만든다는군요. 물론 그걸 아는 분들은 대개 이미 꽤 훌륭한 사람들이죠. 이 책을 읽고 있는 당신처럼 말입니다. 하지만 아직 시를 좋아하지 않는 분들께도 희망이 있습니다. 당신을 길들여 좀 더 나은 사람이 되게끔 시가 만들어줄 겁니다. 시가 얼마나 여우인데요.

동행

바람에 깎여 얻게 된 깊이

결혼이란 게 다 그렇습니다

20세기 지성계의 대표로 꼽히는 철학자 장 폴 사르트르. 잘 알려졌다시피 그는 시몬 드 보부아르와 계약 결혼을 합니다. 세 살 차이의 두 사람은 파리 고등사범학교에서 교수 자격시험을 준비하던 시절에 만나 각기 수석과 차석으로 합격을 했죠. 사르트르가 그녀에게 제안한 계약 결혼 조건은 아주 간단합니다. 첫째, 서로 사랑하고 관계를 지키는 동시에 다른 사람과 사랑에 빠지는 것을 허락한다. 둘째, 서로에게 거짓말을 하지 않으며 어떤 것도 숨기지 않는다. 셋째, 경제적으로 독립한다. 간단하긴 한데, 지키기가 영 쉬워 보이지는 않습니다.

위기도 수차례 있었습니다. 사르트르는 여성 편력이 심했고, 보부아르도 다른 이와 사랑에 빠지기도 했습니다. 그래도 이들은 50년이 넘도록 계약을 이어갔습니다. 그래서 일부일처제의 제약에 매이지 않으면서 자유롭고 평등한 부부 관계를 추구한 이 실험은 성공적으로 끝난 것처럼 보입니다. 사르트르가 세상을 떠나자, 보부아르는 이렇게 말했죠. "내 인생 최고의 성공은 사르트르를 만난 것이다. 그는 나와 닮았고 나보다 완전하다."

이런 계약 결혼을 선뜻 아무나 시도하기가 쉽지 않다는 데에는 다들 동의할 것입니다. 비독점 다자연애 계약을 결혼이라 할 수 있을까요. 거기에다 두 사람의 계약에는 자식을 낳지 않겠다는 암묵적인 전제와 합의가 깔려 있습니다. 사르트르와 보부아르가 다음 시를 읽는다면 어떤 표정을 지을까요?

부부

문정희

부부란 여름날 멀찍이 누워 잠을 청하다가도

어둠 속에서 앵 하고 모기 소리가 들리면

순식간에 합세하여 모기를 잡는 사이이다

많이 짜진 연고를 나누어 바르는 사이이다

남편이 턱에 바르고 남은 밥풀만 한 연고를

손끝에 들고 나머지를 어디다 바를까 주저하고 있을 때

아내가 주저 없이 치마를 걷고

배꼽 부근을 내미는 사이이다

그 자리를 문지르며 이달에 사용한

신용카드와 전기세를 함께 떠올리는 사이이다

결혼은 사랑을 무화시키는 긴 과정이지만

결혼한 사랑은 사랑이 아니지만

부부란 어떤 이름으로도 잴 수 없는

백 년이 지나도 남는 암각화처럼

그것이 풍화하는 긴 과정과

그 곁에 가뭇없이 피고 지는 풀꽃 더미를

풍경으로 거느린다

나에게 남은 것이 무엇인가를 생각하다가

네가 쥐고 있는 것을 바라보며

손을 한번 쓸쓸히 쥐었다 펴 보는 사이이다

서로를 묶는 것이 거미줄인지

쇠사슬인지는 알지 못하지만

부부란 서로 묶여 있는 것만은 확실하다고 느끼며

오도 가도 못한 채

죄 없는 어린 새끼들을 유정하게 바라보는

그런 사이이다

— 《다산의 처녀》(민음사, 2010)

사르트르와 보부아르는 둘째 치고, 여러분조차 '나는 이렇게 살지는 말아야 했던 것들만 어쩜 이렇게 집약해놓았을까?' 하는 표정을 지을 것 같습니다. 그런데 말입니다, 저나 저희 선배 세대도 젊을 때는 딱 그랬단 말입니다. 저희도 나름대로는 낭만적이고 지성적이고 세련된 결혼 생활을 꿈꾸는 앳된 신혼부부로 출발한 사람들이랍니다. 그런데 세월이 흘러 이제는, 서로 비록 배꼽을 내미는 정도는 아니지만, 연애할 때만큼 사랑스럽지 않다는 데에는 동의를 안 할 수가 없을 겁니다. 그 기준에서 보면 이건 사랑이 아니라고 할 정도로 사랑이 무화無化되어 보이기도 합니다.

하지만 그것은 무화가 된 것이 아니라 풍화風化된 것입니다. 오랜 세월을 함께 겪어오며 새긴 암각화인 겁니다. 겉으로 화려하게 도드라지지 못하고 그저 안으로만 새긴 암각화에 불과하지만, 그러기에 손에 쥔 것도 별로 없어 내세울 것도 없어 보이지만, 바람에 깎여 얻게 된 사랑의 깊이 덕택에 풀꽃 더미를 풍경으로 거느린 채 서로를 애틋하고 애잔하게 바라볼 수는 있게 된 겁니다.

살다 보면 나한테 남은 게 뭐가 있나 싶다가도, 상대방을 돌아보면 저 사람도 남은 것 하나 없어 보여 그만 쓸쓸히 손을 쥐었다 펴보는 것. '내가 어쩌다 저 사람하고 살았지?'가 아니라, '저 사람 어쩌다가 나랑 살았지?' 하며 고맙고 미안해지는 것, 그게 오래된 부부의 사랑법이지요.

그러기까지 왜 갈등이 없었겠습니까. '어린 새끼들' 때문이라고 자식 핑계를 대지만, 이를 두고 굳이 또 우리가 애 낳으려고 결혼하느냐며 나무라실 필요까지는 없을 것 같습니다. 봄철의 꽃더러 가을에 열매 맺으려고 요다지도 예쁘게 치장했느냐고 나무랄 수는 없지 않습니까. 살다 보면 가끔은, 솔직히, 내가 왜 저 사람하고 결혼했지 하며 후회를 하기도 하겠지요. 그러면서 슬쩍 다른 사람도 상상해 보거나, 아니면 혼자 사는 인생도 그려보곤 하겠지요. 그런데요, 자식은 그렇지 않습니다. 다른 자식을 상상해 보거나, 자식 없이 사는 인생이 그려지지는 않는답니다. 그러기에 부부끼리 "어휴, 저 자식 때문에 산다" 하는 말을 신세 한탄이나 비난이 아니라, 서로 듣기 좋은 지청구로 구사하게 되는 것이지요.

부부의 애정이란 그렇게 풍화되어가며 유장해집니다. 어린 새끼들을 바라보며 무언가에 묶여 있음이 참 좋다고 느끼는 것입니다. 쇠사슬일지, 거미줄일지 모르지만 "이 나이 들어서 누군가와 묶여 있다는 것, 그건 꽤 괜찮은 관계야"라고 이 시는 말하고 있습니다. 비독점 다자 연애와 무자식의 자유보다 이 쇠사슬이나 거미줄 같은 구속이 낫다고 말입니다.

불확실성 시대의 사랑

사실 모든 결혼은 계약 결혼입니다. 관습을 포함한 사회적 강제가 개입하고는 있지만, 이 계약은 사랑하는 두 사람의 자유의지에 따른 선택으로 간주됩니다. 독점적인 종생 연애 계약과 비독점적 자유연애 계약 가운데 과연 어느 쪽의 손을 들어줄지는 사람마다 다르겠지만, 한 가지 잊지 말아야 할 점을 지적해 두어야겠군요. 둘 다 온전히 실천하기 힘든 계약이라는 점 말입니다. 결혼이란 게 다 그렇습니다.

그렇긴 하지만 아무리 그래도 그렇지, 과거에는 결혼이 가져다주는 온갖 지복至福을 예찬하면서 결혼을 지극히 당연시해왔는데, 왜 요즘 들어 많은 이들이 그것을 포기하고 다른 꿈을 꾸려고 하는 걸까요? 왜 '열린 결혼' 관계로 살아가거나 혼자 힘으로 아이를 키우기로 결심하는 걸까요? 모두가 사르트르나 보부아르 같아서일까요?

최근에는 비혼주의자가 늘어나고 있고, 심지어 결혼은커녕 아예 사랑도 안 한다고 합니다. 결혼 적령기에 해당하는 20~44세 미혼 남녀 가운데 실제 연애 중인 사람은 10명 중에 한 3, 4명 정도에 불과하다는 통계도 나와 있습니다. 왜 혼자 살기를 선택하는 걸까요? 그 길도 결코 쉬운 길은 아닐 텐데 말입니다.

'위험사회'라는 개념으로 잘 알려진 독일의 사회학자 울리히 벡과 그의 아내 엘리자베트 벡이 함께 쓴《사랑은 지독한, 그러나 너무나 정상적인 혼란》이라는 책에 의하면 우리 현대인들이 사랑하기가 힘든 건 불확실성 때문입니다. 근대 이후 개인은 미리 정해진 신분적 운명이나 전통 등으로부터 자유로워졌지만, 그 자유는 무한정의 불확실성과 선택지들 앞에 내던져질 자유이기도 했습니다. 봉건제로부터의 해방은 개인에게 성찰의 세계를 열어주었지만, 동시에 안전감의 토대인 확실성의 뿌리를 제거해버리는 결과를 빚었습니다.

현대인은 이러한 불확실성의 세계를 소속도, 전통도 다 떨쳐낸 오롯한 '나'로서 항해해 나가야만 합니다. 그럴 때 어딘가에 정박하고 싶은 마지막 희망, 그게 사랑이었습니다. 신분이나 계급, 직장이나 국적 같은 것이 비록 나를 결정하는 중요한 요소이긴 하지만, 내가 왜 나인지, 나의 정체성을 모두 설명할 수는 없는 법이죠. 그러한 가운데 내 존재를 확인시켜주는 최후의 보루가 바로 사랑인 것입니다. 누군가가 나를 사랑한다면, 나는 분명히 존재하는 것이며, 비로소 가치 있는 존재가 되는 셈이니까요.

그래서 현대 사회는 사랑에 관해 이상한 신화를 갖게 됩니다. 반드시 사랑에 '성공'해야 한다는 이상한 신화 말입니다. 사랑에 실패하면 마치 내 가치와 정체성이 사라지는 것처럼 말이죠. 심지어 사랑이 실패로 끝나더라도, 내가 진짜 짝을 못 만나서 이런 거지, 제대로 만나기만 하면 그 사랑이 나를 구원할 거라는 희망을 다시 품게 됩니다. 이처럼 오늘날의 사람들은 사랑의 문제를 대상의 문제로 가정하고 있습니다. 즉 사랑은 누구에게나 자유롭고 쉬운 일인 데 비해, 사랑할 만하거나 사랑받을 만한 대상을 발견하기가 어렵다는 태도를 보이는 것입니다.

하지만 현대 자본주의 문화는 거래라는 개념에 기초하고 있죠. 하여, 사랑은 자유이지만, 자기가 지닌 교환 가치의 한계를 고려하면서 서로 시장에서 교환할 수 있는 최상의 대상을 찾아냈다고 느낄 때에만 사랑에 빠질 수 있다는 비애가 성립하고 만 것입니다. 사랑할 대상을 발견하기 어렵다는 것은 이런 뜻입니다.

그러니까 다른 사람과 관계를 맺고 사랑을 주고받으려면, 우리는 돈도 벌어야 되고, 일자리도 얻어야 되고, 그러려면 또 교육과 훈련을 받아야 합니다. 거꾸로 말하면 그런 와중에 사랑도 해야 하는 겁니다. 사랑에 관해 굉장히 낭만적인 이미지를 설정해놓고, 거기에 내 존재를 다 걸게 만들어놓았는데, 실제로는 모든 것을 걸 수 없는 환경이 되어버린 셈이죠. 이러니 사랑하기가 힘들 수밖에요. 사랑과 결혼을 위해 포기하거나 준비해야 할 게 너무 많으니까요.

열심히 준비해 결혼을 목전에 두어도 문제는 줄어들기는커녕 더 늘어납니다. 맞벌이가 좋을까? 한 사람은 파트타임으로 일하는 게 어때? 승진해서 잘나가는 게 좋은 거야, 아니면 집에 와서 가사를 많이 하는 게 좋은 거야? 애는 낳아 말아? 몇 명 낳아? 키울 수 있어 없어? 그럼 누가 키워? 이처럼 수많은 외부 조건이 내가 원하는 삶을 계속 스스로 결정하지 못하게 합니다. 선택지는 많고 내가 선택할 수 있는 건 없으니까 점점 더 힘들어지는 겁니다.

이래서 혼자 사는 건 외롭고 같이 사는 건 괴롭다는 말이 나왔나 봅니다. 아마도 최악은 같이 살면서도 외롭고 괴롭거나, 혼자 살면서도 외롭고 괴로운 거겠죠. 이렇게 말하면 비관적으로만 들리게 마련입니다. 혼자 살아도 외롭지 않고 같이 살아도 괴롭지 않은 사람들, 적어도 그렇게 생각하며 살아가는 사람들도 많습니다. 다만 사랑할 수 없는 것까지 사랑하는 것은 무리입니다. 사랑할 수 없는데 그걸 사랑하라는 것은 강요이기 때문입니다. 결국 사람은 사랑할 수 있는 것을 사랑할 뿐인 것 아닐까요.

사랑은 사랑만을 사랑할 뿐

이성복

나는 너를 사랑한다 내가 알지 못하는 모든 여인들을 위하여
나는 너를 사랑한다 내가 체험하지 못한 모든 시간들을 위하여

— 폴 엘뤼아르, 〈나는 너를 사랑한다〉

사랑은 자기반영과 자기복제. 입은 비뚤어져도 바로 말하자. 내가 너를 통해 사랑하는 건 내가 이미 알았고, 사랑했던 것들이다. 내가 너를 사랑한다 해서, 시든 꽃과 딱딱한 빵과 더럽혀진 눈[雪]을 사랑할 수 없다. 내가 너를 사랑한다 해서, 썩어가는 생선 비린내와 섬뜩한 청거북의 모가지를 사랑할 수는 없다. 사랑은 사랑스러운 것

을 사랑할 뿐, 사랑은 사랑만을 사랑할 뿐, 아장거리는 애기 청거북의 모가지가 제 어미에게 얼마나 예쁜지를 너는 알지 못한다.

—《달의 이마에는 물결무늬 자국》(문학과지성사, 2012)

이성복 시인은 얼핏 사랑에 대해 굉장히 냉정하게 이야기하는 것처럼 보입니다. "네가 왜 너 아닌 걸 사랑하는 줄 알아? 너를 닮아서야. 너의 복제를 사랑하는 거지. 그러니까 너는 너 자신을 사랑하는 것뿐이라고. 사랑은 자기반영과 자기복제니까. 사랑은 유전자가 시켜서 하는 거라고." 진화생물학자인 리처드 도킨스가 좋아할 만한 시 같습니다. 리처드 도킨스는 인간을 이기적 유전자의 자기복제 명령을 수행하는 생존 기계라고 단언했으니까요. 모든 생명 현상이 이기적 유전자의 자기복제를 위해 봉사하는 것이라면, 사랑이라는 현상 또한 거기서 벗어날 수 없을 테죠.

사랑은 이타주의에 어울리는 말 같았는데 이처럼 사랑을 이기적으로 설명하는 말을 들을 때면 괜히 불편하고 섭섭해집니다. 그런 사람들에게 시인은 말합니다. 입은 비뚤어져도 바로 말하자고. 사실 우리는 이미 사랑할 만한 것들만 사랑하고 있지 않느냐고. 아무리 사랑한다고 한들, 시든 꽃과 딱딱한 빵과 더럽혀진 눈과 썩어가는 생선 비린내와 섬뜩한 청거북의 모가지까지 사랑할 수는 없지 않느냐고 말이죠.

인정하렵니다. 사랑에 대한 낭만과 신화는 도가 지나친 감이 있다고 저도 생각하니까요. 그러나 사랑스러운 것을 사랑할 뿐이기에, 고슴도치가 제 새끼를 함함하다 여기듯, 어미 청거북은 그 섬뜩한 애기 청거북의 모가지를 사랑하는 겁니다. 남들은 다 싫어하고, 사랑할 수 없다고 여기는 그 모가지를 말이죠.

그렇게 저 시는 반전이 됩니다. 다시 사랑의 힘과 희망에 대해 말할 수 있도록 말이죠. 유전자가 저마다 다르니 모든 생명은 다 사랑받을 만하다고 말입니다. 자기 사랑만 내세워서는 안 됩니다. 사랑은 자기복제일 뿐이니, 겸손해져야 하지요.

우린 다른 사랑에 대해 관대해져야 합니다. 무엇보다도 이제 함부로 혐오해서는 안 되는 겁니다. 청거북의 모가지를 함부로 섬뜩하다고 내쳐서는 안 된다는 겁니다. 내 자식만이 아니라 남의 자식도 사랑스러운 존재임을 제발 알아야 한다는 거죠. 나의 문화적, 역사적 정체성과 그 유전자의 자기복제만 사랑하지 말고, 타자의 사랑도 인정하라는 뜻입니다.

이렇게 이 시를 읽으면, 이성복 시인이 인용한, 내가 알지 못하는 모든 여인, 내가 체험하지 못한 모든 시간들을 사랑한다는 폴 엘뤼아르의 말을 비로소 이해할 수 있습니다.

뜨거운 얼음처럼

자, 그렇다면 남편과 아내로 불리는 사람들이 서로의 자기반영과 자기복제를 위해 사랑을 나누어 어여쁜 청거북을 낳았은즉, 그다음에는 어떤 일이 벌어지게 될까요. 유전자도 다르고 이해관계도 없이 지내오던, 태어나서 일면식도 없던 사람들이 유전자의 명령에 따라 밀접하게 한 몸을 만들 때, 그 일치감이 주던 놀랍고 기적적인 전율은 그 후 어떻게 되는 걸까요?

이제 정직하게 욕망에 대해 이야기할 차례입니다. 알랭 드 보통의 책 제목대로 '왜 나는 너를 사랑하는가'라는 질문에 답해 봅시다. 그에 대해 알랭 드 보통은 무의식적 욕망 때문이라고 답을 내립니다. 사람들은 사랑에 빨리 빠집니다. 그것은 아마도 사랑하고 싶은 마음이 사랑하는 사람에 선행하기 때문이 아닐까요? 즉 사랑하는 사람의 출현은 누군가를 사랑하고 싶어 하는 무의식적인 요구가 먼저 있고, 그 요구가 그 사람을 해결책으로 발명한 결과일지 모른다는 겁니다. 사랑에 대한 욕망이 사랑할 사람의 특징을 이리저리 먼저 빚어내고서는, 그가 출현하자 그를 중심으로 그 형상이 구체화되고 운명적인 사랑인 양 빠져들게 된다는 것이죠.

이 설명대로라면 우리 눈을 덮은 콩깍지가 벗겨진 이후 비로소 사랑하는 이의 진실 앞에 실망하게 되는 일이 조금은 설명될 것 같습니다. 우리가 꿈꿔온, 실재하지 않는 이상형을 투사한 결과이니 말이지요. 그래서 알랭 드 보통은, 사랑은 보답받을 수 없는 감정이기 때문에 욕망이 더 커진다는, 아주 우울하게 오랫동안 전해 내려오는 전통들이 있다면서 이렇게 소개합니다.

> 이런 관점에 의하면 사랑은 방향일 뿐 공간은 아니다. (중략) 몽테뉴는 이렇게 말했다. "사랑에는 우리를 피해서 달아나는 것을 미친 듯이 쫓아가는 욕망밖에 없다." 아나톨 프랑스 역시 "우리가 이미 가진 것을 사랑하는 것은 관례적이지 않다"는 말로 같은 입장을 보여주었다. 스탕달은 사랑은 사랑하는 사람을 잃을 것이라는 두려움을 기초로 해서만 생길 수 있다고 생각했다. 드니 드 루주몽은 이렇게 말했다. "사람들은 가장 넘기 힘든 장애를 가장 좋아한다. 그것이 정열을 강하게 불태우는 데 가장 적합하기 때문이다."
>
> — 알랭 드 보통, 《왜 나는 너를 사랑하는가》(청미래, 2007) 중에서

저 주체들은 사랑을 욕망으로, 욕망을 소유로 등치시키는 어리석은, 혹은 어쩔 수 없는 어린아이나 짐승 같습니다. 그들에게 욕망은 유예될수록 더 강렬해집니다. "키스해도 될까요?"라는 말에 "아니오"보다는 "다음에요"라는 답이 돌아올 때 온몸을 바칠 각오를 합니다. 그 '다음', 또 그 '다음'을 향해 충실히 달려가는 겁니다. 그것이 알랭 드 보통이 이야기한 '사랑은 방향일 뿐'이라는 말의 뜻입니다.

그래서 드디어, 사랑해서, 욕망해서, 결혼을 합니다. 그런데

결혼에는 '다음'이 없습니다. 그게 문제입니다. 불타던 뜨거운 욕망이, 사랑이라고 생각한 그것이 그만 식어서 사라져버립니다. 성취된 욕망은 이미 욕망이 아닙니다. 그리하여 마치 북극의 정점에 온 듯 더 이상 나아갈 방향도 없이 멈춰버립니다. 그러나 이에 대해 정신분석학자 에리히 프롬은 이렇게 말해줍니다.

> 갑자기 친밀해지는, 이 기적은 성적 매력과 성적 결합에 의해 시작되는 경우, 대체로 더욱 촉진된다.
>
> 그러나 이러한 형태의 사랑은 본질적으로 오래 지속될 수 없다. 두 사람이 친숙해질수록 친밀감과 기적적인 면은 점점 줄어들다가 마침내 적대감, 실망감, 권태가 생겨나며 최초의 흥분의 잔재마저도 찾아보기 어렵게 된다. 그러나 처음에 그들은 이러한 일을 알지 못한다. 사실상 그들은 강렬한 열중, 곧 서로 '미쳐버리는' 것을 열정적인 사랑의 증거로 생각하지만, 이것은 기껏해야 그들이 서로 만나기 전에 얼마나 외로웠는가를 입증할 뿐이다.
>
> — 에리히 프롬, 《사랑의 기술》(문예출판사, 2019) 중에서

다행입니다. 미쳐버린 상태에서 정상적인 상태로 돌아온 것이니까요. 영화 제목처럼 '연애의 온도'가 몇 도이든, 결혼의 온도보다는 확실히 높지 않을까요? 결혼하면 다들 사랑이 식는다고들 하니까 말이죠. 하지만 무조건 온도가 높은 게 정상은 아니지 않습니까. 39℃에서 36.5℃가 된 것은 참 다행이지 않습니까.

열병이 나은 것이니까요. 열병이 가시지 못하면 욕망은 금기를 향하게 될 뿐입니다.

결혼은 공존입니다. 오랫동안 한집에서, 한 이불에서, 같은 탕 안에서 함께 지내는 겁니다. 같은 체온끼리는 서로 온도를 느낄 수 없고, 뜨거운 탕도 오래 있다 보면 그 열기를 못 느끼는 법. 우리는 뜨거운 탕에 앉아 오히려 '시원하다'고 합니다. 식었다고 하지 않습니다.

얼음의 온도

허연

얼음을 나르는 사람들은 얼음의 온도를 잘 잊고, 대장장이는 불의 온도를 잘 잊는다. 누군가에게 몰입하는 일. 얼어붙거나 불에 타는 일. 천년을 거듭해도 온도를 잊는 일. 그런 일.

—《내가 원하는 천사》(문학과지성사, 2012)

온도를 잴 필요도 없이 얼음은 늘 차갑습니다. 그것이 얼음의 본질이니까요. 그건 변하지 않습니다. 천년을 거듭해도 변하지 않는 것입니다. 《법구경法句經》에도 이런 말이 있죠. "어리석은 자는 한평생 다하도록 현명한 이를 가까이 섬겨도 참다운 법을 깨닫지 못한다. 국자가 국 맛을 모르듯이." 혀는 국 맛을 알지만 국자는 국 맛을 알 수 없습니다. 우리가 국자 신세는 면해야 하지 않겠습니까. 마음이 식은 게 아니라 바르게 된 것이고, 변해서가 아니라 변치 않아서 익숙해진 것이고, 그 덕에 우리는 동상도, 화상도 입지 않고 평생을 동거하며 공존해올 수 있었던 겁니다.

그러나 이런 일이 그저 오래 같이 지내다 보니까 익숙해지는 권태처럼 오해되어서는 곤란합니다. 시인은 말합니다. '몰입하는 일'이라고. 행복한 결혼 생활의 비결은 대장장이처럼, 장인의 책무처럼, 정성을 다하며 몰입하는 일을 거듭할 때만이 얻을 수 있는 비급秘笈인 것입니다.

꿈꾸는 당신과 함께 별을

그렇다고 몰입하는 관계가 완벽해질 거라곤 생각하지 마십시오. 한평생을 함께해도 채워지지 않는 게 있을 테니까요. 가슴이 좀 아프지만 승인해야 합니다. 그이가 돌아누워서 신음하고 있으면 그냥 "아, 내가 채워줄 수 없는 무엇 때문에 저러고 있겠구나" 하고서는 그 떠는 어깨를 실눈 뜨고 바라만 봐야 할 때가 있습니다. 때로는 뭔지도 모르지만 그냥 일단 토닥여줘야 될 때도 있습니다. 혹은 아예 토닥일 생각도 말고 못 본 척 질끈 눈 감아 버리고 귀도 닫고 그이에게 온전한 시간과 공간을 내어줘야 할 때도 있을 것입니다. 그런 게 다 사랑 아닐까요?

읽을 때마다 괜히 가슴 저리는 시가 있습니다. 아내한테 괜히 미안해지기 때문입니다. 무슨 미안한 일을 해서 미안한 게 아니라 둘이 산다는 것 자체가 실은 어떤 면에서는 참 미안한 일 아닐까 하고 말이지요.

꿈꾸는 당신

마종기

내가 채워주지 못한 것을
당신은 어디서 구해 빈 터를 채우는가.
내가 덮어주지 못한 곳을
당신은 어떻게 탄탄히 메워
떨리는 오한을 이겨내는가.

헤매며 한정없이 찾고 있는 것이
얼마나 멀고 험난한 곳에 있기에
당신은 돌아눕고 돌아눕고 하는가.
어느 날쯤 불안한 당신 속에 들어가
늪 깊이 숨은 것을 찾아주고 싶다.
밤새 조용히 신음하는 어깨여,
시고 매운 세월이 얼마나 길었으면
약 바르지 못한 온몸의 피멍을

이불만 덮은 채로 참아내는가.

쉽게 따뜻해지지 않는 새벽 침상.
아무리 인연의 끈이 질기다 해도
어차피 서로를 다 채워줄 수는 없는 것
아는지, 빈 가슴 감춘 채 멀리 떠나며
수십 년의 밤을 불러 꿈꾸는 당신.

—《우리는 서로 부르고 있는 것일까》(문학과지성사, 2006)

어느덧 이제 열병에 휩쓸리지도 않고, 숱한 감정에 휘말리지도 않고, 온전히 아내를 바라볼 수 있는 나이가 온 것 같습니다. 약간 과장하자면 저는 그래서 조금 더 빨리 늙고 싶습니다. 그리하여 저와 같이 나이 들어 변한 아내와 함께 저 변치 않는 밤하늘의 별을 바라보며 한동안 잊고 지냈던 서로의 노래를 불러보고 싶습니다. 다음 시처럼 말입니다.

내 마음에 별이 뜨지 않은 날들이 참 오래 되었다

주용일

별 밤, 아내가 부엌에서 설거지를 한다. 그녀도 처음에는 저 별들처럼 얼마나 신비롭고 빛나는 존재였던가. 오늘 저녁 아내는 내 등에 붙은 파리를 보며 파리는 업어주고 자기는 업어주지 않는다고 투정을 부린다. 연애시절엔 아내를 많이도 업어주었다. 그때는 아내도 지금처럼 무겁지 않았다. 삶이 힘겨운 만큼 아내도 조금씩 무거워지며 나는 등에서 자꾸 아내를 내려놓으려고 했던 것은 아닐까.

가을 풀벌레 소리를 들으며, 하늘의 별을 바라보며, 나는 내 마음속에서 뜨고 지던 별들이며 노래들을 생각한다. 사랑, 평등, 신, 자유, 고귀함 이런 단어들이 내 가슴에서 떴다 사위어가는 동안 내 머리는 벗겨지고 나는 티끌처럼 작아졌다. 새들의 지저귐처럼 내 마음에서 부드럽고 따뜻한 노래가 일어났다 사라지는 동안 내 영혼은 조금씩 은하수 저쪽으로 흘러갔다.

이제 내게 남아있는 것들을 생각한다. 이루지 못한 꿈들이며, 가엾고 지친 영혼이며, 닳아버린 목숨이며, 애초에는 없던 가족, 집과 자동차, 보험금, 명예 이런 것들이 별이 뜨고 지던, 노래가 생겨나던 마음을 채워버렸다. 별이 뜨지 않는 밤하늘을 한 번도 생각해보지 않았는데, 노래가 없는 생을 한 번도 떠올려보지 않았는데 그런 날들이 참 오래 되었다.

　　　　　—《내 마음에 별이 뜨지 않은 날들이 참 오래 되었다》(오르페, 2016)

아내도 한때는 별처럼 빛나던 신비한 존재였습니다. 안고 업으며 살았어야 했는데, 사는 게 뭔지 나름대로는 열심히 산답시고 허둥대다가 삶이 힘겨운 만큼 아내도 무거워지며 자꾸 그녀를 내려놓으려 한 것은 아닌지요. 빈털터리로 시작해, 집과 자동차, 알량한 명예 따위를 얻게 된 대신, 머리는 벗겨지고, 사랑, 평등, 신, 자유, 고귀함 같은 가슴속 아름다운 단어들은 다 사위어 가며 어느덧 우리는 티끌처럼 작아진 것은 아닌지요. 밤하늘의 별도 쳐다보지 않고, 꿈도 노래도 잃은 채 너무 오래 무심히 살아온 건 아닌지요.

이제는 부부가 서로 마주보며 진짜 사랑을 나누고, 미안하다, 고맙다, 말하건 아니하건, 잘 키운 자식 놈 소식이나 기다리며, 별이 빛나는 밤에 그때 그 사랑의 노래를 불러보면 어떨까요. 독점적으로 종생토록 연애한 우리의 사랑 노래를 말입니다. 그럴 수만 있다면 단언컨대, 아마도 사르트르와 보부아르가 우리보다 낫다곤 못하겠지요.

관계

세상과 자연 그리고 나와의 관계 속에서 나를 바라봅니다.
방탄소년단의 〈Intro : Persona〉 가사처럼요.
"내가 되고 싶은 나, 사람들이 원하는 나,
니가 사랑하는 나, 또 내가 빚어내는 나…"

인사이더

나도 그들이 되고 싶다

나만 뒤처져 보일 때

대학교수라는 직업이 묘한 게, 제자들은 늘 이십 대이고 저만 혼자 늙어간다는 겁니다. 아무리 해가 바뀌어도 신입생은 늘 스무 살 안팎인 것이지요. 청년 제자들과 호흡을 같이하려면 늘 애를 써야 합니다. 이미 화석이 되어버린 말을 신조어랍시고 써먹었다간 더 뒤처져 보일 뿐. 그래서 최신 유행어도 귀동냥해가며 공부해 봅니다만, 그것도 적당히 해야지 남용하면 오히려 역효과, 주책없다는 소리만 듣기 십상입니다. 그러니까 '인싸' 정도만 돼야지 '핵인싸' 흉내를 내서는 곤란하다는 소립니다.

일거수일투족 부러움을 한 몸에 받는 SNS 속의 '인사이더'들. 늘 분위기 좋은 곳에서 비싸고 맛있는 음식을 먹고, 제집 드나들 듯 해외여행을 다니는 사람들. 그들을 보며 나도 언젠간 저기에 가봐야지 마음먹고 스크랩까지 해보지만 그 순간의 다짐

인사이더

일 뿐, 그 꿈이 실현된 적은 거의 없습니다. 그런 경험이 쌓이고 쌓이다 보니 언제부턴가는 부러움을 넘어 은근히 부아가 올라옵니다. 내 삶은 아무래도 너무 초라한 것 같습니다. 오랜 준비와 노력 끝에 드디어 인싸의 삶을 겨우 흉내 내어 보는데, 그때가 되면 이미 그곳은 더 이상 '핫플'이 아닙니다. SNS에는 그새 새로운 인싸의 삶이 가득 올라와 있습니다. 누군가에겐 기본이지만 내겐 목표 너머에 있는 그 기준, 그것이 인싸 같습니다.

그렇습니다. 유행이라는 건 늘 존재해왔지만, SNS 시대에는 유행의 유통기한이 너무 짧아졌습니다. 도대체 누가 만든지도 모르는 유행을 실시간으로 따라가느라 우리는 쉴 틈 없이 타인의 삶에 촉각을 세우며 살아가고 있는 겁니다. 타인의 쇼핑, 타인의 취미, 타인의 여행, 타인의 음식, 심지어 타인의 반려견과 자녀와 손주에 이르기까지 이것저것 무차별적으로 살포되는 이미지의 홍수 속에서 허우적거리며 말입니다.

피곤한 현실에서 벗어나고자 SNS 속으로 들어왔더니만, 과시와 엿보기와 모방과 찬양의 부채질에 휘둘리며 허파에 바람만 잔뜩 들어가버리고 마는 세계인 겁니다. 매일 새롭고 매일 '셀럽'들과 소통할 수 있다는 생각에 괜히 신이 나지만, 어딘가 빠르게 소모되어버리는 듯한 느낌이 드는 곳. 그곳은 묘한 분위기에 취해 살짝 공중에 뜬 마음으로 살아가는 매트릭스 안 같습니다.

공감은 어디에서 오는가

그러나 우리가 허위에 취해서만 SNS에서 사는 것은 아닙니다. 그곳을 벗어나지 못하는 데에는 또 다른 이유가 있습니다. 얼마 전 SNS에 올라온 영상 하나를 봤습니다. 지하철역 입구 부근에서 웬 취객이 난동을 부리고 있었어요. 경찰관과 막 실랑이를 벌이고 있는데 그때 듬직해 뵈는 한 청년이 나타납니다. 주변 사람들은 물론이요, 그 영상을 보는 저마저도 긴장을 하게 되었지요. 혹시 통쾌한 업어 치기 한판이라도 벌어지는 건 아닐까.

그 순간, 청년은 취객을 그저 가만히 포옹해 주었습니다. 그러자 취객이 놀랍게도 잠잠해졌습니다. 취객은 그의 품 안에서 얌전한 어린아이 같았습니다. 울고 있었는지도 모르겠습니다. 취객뿐만 아니라 그들을 바라보는 주변도, 저도 잠잠해졌습니다. 그리고 가슴이 뜨거워졌습니다. 아, 참 좋다.

우리는 그렇게 연결됩니다. 현장에 있진 않았지만, 시공을 달리한 사람들이 저 영상을 보며 너 나 할 것 없이 서로 따뜻한 시선과 가슴을 맞대는 겁니다. 이래서 SNS를 못 끊습니다. 기존의 미디어가 접근할 수 없거나 침묵해버린, 그렇다고 일일이 직접 가볼 수도 없는 저 특별한 시공간의 정보와 경험들을 공유할 수 있는 멋진 신세계를 가져다주기 때문입니다. 모든 사람을 직접 안아주기란 불가능하지만 그 대신 이렇게 공감을 하고 체온을 나누며 더 나은 세상을 꿈꾸게 하는 것, 우리로 하여금 그 세상의 인싸가 되게 하는 것이 SNS의 순기능 아니겠습니까.

저 영상을 보고, 공감하고, 공유하면서, 저는 제가 알고 있는 한 편의 시를 나누고 싶어졌습니다. 그날 SNS에 바로 이 시를 올렸습니다.

안아주기

나호열

어디 쉬운 일인가

나무를, 책상을, 모르는 사람을

안아준다는 것이

물컹하게 가슴과 가슴이 맞닿는 것이

어디 쉬운 일인가

그대, 어둠을 안아 보았는가

무량한 허공을 안아 보았는가

슬픔도 안으면 따뜻하다

미움도 안으면 따뜻하다

가슴이 없다면

우주는 우주가 아니다

—《타인의 슬픔》(연인M&B, 2008)

누군가를 안아준다는 게 쉬운 것 같지만 쉽지 않잖아요. 모르는 사람과 가슴을 맞댄다는 건 참 힘든 일입니다. 선의조차 의심받기 쉬운 요즘 세상에서는 더욱더 어려운 일이지요. 하지만 그 어려운 순간을 넘어 일단 안아주게 되면 슬픔도 따뜻해지고 미움도 따뜻해지는 법입니다.

어쩌면 내가 안은 것은 단순히 그 사람이 아니라 그 사람의 어둠, 허공, 슬픔, 미움일지 모릅니다. 그것을 다 안아주는 겁니다. 우리 어머니, 아버지, 선생님, 예수님, 부처님이 그러신 것처럼요. 그런 가슴이 없다면 부모가 아니고 스승이 아니고 신도, 성인도 아닐 겁니다. 가슴이 없는 우주는 우주가 아니듯이 말이죠.

선행善行은 의무와 강요에서가 아니라 공감과 소통에서 오고, 공감과 소통은 경험의 공유에서 옵니다. 하지만 경험에는 한계가 있습니다. 한 번밖에 살지 못하는 인생인데 그나마도 너무 짧아서 남의 인생, 다른 인생은 살아보지도 못하니까요. 간접 경험과 대리 경험이 소중한 이유가 여기에 있습니다.

간접 경험과 대리 경험을 극대화하기 위한 인류의 발명품이 소설이었습니다. 중세 기사도 문학에서는 영웅이 주인공으로 나와 불을 뿜는 용과 싸움을 벌이곤 했지만, 근대의 소설은 매우 정교하게 하나의 독립된 합리적 세계를 구축하기 때문에 독자들은 그 세계를 현실처럼 느끼면서 그 속으로 빠져 들어갔습니다. 그들에게 소설은 가상 현실과도 같았습니다. 소설 읽기란 그 가상 현실 속의 캐릭터에 동화되어 그의 운명에 동참하는 것에 다름 아닙니다. 타고난 신분의 울타리 안에서 살아야 했던 중세와 달리 근대 사회는 개인의 인생과 운명에 대해 큰 관심을 갖고 있었죠.

하지만 근대인들의 꿈과 달리 근대 사회 또한 합리적이고 이상적일 수만은 없었으니, 그 사회를 반영한 소설 속 현실 역시 완벽할 리가 없겠지요. 실제 현실이, 그리하여 소설 속 세계가 완벽하다면 그 세계와 갈등을 겪는 주인공이 어떻게 존재할 수가 있겠습니까? 실은 그 사회의 지배적 관점에서 보면 주인공은 말썽만 부리는 골치 아픈 문제아에 해당합니다.

예를 들면 가문과 계급에 따라 혼사가 맺어져야 마땅한데 자산가의 딸과 가난한 시인이 사랑을 해서 결혼을 하려는 겁니다. 그러니 문제아죠. 그런데 독자가 보면 그 주인공이야말로 진정한 가치를 추구하고 있는 거예요. 좀 더 정확히 말하면, 우리도 평소에는 사회의 지배적인 가치, 사랑과 결혼조차 교환 가치로 보는 저 타락한 가치의 관점에서 세상을 보는데, 소설을 읽을 때는 주인공 편에서 세상을 바라봄으로써 사용 가치, 곧 진정한 가치를 추구하려는 '가치의 전복'을 경험하게 되는 것입니다.

그것이 어떻게 가능할까요? 공감적 이해의 힘 덕분입니다. 우리는 소설이나 드라마에서 심지어 정치 깡패가 주인공으로 나와도 그의 편을 들게 되어 있습니다. 그의 스토리를 듣다 보면 그가 그렇게 될 수밖에 없었던 운명을 이해하게 되고 도리어 가슴까지 아프게 되니까요. 오히려 억울한 죄명을 뒤집어씌워 그를 붙잡으려는 검사, 그들의 배후 세력인 정치가들이 증오스럽습니다. 그러다가 그가 끝내 형장의 이슬로 사라지게 되면 우리 눈에 눈물마저 흘러내립니다.

이것은 기적입니다. 신문에서 매일같이 쏟아져 나오는 사망 기사를 접하고도, 옆집 할아버지의 죽음을 마주하고도, 평소 타인의 죽음에 관해 눈물 한 방울 안 흘리던 우리가 가상의 인물이 죽었다고 가슴 먹먹해하며 눈물을 훔치다니요. 바로, 공감하기 때문입니다. 독서를 통해 그 주인공 입장, 아니 그 주인공 자신이 되어봤기 때문입니다. 수많은 통계와 설명과 설교에도 꿈쩍 않던 우리가 이렇게 변할 수 있는 기적은 인간이 갖고 있는 공감 능력, 그에 기초한 소설과 드라마 덕입니다. 그러라고 소설이 발명된 것입니다.

그러니 공감적 이해가 깊어질수록 우리가 사는 현실 세계도 조금 더 나아지리라 믿어도 좋을 겁니다. 그런 점에서라면 누구나 손쉽게 가까이 다가가서 작가도 독자도 될 수 있는 SNS 시대에 더 큰 기대를 걸어도 좋을 성싶습니다. 직접 안아줄 수 없는 다른 이를 SNS를 통해 안아줄 수 있으니까요.

연예인 걱정을 하는 밤

그런데 세상이 바뀌었습니다. 완전히 바뀌었습니다. 다시 용들이 불을 뿜기 시작했습니다. 우리는 현실의 아픔에 눈감고, 세상의 고통을 잊고, 난세의 영웅들의 판타지에 빠져듭니다. 어차피 세상은 우리가 아니라 '엑스맨'이나 '어벤져스'가 구할 것입니다. 그러고 보면 수많은 영화나 게임의 서사가 중세 북유럽의 판타지에 기대는 것도 우연이 아닙니다. 현실계는 사이버 세계에 의해 대체되고, 소설로 맺었던 네트워크는 소셜 네트워크가 대신하게 되었습니다.

미디어 시대라 불리는 오늘날, 우리는 수많은 경험을 아주 쉽게 대신할 수 있습니다. 대표적인 예로 가상 연애 프로그램을 들 수 있을 겁니다. 저 사람들이 진짜 연애하는 걸까? 흉내 내는 걸까? 의심하면서도, 설정인 줄 뻔히 알면서도, 나도 모르게 주인공들처럼 아슬아슬한 감정, '썸 타는' 기분을 함께 느끼곤 합니다. 사람에 따라서는 아예 그들이 실제 연애를 하는 거라 믿기도 하고, 그리하여 실제 존재하지도 않는 감정에 공감하는 놀라운 사태가 벌어진답니다. 이러다 보면 굳이 연애를 하지 않아도 될지 모릅니다. 가상의 체험으로 연애 감정을 대신하면 될 테니까요.

이러니 연예인의 열애 기사라도 나면 자기 일보다 더 심각해집니다. 더구나 그 연예인의 팬이라면 웬만한 친구 일보다 마음이 더 바빠집니다. 그런 날은 온·오프라인을 오가면서 만나는 사람마다 그 일을 화제에 올리며 호들갑 떨기 일쑤이죠. 다들 인싸가 되는 그 기분, 그 마음은 십분 이해합니다. 저도 그래요. 스타가 남입니까. 그래서 제가 싫어하는 말 중에 하나가 "가장 쓸데없는 일이 연예인 걱정하는 거다"입니다. 물론 걱정해줬다가 낭패와 실망과 배신감마저 안고 돌아서야 했던 경험이 있을 수는 있습니다만, 세상에 걱정받지 않아도 좋을 사람은 없습니다. 행복을 빌어줘야죠. 우리를 행복하게 해준 사람들인데. 이렇게라도 말입니다.

김혜수의 행복을 비는 타자의 새벽

성미정

잠에서 깨버린 새벽 다시 잠이 오지 않아
뒤척이다가 생뚱맞게 김혜수의 행복을
빌고 있는 건 인터넷 메인 뉴스를 도배한
김혜수와 유해진의 열애설 때문만은 아닌 거지

김혜수와 나 사이의 공통분모라곤
김혜수는 당연히 모르겠지만
신혼 초 살던 강남 언덕배기 모 아파트의
주민들이었다는 것
같은 사십대라는 것 그리고
누구누구처럼 이대 나온 여자
가 아니라는 것 정도지만

김혜수도 오늘 밤은 유해진과 기자회견

사이에서 고뇌하며 나처럼 새벽녘까지

뒤척이는 존재인 거지 그래도 이 새벽에

내가 주제 높게 나보다 몇 배는 예쁘고

돈도 많은 김혜수의 행복을 빌고 있는

속내를 굳이 밝히자면

잠 못 이루는 밤이 점점 늘어만 가고

오늘처럼 잠에서 깨어나는 새벽도

남아도는데 몽롱한 머리로 아무리

풀어봐도 뾰족한 답이 없는 우리 집

재정 상태를 고민하느라 밤을 새느니

타자의 행복이라도 빌어주는 편이

맘 편하게 다시 잠드는 방법이란 걸

그래야 가난한 식구들 아침상이라도

차려줄 수 있다는 걸 햇수 묵어

유해진 타짜인 내가 감 잡은 거지

오늘 새벽은 김혜수지만 내일은 김혜자

내일모레는 김혜순이 될 수도 있는

이 쟁쟁한 타자들은 알량한 패만

들고 있는 나와는 외사돈의 팔촌도 아니지만

6장 관계

그들의 행복이 촌수만큼이나 아득한 길을

돌고 돌아 어느 세월에 내게도 연결되지

말라는 보장도 없지 않은가

그러니 사실 나는 이 꼭두새벽에

생판 모르는 타자의 행복을 응원하는

속없는 푼수 행세를 하며 정화수 떠놓고

새벽기도 하는 심정으로 나의 숙면과

세 식구의 행복을 간절히 빌고 비는

사십 년 묵은 노력한 타짜인 거지

—《읽자마자 잊혀져버려도》(문학동네, 2011)

   이 시를 이해하려면 먼저 어떤 남녀 배우의 연애담과 그 두 사람이 함께 출연한 영화 정보를 알아야 하겠죠. 만나본 적도 없는 남녀의 러브스토리와 필모그래피에 관한 정보라니 굉장한 지식에 해당할 것 같은데, 실상 우리 중에 그걸 모르는 이가 과연 몇이나 있을까요? 아무 상관도 없는 사람들인데 우리는 연예인의 별별 소식을 시시콜콜히 알고 있잖습니까? 알고 싶어 해서기도 하지만, 알고 싶지 않은데도 자꾸 온갖 인터넷 포털 사이트에서 알려주지 않습니까?

   이 시의 배경은 배우 김혜수의 열애설이 각종 인터넷 포털 사이트를 도배한 날입니다. 그날 새벽에 잠에서 깨어난 화자는 다시 잠들지 못하고 있습니다. 왜일까요? 생뚱맞게 김혜수, 자신과 공통점도 하나 없고 자기보다 몇 배 예쁘고 돈도 많은 그 김혜수의 행복을 빌어주면서 말입니다. 천하에 쓸데없다는 연예인 걱정을 하고 있는 이유를 그녀는 어떻게 합리화할까요? 오늘 밤 김혜수도 기자회견 걱정에 밤잠 못 자고 있으리라는 동병상련 때문일까요?

화자는 능청과 자조를 섞어 유머로 답합니다. 자기가 밤잠을 못 이루는 것은 정작 집안의 재정 문제 때문이지만 고민한다고 해결되지도 않을 터, 그 시간에 타자의 행복을 빌어주는 덕이라도 쌓으면, 그 덕에 잠 잘 들고 일어날 것이고, 그러면 식구들 아침상이라도 잘 차려줄 테니 이게 노름에서 이기는 셈 아닌가. 김혜수가 아니라 김혜자면 어떻고 김혜순이라고 다르랴. 비록 지금 내 패는 별로지만 내가 빌어준 복이 돌고 돌다 보면 내게로 돌아오지 말라는 보장도 없지 않으냐. 그러니 생판 모르는 타자들의 행복을 빌어주는 푼수처럼 뵐지라도, 이래 봬도 내가 타짜인 것이다.

이 시니컬한 자기만족과 자기 비하야말로 우리가 각종 미디어와 SNS 속에서 겪고 있는 일상이 아닐는지요. 오늘도 어느 인싸의 호캉스와 해외여행과 먹방과 반려견과 잘나가는 소식에 '좋아요'를 누르며 그이의 행복을 빌어주다가, 한편으로는 타자에 대한 부러움과 질투에 고개를 젓다가, 다른 한편으로는 속물스럽지 않은 자신의 건강함에 대해 스스로 고개를 끄덕이는 않았는지요.

요즘 우리는 그것을 '정신 승리'라고 부르죠. 루쉰魯迅의 소설《아Q정전阿Q正傳》에서 유래된 말입니다. 성취욕은 강하지만 시정잡배에게조차 무시당하며 살아가는 주인공 아Q는 동네 건달들에게 얻어맞고선 "내가 자식 놈에게 얻어맞은 걸로 치지. 요즘 세상은 돼먹지 않았어"라며 속으로 의기양양해합니다. 이를 두고 소설 속에서 정신적 승리법이라 일컫습니다.

모욕을 받아도 저항하기는커녕 오히려 '정신적 승리'로 치환해버리는 주인공 아Q는 서세동점西勢東漸의 위기 속에서도 자존심만 비대했던 당시의 청나라와 중국 민족을 빗댄 것으로 알려져 있지만, 바로 지금 우리의 모습과도 많이 겹치는 게 사실입니다. 물론 저는 정신 승리의 건강한 측면을 인정하고 옹호하는 편입니다. 때에 따라서는 정신 승리라도 해야 살아갈 수 있는 불가피한 측면도 있고요. 하지만 자신까지 속이면 곤란합니다. 아니, 위험해집니다.

리플리 혹은 페르소나

타자를 속이는 타짜는 그래도 낫습니다. 우리가 굳이 매사에 솔직할 필요도 없는 거니까요. 내 민낯은 굳이 보여주지 않아도 좋습니다. 내가 먹고 있는 초라한 음식은 인증샷을 찍지 않아도 좋고, 매일같이 사무실에만 처박혀 있는 셀카 사진은 남기지 않아도 좋습니다. 말을 안 한 거지, 거짓말한 건 아니고, 가끔 과장을 한 거지, 허위는 아니잖아요. 어차피 서로 알면서 당해주는 건 매너일지도 모릅니다. 여기까지는 건강한 편이죠. 문제는 자기 자신을 속이는 타짜입니다. 가짜를 만들어놓고 자기 스스로도 그것이 진짜라고 생각하는 것이 제일 위험합니다.

그걸 우리는 '리플리 증후군Ripley Syndrome'이라고 부릅니다. 자신이 처한 현실을 부정하면서, 자신의 뜻대로 꾸며낸 허구의 세계를 진실이라 믿고 거짓된 말과 행동을 반복하는 반사회적 성격 장애를 뜻하는 용어이죠. 타인에게 인정받고 싶은 욕망이나 출세욕이 강한 반면 그럴 만한 능력이나 환경을 갖고 있지 못할 경우, 거짓으로 자신을 포장하고 그것을 지키려고 상습적으로 거짓을 더하다가 스스로도 현실과 거짓을 분간하지 못하는 상태에 이르러, 급기야는 자신이 한 거짓말을 완전한 진실로 믿게 되는 인격 장애를 가리킵니다.

리플리 증후군이란 명칭은 1955년 퍼트리샤 하이스미스가 발표한《재능 있는 리플리 씨The Talented Mr. Ripley》라는 소설의 주인공 이름에서 따온 겁니다. 1960년 당시 무명이나 다름없던 미남 배우 알랭 들롱을 일약 세계적인 스타로 만들어준 영화〈태양은 가득히〉가 바로 이 소설을 원작으로 한 것입니다. 소설과 달리 영화에서는 리플리의 완전 범죄로 끝이 나지 않고, 라스트 신의 대반전을 통해 허망하기도 하고 모골이 쭈뼛 서기도 하는 종말로 막을 내리지요. 어쩌면 그것은 거짓말과 살인의 죄를 지은 악인을 처벌한다기보다 제 분수도 모르고 감히 속임수와 위조로 상류 사회 신분을 훔치려 한 시도에 내린 처절한 응징일지 모릅니다. 가끔은 그런 리플리가 불쌍하게도 여겨지지만 그렇다고 해서 그 결말이 "초라한 현실보다 멋진 거짓이 낫다"고 믿은 리플리 자신의 탓임은 달라지지 않습니다.

리플리 증후군 및 그에 준하는 행태는 한마디로 타인과의 비교 때문에 일어납니다. 오늘날 리플리 증후군의 바이러스는 널리 그리고 지속적으로 퍼지고 있습니다. SNS라는, 그 바이러스가 활동하기에 딱 좋은 환경이 제공되고 있으니까요. 타인과의 비교가 이렇게 일상의 수준까지, 먹고 자고 보는 수준까지 구체적으로 내려온 적은 일찍이 없었습니다.

인정 욕구는 점점 더 강해지고 자존감은 무너지는 위기 속에서, 우리의 정신 건강이 날마다 위협을 받고 있는 것은 이제 부정할 수 없는 사실입니다. 타인들의 기준, 인사이더의 기준에 맞는 척 사느라 힘들고, 맞지 않으면 괜찮은 척하고 사느라 또 힘든 겁니다.

힘들어도 괜찮은 척하고 살 수는 있습니다. 하지만 그것도 하루 이틀이지 매일 반복되면 견디기 힘듭니다. 남들의 기준과 기대에 맞춰서 살 수도 있습니다. 하지만 그러다 보면 내가 생각하는 나와 타인들이 생각하는 나 사이에 갈등이 일어나기 시작합니다. 여러 역할을 수행하는 내 안의 자아들이 대충 잘 굴

러갈 때에는 몰라도, 진정한 자아의 정체성을 찾는 여정에서는 자못 심각해질 수도 있는 법입니다. 그래서 대부분의 사람들이 피해가거나 슬쩍슬쩍 넘어가는 질문이 있습니다. 과연 나는 누구인가.

그에 관해 본격적으로 질문을 던지며 사색하는 노래 한 곡을 소개하겠습니다. 방탄소년단의 〈Intro : Persona〉(Hiss noise · RM · Pdogg 작사, 작곡)입니다. 이 한 편의 시를 저는 이렇게 읽었습니다.

> 나는 누구인가 평생 물어온 질문
> 아마 평생 정답은 찾지 못할 그 질문
> 나란 놈을 고작 말 몇 개로 답할 수 있었다면
> 신께서 그 수많은 아름다움을 다 만드시진 않았겠지

나란 누구인가? 누구나 알고픈 질문, 그러나 평생 묻고 또 물어도 정답을 찾지 못할 질문, 그런 줄 알면서도 또 묻게 되는 질문. 그 질문에 대해 철학을 비롯해 수많은 학자가 답해왔지만 두루 맞는 것 같아도 딱 내게 맞아 뵈는 건 없다. 고작 몇 마디로 답할 수 있었다면 신께서 그 수많은 아름다움을 다 만드시진 않았겠지? 모든 것에 들어맞는 표준standard이나 기준은 필요한 일이지만 우리 인간은 그런 볼트나 너트가 아니다. 기준은 목표가 아니라 기본, 도달점이 아니라 출발점에 불과한 것. 각자가 다르

6장 관계

게 생긴 만큼 다른 인생, 다른 개성을 추구하는 것이 인간적이란 말이다. 그것이 신이 우리를 이토록 다양하게, 이토록 아름답게 만든 이유이지 않겠는가.

How you feel? 지금 기분이 어때

사실 난 너무 좋아 근데 조금 불편해

나는 내가 개인지 돼진지 뭔지도 아직 잘 모르겠는데

남들이 와서 진주목걸일 거네 칵 퉤

예전보단 자주 웃어

소원했던 Superhero 이젠 진짜 된 것 같어

근데 갈수록 뭔 말들이 많어

누군 달리라고 누군 멈춰서라 해

얘는 숲을 보라고 걔는 들꽃을 보라 해

내 그림자, 나는 망설임이라 쓰고 불렀네

걘 그게 되고 나서 망설인 적이 없었네

무대 아래든 아님 조명 아래든 자꾸 나타나

아지랑이처럼 뜨겁게 자꾸 날 노려보네

개성과 다양성은 자유의 산물이자 선물이다. 자유가 없으면 나는 누구인지 물어볼 가치도 없다. 나를 사랑하는 이라면, 그가 나를 만든 조물주이든, 부모님이든, 스승이든, 팬이든 나를 자유롭게 해줘야 옳다. 솔직히 말하면 요즘은 기분이 좋다. 소원하던 슈퍼히어로로, 이른바 월드 스타가 된 것 같아서 예전보다는 자주 웃는 편이다. 정말 감사할 일인데, 좀 불편하다. 말로만 슈퍼히어로일 뿐, 바위를 들어 올려 사람들을 구하기는커녕, 나 하나 건사할 힘도 없다.

정작 나 자신은 내가 개인지 돼지인지조차 모르겠는데, 아니 사람답게 살지는 못하는 건 분명해 보이는데, 남들이 와서는 내게 어울리지도 않는 진주 목걸이를 마구 걸어주고 있다. 그러면서 갈수록 말만 많아진다. 달려라, 멈춰라, 숲을 봐라, 들꽃을 봐라. 자유는커녕 남들이 나를 규정하는 셈. 그것이 나의 삶이 되어버릴까 봐, 나는 불편하고 실은 조금 두려운 것이다.

혼자 있으면, 그림자 같은 또 다른 나 자신을 만나곤 한다. 그 아이는 원래 소심하고 머뭇거리고 망설이던 친구였는데, 그러던 그가 슈퍼히어로가 되고 나자 달라졌다. 더 이상 망설이지 않고, 무대 아래든 조명 아래든 뜨겁게 날 노려본다. 저러다가 그만 자신을 진짜 슈퍼히어로라고 생각하지는 않을지 나는 은근히 걱정이 든다.

야 이 짓을 왜 시작한 건지 벌써 잊었냐

넌 그냥 들어주는 누가 있단 게 막 좋았던 거야

가끔은 그냥 싹 다 헛소리 같아

취하면 나오는 거 알지.. 치기 같아

나 따위가 무슨 music, 나 따위가 무슨 truth

나 따위가 무슨 소명, 나 따위가 무슨 muse

내가 아는 나의 흠 어쩜 그게 사실 내 전부

세상은 사실 아무 관심 없어 나의 서툶

이제 질리지도 않는 후회들과 매일 밤 징그럽게 뒹굴고

돌릴 길 없는 시간들을 습관처럼 비틀어도

그때마다 날 또 일으켜 세운 것, 최초의 질문

내 이름 석 자 그 가장 앞에 와야 할 But

사실 음악을 시작했을 땐 슈퍼히어로가 되기 위한 건 아니었 잖은가. 그냥 내 노래를 들어주는 누가 있다는 게 막 좋았던 거 아닌가. 취할 때면, 뮤지션, 아티스트, 뮤즈, 진정성, 소명 의식, 이런 말들이 다 헛소리처럼 여겨지곤 한다. 사실 나는 자신이 없 다. 내가 나를 아니까. 나만 아는 나의 흠, 남은 속일 수 있을지 몰라도 나는 아는 나의 서툶, 그게 사실 나의 전부로 보인다.

남의 흠은 관심 없다. 나보다 더 서툰 자가 있다고 해서 위로 가 되는 건 아니다. 나에겐 내가 지은 죄가 세상 죄 가운데 제일 커 보이는 것처럼, 그 흠과 서툶으로 인해 매일 밤 나는 후회를 거듭한다. 매일 밤 뒹굴어야 한다. 돌이킬 수가 없지만, 습관처 럼 매일매일 비틀고 쥐어짜보는 것이다. 그럼에도 불구하고 이 런 나를 다시 일으켜 세우는 건 최초의 질문, 나는 누구인가 하 는 질문이다. 흠 많고 서툴지만, But 내 이름 석 자, 그게 바로 나 이기 때문이다.

인사이더

어떤가요? 썩 괜찮은 시로 들리지 않았나요? 나는 누구인가, 이런 질문을 하는 사람은 리플리가 될 수 없습니다. 가짜가 될 수 없습니다. 자기가 페르소나, 즉 탈을 쓰고 있다는 사실을 인지하고 있기 때문입니다. 따라서 이 노래는 허무나 좌절, 위선이나 환멸의 노래가 아닌 것입니다. 합일의 노력, 궁극적 자기완성을 꿈꾸는 노래인 겁니다. 성찰은 자기 변혁의 필요조건입니다. 부단한 자기 변혁을 통해 자기 초월에 이를 것입니다. 그때 가서는 음악, 진실, 소명, 뮤즈를 말해도 당당할 겁니다. 그게 진정한 슈퍼히어로일 테니까요.

그래서 시인은 다시 선언합니다. 당당하게 내 이름은 R이라고 말이죠.

My name is R
내가 기억하고 사람들이 아는 나
날 토로하기 위해 내가 스스로 만들어낸 나
Yeah 난 날 속여왔을지도 뻥쳐왔을지도
But 부끄럽지 않아 이게 내 영혼의 지도
Dear myself 넌 절대로 너의 온도를 잃지 마
따뜻히도 차갑게도 될 필요 없으니까
가끔은 위선적이어도 위악적이어도
이게 내가 걸어두고 싶은 내 방향의 척도
내가 되고 싶은 나, 사람들이 원하는 나

니가 사랑하는 나, 또 내가 빚어내는 나

웃고 있는 나, 가끔은 울고 있는 나

지금도 매분 매순간 살아 숨쉬는 Persona

R이라는 이름. 나일 수도 있고, 나인 척하는 나일 수도 있는, 내가 만들어낸 나일 수도 있고, 내가 스스로 속인 나일 수도 있는 그 이름. 하지만 나는 부끄럽지 않다. 내 영혼이 걸어온 길이 이 지도 속에 다 담겨 있기 때문이다. 가끔 위선적이어도 좋고 위악적일 수도 있지만 절대로 나의 온도만 잃지 않는다면, 그렇게 매분 매 순간 살아 숨 쉬고 있다면, 나는 당당히 노래할 수 있을 것이다.

왜 그럴까요? 페르소나일 뿐이기 때문입니다. 페르소나 없이 살 수 있는 사람은 없습니다. 누구나 자기 역할에 어울리는 가면을 쓰며 살아야 합니다. 그 탈은 가짜나 사기나 허위를 위해서가 아니라 자신에게 주어진 배역을 충실히 해내기 위해 쓴 마스크인 겁니다. 그래야, 그것까지 포함해서야 비로소 내가 존재합니다. 나아가 성장하고 성숙하여 자기완성에 이르게 됩니다.

자신의 거짓을 사랑하는 법

예술 같은 모든 창조적 허구의 국면에는 거기에 어울리는 페르소나가 필요합니다. 시도 마찬가지입니다. 시에서 작품 속의 화자인 '나'와 작품 밖의 시인인 '나'는 다른 존재입니다. 이 둘이 가까우면 담백하고 진실된 목소리를 듣게 되지만 너무 가까워지면 시의 긴장이 느슨해질 위험이 있습니다. 때로 시인은 마치 연극배우가 극 중 인물에 어울리는 분장을 하고 무대에 서는 것처럼 시에 어울리는 화자를 등장시킬 수도 있습니다. 성인 남성인 시인이 소녀 화자를 내세워 앳된 목소리를 낼 수도 있는 것이지요.

가면 속의 자아는 쉬지 않고 묻습니다. 너는 누구냐고. 너는 무엇을 위해 살고 있느냐고. 이 질문을 거듭하며 예술가는 다양한 페르소나를 통합한 인격체로서 성숙해가는 것이죠. 즉 시인의 개성은 타고난 조건에 좌우되는 것이 아니라 사회적 경험의 축적을 통해 끊임없이 새로운 자아를 형성하고 초월해내는 과정에서 획득하게 되는 선물인 겁니다.

그러므로 방탄소년단 노래 〈Intro : Persona〉의 화자는 앞으로도 평생토록 나는 누구인가 질문할 것 같습니다. 수많은 페르소나 가운데 어느 것은 살면서 버려질지도 모릅니다. 어쩌면 아예 평생 쓰고 살고픈 그런 페르소나를 만나게 될지도 모릅니다. 그 자기반성과 변혁과 초월의 과정이 그의 생과 음악을 완성에 이르게 할 것입니다.

다만 그게 거저 될 리가 만무합니다. 시간이 간다고, 저절로 시인이 되고, 스타가 되고, 하늘의 별이 될 수야 있겠습니까.

그대는 별인가

-시인을 위하여

정현종

하늘의 별처럼 많은 별

바닷가의 모래처럼 많은 모래

반짝이는 건 반짝이는 거고

고독한 건 고독한 거지만

그대 별의 반짝이는 살 속으로 걸어들어가

"나는 반짝인다"고 노래할 수 있을 때까지

기다려야지

그대의 육체가 사막 위에 떠 있는

거대한 밤이 되고 모래가 되고

모래의 살에 부는 바람이 될 때까지

자기의 거짓을 사랑하는 법을 연습해야지

자기의 거짓이 안 보일 때까지.

—《고통의 축제》(민음사, 1974)

별은 저 하늘에 쌔고 쌥니다. 바닷가 모래는 차고도 넘칩니다. 하지만 반짝인다고 다 황금이 아니듯, 정말 내 스스로 떳떳이 "나는 반짝인다"라고 노래할 수 있으려면, 죽음 같은 고독 속에서 오래도록 기다려야 할 것입니다. 내가 밤이 되고 모래가 되고 바람이 될 때까지 자기의 거짓을 사랑하는 법을 연습해야 합니다. 지나친 정직은 성장에 방해가 됩니다. 지금 현재의 '흠'과 '서투름'에만 정직하게 절망한다면, 나는 모래가 될 수 없고 별이 될 수 없습니다. 진짜 정직한 것은 현재의 내가 꿈꾸는 미래의 나까지, 나의 수많은 분신, 나의 수많은 페르소나까지 나 자신이라고 믿으며 사랑하는 겁니다.

왜 이 시의 부제가 '시인을 위하여'일까요. 아마도 겸손한 것이 정직이라고 지나칠 정도로 믿는 시인들에게 들려주기 위함이 아닐까요. 우리가 바라는 이상이란 것도 어쩌면 자기의 거짓일 겁니다. 그런 거짓을 사랑하는 법을 오랫동안 고독하게 연습하면, 종국에 자기의 거짓이 거짓으로 아니 보이게 될 수도 있죠. 그것은 이상이 현실이 된 터인즉, 바로 자기완성의 경지, 곧 궁극의 시인의 자리에 도달한 것이 아닐까요.

이는 방탄소년단의 노래를 빌려, 자기 발전을 꿈꾸는 우리 보통 사람들에게 드리고 싶은 말씀입니다. 우리에게도 내 영혼의 지도, 방향의 척도가 필요합니다. 다른 사람들이 사는 만큼 살고 싶어 하는 욕망이 나쁜 건 아닙니다. 인간은 본래 남을 모방하며 성장하는 존재입니다. 좋게 말해 롤 모델이라고 부르죠. 그래서 우리는 현실 세계의 네트워크는 물론, 소셜 네트워크에서까지 그런 인사이더를 찾아 모방하고, 그를 통해 대중으로부터 자신도 인정받고 싶어 하는 것이겠죠.

소셜 네트워크에는 정말이지 '하늘의 별처럼 많은 별'이 있습니다. 도처에 반짝반짝 빛나는 것들 투성이지요. 하지만 반짝이는 것은 별이 아니라 모래일 수도 있습니다. 모래가 별이 되려면 오랜 시간 동안 자신이 별이라 믿으며 견뎌야 하는데, 그러다간 자칫 리플리가 될 수도 있다는 함정이 있습니다.

그렇다면 거짓을 사랑하는 것에 있어서 '리플리'와 '방탄소년단'의 차이는 무엇일까요. 전자는 타인이 기준이 되지만, 후자는 자신이 기준이 된다는 데 차이가 있습니다. 타인을 모방하고 타인의 욕망을 욕망하는 것이 아니라, 남에게 나를 맞추는 것이 아니라, 그로부터 오히려 자유로운 존재가 되는 것입니다. 내가 기준이 되는 것, 그것이 진짜 '인싸'의 삶 아닐까요.

> 내가 만난 시인들은 하나같이 다른 시인을 의식하지 않았다. 자신들이 그려나가고 있는 좌표에 충실할 뿐 다른 이들의 동선을 염탐하지 않더라는 것이다. 당연히 누구와 비교되는 것도 마뜩찮아 했다. 그것은 부단히 자기부정과 자기갱신을 감행해본 자들이 가닿은 자유로움 같은 것으로 여겨졌다.
>
> — 김도언, 《세속 도시의 시인들》(로고폴리스, 2016) 중에서

이 늙은 교수도 스무 살 먹은 제자들에게 부러움의 대상이 될 때가 있습니다. 정작 저야말로 그들의 젊음을 부러워한다는 사실은 까맣게 모르고서 말이죠. 그럴 땐 부러 이렇게 너스레를 떨어보곤 합니다. "나를 질투하는 건 마땅하다. 하지만 질투하

되 나를 닮지는 마라."

　누군가를 모델로 삼는다는 것과 그 사람을 닮는다는 건 다른 말입니다. 그 사람을 모델로 자기 자신을 조각해야 하는 것이지요. 세상의 인사이더들을 모델로 삼는 건 좋습니다. 하지만 그들과 똑같아질 필요는 없습니다. 그럴 거면 내가 왜 존재해야 합니까? 그럴 양이면 신께서 그 수많은 아름다움을 다 만드시진 않았겠지요.

　삶의 기준은 나 자신입니다. 오랜 세월 동안 고독하게 자신을 사랑하며 가꾸어본 사람은 알 것입니다. 그 기준이야말로 얼마나 혹독한지를 말입니다.

아웃사이더

자연인이 부러울 때

〈나는 자연인이다〉라는 TV프로그램을 다들 아시죠? 방송국의 소개에 따르면 '원시의 삶 속 대자연의 품에서 저마다의 사연을 간직한 채 자연과 동화되어 욕심 없이 살아가는 이들의 이야기를 담은 프로그램'이라는데, 2012년 8월 첫 방송이 나간 이래 지금까지 꾸준히 시청자들의 많은 사랑을 받아오고 있습니다.

솔직히 제 취향과는 맞지 않아서 자주 보는 편은 아닙니다만, 묘하게도 보면 볼수록 그 속으로 끌려들어 가는 매력이 있더라고요. 누군가는 건강상의 문제로, 또 누군가는 사업에 실패해서, 누군가는 인간관계에 환멸을 느껴서, 누군가는 그냥 자연이 좋아서 등등 자연인들이 산에 들어가게 된 사연은 제각각이지만, 지금 현재 그들이 누리는 삶의 모습만은 왠지 부럽기 짝이 없으니 말입니다. 이 대리 만족의 정체는 무엇일까요? 시청자가 느끼는 힐링의 정체는 어디에 기인하는 걸까요?

누구나 삶의 고비를 겪습니다. 누구나 실패를 두려워합니다. 누구나 문명의 혜택에서 벗어나는 데에 불안과 공포를 지니고 있습니다. 그런데 자연인들을 보면 안도가 됩니다. 어떤 경우에도 갈 데가 있구나, 살 길이 있구나 하며 든든히 믿는 구석이 생긴 듯한 기분이 드는 겁니다. 자연 속의 삶은 현실 도피의 패배감을 안겨주는 것이 아니라, 본디 자연적 존재로서 우리 안에 들어 있는 가능성과 새로운 행복을 발견하게 하는 능동성을 일깨워줍니다. 그러기에 도시의 직장에서 매일 반복되는 과업과 경쟁에 찌들고 지친 이들, 은퇴를 앞두거나 인생의 황혼을 지나는 이들로부터 특별한 사랑을 받고 있는 것은 아닐까요.

자연인들이 오히려 우리에게 묻고 있는 듯합니다. 무엇이 정상이냐고, 무엇이 진짜 행복이냐고. 좋은 공기, 맑은 물, 겸손하고 정직한 삶을 누릴 수 있는 자연을 두고 어디서 헛된 이상향을 찾고 있느냐고. 맞는 말이지만, 한편으로 그것은 로망으로 들립니다. 현실에 매여 이럭저럭 안주하다 보면 벗어나기가 여의치 않죠. 소위 인사이더로 잘나갈 때는 더욱더 그렇습니다. 인사이더의 눈에는 자연인의 행복이 아웃사이더, 루저의 정신 승리로만 보입니다. 잘나가는 그때가 망가지기 쉬울 때인데 멈추기가 쉽지 않습니다. 그런 의미에서 삶의 고비는 위험과 시련일 수도 있고 축복과 은혜일 수도 있는 거겠지요.

청산에서 잠 못 드는 밤

인생의 굽이에서 마주치고 발견하게 되는 자연인의 삶, 그에 관한 역사는 자못 긴 편입니다. 고려 시대의 '나는 자연인이다'를 들어보실래요? 오랜만에, 고등학교 국어 시간에 배운 〈청산별곡〉의 주인공을 소개합니다.

> 살어리 살어리랏다 청산靑山애 살어리랏다
>
> 멀위랑 ᄃ래랑 먹고 청산靑山애 살어리랏다
>
> 살겠노라 살겠노라 청산에 살겠노라
>
> 머루랑 다래랑 먹고 청산에 살겠노라

이분이 왜 청산에 들어갔는지 자세히 알 길은 없습니다. 삶의 터전을 잃어버린 유랑민, 몽고 침략 등으로 인해 산과 섬으로 들어간 이주민, 무신의 난으로 밀려나 은둔의 삶을 찾는 지식인, 사랑하는 이를 잃은 사람 등등 다양하게 추측해 봅니다만, 그 어느 쪽이든 기꺼이 청산을 찾아 들어간 것 같지는 않습니다.

다시 말해 청산은 절대적인 이상향이라기보다는 지금 당장의 현실 세계보다 상대적으로 나을 거라는 기대감에 찾아간 곳입니다. 관건은 어떤 점에서 청산이 속세보다 나아 보였을까 하는 겁니다. 속세에서는 굶어 죽을 판이라 머루, 다래 같은 먹거리가 풍성한 청산에서 살겠다고 노래하는 것인가, 아니면 그저 머루, 다래 따위를 먹으면서라도 청산에서 살아가겠다는 뜻으로 읽어야 할 것인가. 투박하게 말해, 물질이냐 정신이냐 그것이 문제인 것이죠.

청산에 잔뜩 기대를 안고 들어왔건만, 사정이 별로 나아 보이질 않습니다. 그는 여전히 우울해 보이거든요.

우러라 우러라 새여 자고 니러 우러라 새여

널라와 시름 한 나도 자고 니러 우리노라

울어라 울어라 새여 자고 일어나 울어라 새여

너보다 시름 많은 나도 자고 일어나 우노라

이 대목은 대부분 이렇게 배웠을 거예요. "울어라 새야, 종일토록 울어라 새야. 너보다 시름 많은 나도 하루 종일 운다." 그러니 새는 주인공의 감정 이입의 대상, 분신이라고요. 그럴 듯한데 제 해석은 다릅니다. 만일 이렇게 해석한다면 굉장히 이상하고 어색한 문장이 되고 맙니다. "외제차 사라. 너보다 돈 많은 나도 산다"라든가, "서울대 지원해라. 너보다 공부 잘하는 나도 지원한다"라고 말하면 되게 기분 나쁘지 않으세요?

이런 오류는 '자고 니러'를 '자나 깨나', 즉 '늘'처럼 해석한 데 기인합니다. 그것은 말 그대로 '자고 일어나서'로 봐야 합니다. 그럼 이렇게 되겠죠. "울어라 새야, 자고 일어나서 울어라. 너보다 시름 많은 나도 자고 일어나서 운다." 말을 바꾸면 "울지 마라 새야, 자고 일어나서 울고 지금 이 밤엔 울지 마라 새야. 너보다 시름 많은 나도 이 밤엔 울지 않고 자고 일어나서 운단다"인 것이죠.

아마도 주인공은 물질의 풍요를 찾아 청산에 온 것 같지는 않습니다. 마음의 평안을 찾아왔겠지요. 그런데 청산에서 맞이한 밤, 산새가 하염없이 울어댑니다. 산새가 슬퍼서 우는지 짝을 찾아 노래하는지 어찌 알겠습니까. 내가 슬프니 우는 소리로 들리는 거겠죠. 그런 점에서는 감정 이입이 맞습니다.

다만 주인공은 저 산새 때문에 잠들 수 없고 수심愁心이 더 깊어만 갑니다. 그래서 새에게 호소하는 겁니다. 너보다 더 시름 많은 나도 이 밤에는 울음을 참고 잠들려는데 네가 계속 울어야 하겠느냐고 말이죠.

이조년李兆年의 시조에도 나오지 않습니까. "이화梨花에 월백月白하고 은한銀漢이 삼경三更인 제 일지춘심一枝春心을 자규子規야 알랴마는 다정多情도 병病인 양하여 잠 못 들어 하노라"고 말이죠. 맞습니다. 다정도 병입니다. '센티멘털Sentimental'이란 말이 본래 감정의 과잉을 뜻하듯이, 감정도 지나치면 우울증 같은 병이 되는 겁니다. 아무리 슬퍼도 사람이 잠은 자야지요.

그렇게 호소했는데 웬걸, 아침에 일어나 보니 산새는 훌쩍 사라져버렸습니다. 이 허탈감과 배신감을 주인공은 이렇게 노래하고 있습니다.

가던 새 가던 새 본다 믈 아래 가던 새 본다

잉무든 장글란 가지고 믈 아래 가던 새 본다

가던 새 가던 새 보았느냐 물 아래 가던 새 보았느냐

이끼 묻은 쟁기 가지고 물 아래 가던 새 보았느냐

나보다 시름이 많지도 않은 녀석이 밤새 그리도 섧게 우는 바람에 제대로 잠도 못 잤건만, 정작 아침이 되자 녀석은 훌훌 날아가 버렸습니다. 내가 떠나온 곳, 나는 쉽게 돌아갈 수 없는 곳, 바로 물 아래 속세로 말입니다.

예전에 김태곤이란 가수가 있었어요. 삿갓을 쓰고 나와 국악풍의 대중가요를 부르곤 했던 싱어송라이터로, 히트곡은 〈송학사〉와 〈망부석〉 두 곡이었죠. 그도 청산에 들어갑니다. "산모퉁이 바로돌아 송학사 있거늘 무얼그리 갈래갈래 깊은 산속 헤매냐 / 밤벌레의 울음계곡 별빛곱게 내려앉나니 그리운 맘 님에게로 어서 달려 가보세." 하지만 그 역시 마찬가지였나 봅니다. "간밤에 울던 제비 날이 밝아 찾아보니 처마끝엔 빈둥지만이 구구만리 머나먼 길 다시오마 찾아가나 저하늘에 가물거리네." 그런 겁니다. 속세가 문제가 아니라 내 마음이 문제였던 것이죠. 속세에 마음이 묶여 있으니 청산에서도 평안을 구할 수가 없었던 겁니다.

이링공 뎌링공 흥야 나즈란 디내와손뎌

오리도 가리도 업슨 바므란 쏘 엇디 호리라

이력저력 하여 낮은 지내왔건만

올 이도 갈 이도 없는 밤은 또 어찌할꼬

그래도, 어떻게 찾아 들어간 청산인데 꿋꿋이 살아봐야 하지 않겠습니까. 그래서 그럭저럭 낮은 버틴 모양입니다. 자연인도 지금 보니까 도인인 듯하고 생활력도 강해 보이지만 처음에는 도대체 뭘 어떻게 해야 할지 몰라 허둥지둥 빈둥빈둥 좌불안석하며 지냈을 겁니다. '이렁공 뎌렁공'은 그런 모습입니다.

그런데 하릴없는 청산의 하루는 왜 이리 짧은 겐지요. 금세 밤이 찾아듭니다. 깊은 산의 한밤중에는 올 사람도 갈 사람도 없습니다. 라디오도 텔레비전도 인터넷도 없습니다. 그러니 이 밤은 또 어찌하겠습니까. 이때 '또'에 주목해야 합니다. 그것은 반복의 부사입니다. 또 저 새가 돌아와 밤새 또 울어댈 테고 그러면 주인공은 또 설움에 잠겨 또 잠들지 못할 겁니다. 불면의 밤도 하루 이틀이지, 이러면 사람이 살 수가 없습니다.

결국 이 노래의 주인공은 청산을 떠납니다. 산문山門을 나서 바다로 향합니다. 허나 청산에서 평안을 구하지 못한 이가 바다로 간들 무엇이 달라지겠습니까. 막상 바다로 가면, 이번에는 또 갈매기가 운다는 둥, 정 핑계 댈 게 없으면 소라, 고동, 심지어 멍게 울음소리에 잠 못 든다 할지도 모릅니다. 문제의 해결은 공간과 처소에 달려 있지 않기 때문입니다.

그래서 이 노래는 산에서 바다로 가는 도중에 거치게 된 속세에서 해금 소리를 들으며 술을 마시는 것으로 끝이 납니다. 어디 간들 설움이 사라지랴. 번민과 고뇌는 술에 취해 잊으면 그뿐. 정신의 자유를 찾아 청산에 들어가고 바다까지 헤매던 그가 선택한 것은 허무와 퇴폐였습니다.

속세에서 밀려나고 청산에서도 밀려난 그를 현실의 루저, 실패한 자연인이라 비난할 수는 없습니다. 그는 철저한 아웃사이더였으니까요. 속세에서도, 청산에서도, 그는 아웃사이더였습니다. 아닌 걸 아니라 할 수밖에 없지만 아닌 걸 바로잡을 수는 없었던 유약한, 혹은 진짜 강골일지 모를 아웃사이더였던 것 같습니다.

고독의 힘

고등학교 때 배운 또 하나의 청산이 있습니다. 이번에는 음악 시간입니다. 합창 대회에서도 많이 불렸죠. 바로 김연준 작사·작곡의 우리 가곡 〈청산에 살리라〉입니다.

나는 수풀 우거진 청산에 살으리라
나의 마음 푸르러 청산에 살으리라
이 봄도 산허리엔 초록빛 물들었네

세상 번뇌 시름 잊고 청산에서 살리라

길고 긴 세월 동안 온갖 세상 변하였어도

청산은 의구하니 청산에 살으리라

짧지만 장엄한 이 곡은 예스럽다기보다는 어른스럽다는 느낌으로 저에게 다가왔습니다. 노랫말이나 선율 모두, 절제된 의연함과 온화함이 어우러져 진짜 어른 같은 품격이 느껴졌기 때문입니다. 저만 그랬던 것도 아닌 모양입니다. 철없는 남자 고등학생들이었지만, 이 곡의 합창이 끝나면 적막공산처럼 찾아오는 여운, 일련의 숙연함이나 비장함 같은 기운 앞에서 어찌할 바를 몰라 당혹해하곤 했습니다. 아무도 말을 하지는 않았지만 그 낯선 감정과 분위기를 마주하면서 우리는 좀 기분 좋게 어색해했던 것 같습니다. 그게 성숙의 조짐이란 걸 그때 알기나 했을까요. 그 까까머리 학생이 어른이 되고 교수가 되어 훗날 그 작곡가가 설립한 대학에 몸을 담게 될 줄 그때 상상이나 했을까요.

백남白南 김연준 선생은 한양학원을 설립한 교육자로 알려져 있지만 작곡가로도 유명한 분이지요. 그의 대표곡인 〈청산에 살리라〉는 그가 영어囹圄의 몸으로 지낼 때 창작한 것으로 알려져 있습니다. 당시 그는 《대한일보》를 경영하며 사주를 겸하고 있었는데, 신문사의 수재 의연금 횡령 사건으로 1973년 5월 구치소에 수감되면서 대학 총장직에서도 물러나고 신문도 자진 폐간하는 일을 겪었습니다. 이듬해 대법원에서 무죄 판결을 받긴

하지만, 하루아침에 파렴치범 취급을 받으며 옥중에 갇혔던 그는 아마도 나락에 떨어지는 고통을 겪었을 겁니다. 훗날 이 사건의 배후에는 박정희 정부 시절 최대의 쿠데타 모의 혐의라 불리는, 이른바 '윤필용 사건'이 자리 잡고 있었다고 밝혀졌지만, 시대의 가학 앞에서 개인은 속수무책이었을 겁니다. 답답하고 억울하지만 나약하기 이를 데 없는 한 개인, 부귀공명도, 승승장구하던 성공 가도도 다 허무하기만 했을 겁니다.

그때 그 캄캄한 옥중에서 그는 청산을 만납니다. 세상 번뇌 시름을 다 잊고 사는 저 푸른 산을요. 무상하기만 한 인생, 세상이 다 변해도 늘 의구依舊할 영원의 안식처, 청산 말입니다. 그러자 악상이 떠오릅니다. 노랫말이 풀려나오고 선율이 달라붙습니다. 손톱으로, 펜으로 악보를 그려나갑니다. 구치소 안인데 어찌나 평화로운지 시가詩歌에는 험하거나 한스러운 구석이 어디 하나 느껴지지 않습니다. 자작곡을 수도 없이 반복해 불러보았을 겁니다. 눈물이 나다가도 노래를 하면 견딜 만했고, 노래를 하다가도 눈물이 터져 나와 몇 번을 멈추곤 했을 것입니다. 그 덕에 그 시간을 버틸 수 있었을 겁니다. 마음은 이미 청산에서 살고 있었을 테니까요.

병보석으로 풀려난 이후, 그렇다고 '자연인'이 될 수 없던 그가 찾아간 청산은 음악이었습니다. 〈청산별곡〉과 달리 그는 술 대신 음악을 택했고 퇴폐 대신 신앙에 빠져들었습니다. 이후, 그는 성가를 비롯해 가곡 작품을 홍수처럼 쏟아내기 시작합니다.

그렇게 일생토록 만든 수천 곡 중에서도 대표곡은 단연 〈청산에 살리라〉였습니다. 그만큼 절실한 노래가 어디 있겠습니까. 비록 원치 않던 운명의 길에서 찾은 청산이지만, 그가 찾은 음악이라는 청산은 현실에서 떠밀려 억지로 찾아간 도피의 공간이 아니었습니다. 진실한 삶의 처소는 어디인지, 진정한 삶의 태도는 어찌해야 할지 값진 고난이 가르쳐준 푸르디푸른 이상의 공간이었던 것입니다.

인생의 배후와 굴곡

모든 것이 무너진 것 같은 순간, 그 절망과 고독이 재생의 발판이 될 수 있음을 그때는 잘 알지 못합니다. 인생길의 비밀, 인생길의 배후를 우리는 늘 한참 뒤에 돌아봐야만 알게 되는 모양입니다.

곡선의 힘

서안나

남한산성을 내려오다
곡선으로 휘어진 길을 만난다

차가 커브를 도는 동안

세상이 한쪽으로 허물어지고

풍경도 중심을 놓아 버린다

나는 나에게서 한참 멀어져 있다

나는 곡선과 격렬하게 싸운다

나를 붙잡으려

내가 쏟아진다

커브 길을 돌아

나에게 되돌아오는

몇 초 동안

나의 슬픈 배후까지

슬쩍 열어젖히는

부드러운

곡선의 힘

— 《립스틱 발달사》(천년의시작, 2013)

남한산성의 지그재그 드라이브 코스, 참 좋지요? 풍광의 연
속된 변화도 멋지지만, 운전하는 이가 느끼는 짜릿짜릿함, 동승
자가 느끼는 긴장미의 합체가 이루어내는 맛도 근사하지요. 하

지만 이 시를 읽다 보면 괜시리 엉덩이에 힘이 들어가는 걸 어찌할 수가 없습니다. 아마도 자동차를 잘 아는 사람이 이 시를 읽으면 언더스티어링 어쩌고저쩌고하는 설명이 들어갈 테지만, 저는 상식적인 수준에서 원심력과 구심력을 말해볼까 합니다.

사실 남한산성 정도로 곡률이 큰 도로가 아니라면 평소에 이런 경험을 하기는 흔치 않습니다. 구심력이란 원운동을 하며 회전하는 물체를 원의 중심으로 끌어당기는 힘이고, 원심력이란 원운동을 하며 회전하는 물체가 원의 중심에서 멀어지려는 힘이라고 배웠습니다. 원심력은 어떤 실제의 힘이 아니라 가속 상태의 원운동에서 관찰자가 느끼는 관성의 힘입니다. 가령 쇼트트랙 선수들이 직선 구간에서 곡선 구간으로 들어설 때 직선을 따라 계속 직진 운동을 하려고 하는 관성력이 원심력인 겁니다.

그러니까 이 시에서 내가 무게 중심을 잃고 곡선과 격렬하게 싸운다 함은 기실 자신의 관성과의 싸움을 의미합니다. 직진으로 살아온 인생길의 관성이 삶의 굽이에서 작용을 한다는 거죠. 그것은 마치 나에게서 내가 이탈되는 기분이었을 겁니다. 밀려날까 봐 두려웠을 겁니다. 밀려나지 않으려고, 균형을 잡으려고, 온몸과 마음을 긴장시키며 안간힘을 썼을 겁니다.

하지만 지나고 보면 그 덕에 삶의 굽이굽이를 넘고 자신의 경계를 넘어설 수 있었음을 알게 됩니다. 마치 나선을 따라 돌 듯, 뒤뚱뒤뚱 돌고 도는 듯했지만, 제자리에 있었던 것이 아니라 한 단계 한 단계 성장해 올라왔던 것이죠. 그걸 우리는 다 올라

와서야, 혹은 다 내려와서야 뒤돌아보면서 깨닫고, 아름다웠노라 말하는 것 아닐까요.

물론, 불행히도 원심력에서 완전히 밀려난 사람, 구심력도 없어 버티지 못하고 사정없이 밀려난 이들에 대해서는 배려와 연대가 필요합니다. 지금 우리가 말하고 있는 아웃사이더들은 그런 사람들이 아닙니다. 아무 힘도 없이 사회에서 밀려난 이들에게 되돌아보니 인생이 아름다웠다 말하라고 해서는 안 됩니다. 오히려 그들에게 인생의 굴곡을 견딜 수 있는 배후를 만들어줘야지요. 뒤돌아봤을 때 흐뭇하기 이를 데 없는 저 든든한 배후들, 쇼트 트랙 선수들이 훈련할 때 허리에 거는 고무벨트 같은 그 배후 말입니다.

다만 확실한 것은, 그 곡선이 아니었다면 결코 남한산성 고개를 넘지 못했을 거라는 사실입니다. 물리학의 진실은 우리에게 가르쳐 줍니다. 남한산성 고개를 넘겠노라고 자동차가 직진으로 질주했더라면 최대 등판 각도를 이기지 못해서 중도에 전복되고 말았을 거라고요. 직진으로 흘러가는 강은 급기야 폭포라는 절벽을 뛰어내려야 하지만, 굽이굽이 휘돌아가는 강물은 끝까지 바다에 이르게 되리라는 것을요. 그것이 바로 부드러운 곡선의 힘 아닐까요.

가끔은 보통의 삶에서 밀려나는 듯 느껴지고, 잘 살아오던 삶의 관성에서 벗어나는 것 같아 불안해집니다. 하지만 인생이 먼 곳을 우회하는 것 같을 때, 어쩌면 우리는 직진해오는 바람에

6장 관계

만나지 못했던 가치들을 발견하고 배우며 성장해가고 있는지 모릅니다. 그런데도 우리는 인생의 굴곡을 싫어합니다. 우회의 길을 견디기 힘들어합니다. 큰길, 지름길, 번듯한 포도鋪道, 꽃길을 바랍니다. 조붓한 샛길과 에움길의 행복, 자갈길의 촉감과 흙길의 생명력을 일러주면 정신 승리로만 취급합니다. 흔히 인생에 비유되는 등산과 골프도 마찬가지입니다. 산의 정상에 오른답시고 코앞의 길만 바라보는 자, 골프장에서 그 작은 구멍을 향해 앞만 보고 가는 자는 동반할 자격이 없습니다. 뒤돌아보아야만 볼 수 있습니다. 지금까지 살아오게 해준 인생의 배후 말입니다.

인생에 직진은 없습니다. 있다 한들 아름답지 않습니다. 구불구불 굽이지고 굴곡진 길이 아니었더라면 죽음을 향해 직진했을 것입니다. 죽음의 공간인 것 같았던 청산과 무인도가 생명을 살린 것처럼, 그 고독의 경지가 인생의 진경眞景을 보게 해주고 삶과 예술의 진경眞境에 들어서게 해준 것처럼, 에둘러간 곡선이 그리도 고맙고 값진 겁니다.

정말 파란만장하게 살아온 후배의 인생 이야기를 들은 적이 있습니다. 어쩌면 그렇게도 삶은 계획대로 되지 않는지요. 그런데도 현재의 행복에 이르게 된 과정을 지금에서 뒤돌아본즉 그 굽이굽이가 다 필연처럼, 기적처럼 보이는 겁니다. 책으로 펴내라고 아무리 권유해도 한사코 거부하는 그에게 제가 책 제목도 미리 지어줬지요. "인생은 뜻대로 되지 않는다." 그다음이 중요합니다. "그게 낫다."

살아 있는 영혼을 위해서

그래도 자연인으로는 못 살겠다, 청산과 무인도에서 살기엔 너무 외롭다, 밀려나기에는 인생이 너무 아깝다 생각할 수 있습니다. 저부터 그렇습니다. 비록 일상에선 대충 구별 없이 쓰곤 하지만, 외로움이란 혼자 있는 고통을 말하고 고독이란 혼자 있는 즐거움을 말합니다. 외로움은 견딜 수 없는, 극복하고 개선해야 할 상태이지만, 고독은 즐길 만한, 누리고 유지해야 할 기회이기도 하죠. 외로워 못 살겠다면, 아마도 저는 글을 쓰지 못할 겁니다. 그러나 만일 고독하지 않다면, 또 언제 글을 쓸 수 있겠어요? 그러기에 연구실에 들어와 읽고 써야 할 글을 마주하고 있으면 처음에는 막막하고 외롭고 도망치고 싶지만, 서서히 몰입하며 지내다 보면 외로움은 고독이 되고, 고독을 즐길 즈음 되면 여기가 청산이다 싶어지는 거겠지요.

사실 고독을 적극적으로 즐기는 역사는 아주 오래됩니다. 당장 조선의 사대부만 생각해도 그렇습니다. 사대부란 본래 사士와 대부大夫란 말의 합성어지요. '사'는 초야에 은거하면서 학문을 수양하는 선비, '대부'는 세상에 나아가 경륜을 펼침으로써 임금을 보좌하여 나라에 왕도를 실현시키는 관료를 가리킨답니다. 이 두 가지가 적어도 이념적으로는 등가를 이루어서 수기修己와 치인治人, 지행합일知行合一의 선순환이 이루어질 수 있었던 것, 혹은 그렇게 되기를 기대했던 것이 성리학의 나라 조선의 체제였지요. 그러므로 원칙적으로 말해 안빈낙도安貧樂道하며 자기를 수양하는 자세나, 입신양명立身揚名을 꿈꾸며 관직에 올라 나라와 백성을 다스리려는 자세 모두 사대부로서 바람직한 것이었습니다.

조선의 시조와 가사를 보면 압니다. 관직에서 물러나고 심지어 귀양살이를 해도 왜 그리 당당하며 오히려 그것을 즐기는지 말이죠. 조정에 불러주셔서 경륜을 펼치게 해주심만을 군은君恩, 임금의 은혜라 여기는 것이 아니라, 산림으로 쫓아내시어 안빈낙도하게 해주시니 그 또한 임금의 은혜라 감사해하였기에, "이 몸이 이렁굼도 역군은亦君恩이샷다"라는 시구를 남기는 것 아니겠습니까.

문제는 그게 현실적으로 쉽지 않다는 데 있었습니다. 세상에 나간다는 출세出世가 왜 지금껏 남부러운 단어인지 생각해 보면 됩니다. 세상에 나가 관직에 오르면 올곧은 선비 정신을 지키는 게 쉽지만은 않았습니다. 더구나 관직의 분배와 순환이 원활하지도, 정의롭게 구현되지도 않을 때 사대부의 정신, 성리학의 이념은 유지되기 어려워집니다. 자고로 선비란 이利를 멀리하고 의義를 구하는 인격체로서 그 도학 이념을 실천하는 주체가 되어야 할 텐데 말입니다. 이에 세상에서 스스로 물러나와 청산을 찾은 선비들이 많습니다. 선비다움을 지키기 위해 엄정한 수양과 학문 정진을 게을리하지 않고, 지조를 위해서는 목숨까지 걸었던 겁니다.

그것이 진정한 아웃사이더의 멋짐이라고 저는 이해하고 있습니다. 그리고 그런 정신주의를 대표하는 아웃사이더의 시를 한 편 알고 있습니다. 조정권 시인의 〈독락당〉입니다.

독락당

조정권

독락당獨樂堂 대월루對月樓는

벼랑 꼭대기에 있지만

옛부터 그리로 오르는 길이 없다.

누굴까, 저 까마득한 벼랑 끝에 은거하며

내려오는 길을 부셔버린 이.

—《산정묘지》(민음사, 1991)

벼랑 꼭대기에 암자庵子가 하나 보입니다. 이름하길 독락당獨樂堂 대월루對月樓라. 마주하는 것은 달뿐, 홀로 지내는 곳. 그러나 그는 즐긴다 하고 있습니다. 청풍명월淸風明月의 준말이 '풍월風月'인즉, 아마도 풍월을 읊고 있을 것 같기도 하고, 견지망월見指忘月하지 않은즉, 어쩌면 진리와 도道를 좇아 용맹정진勇猛精進하는 듯도 합니다. 어느 쪽이든 그는 혼자 있음을 즐거워하고 있음이 분명합니다. 그러기 위해, 반드시 혼자 고독하기 위해, 속세와 끊어져 어느 누구도 어떤 유혹도 발걸음하지 못하게 하기 위해, 그는 내려오는 계단도 부숴버리고 암자에 이르는 모든 길을 아예 지우면서 올라가버렸으니까요.

마치 속세로 가는 길도, 바다로 이어지는 길도 끊어버린 청산입니다. 절해고도絕海孤島 무인도입니다. 간수도, 면회인도 출입을 끊은 감옥입니다. 세상에 그런 곳이 어디 있으며, 있은들 어찌 가겠습니까. 하지만 마음속에는 하나쯤 그런 곳이 있으면 좋겠습니다. 그런 정신과 영혼의 공간을 갖고 있는가? 이건 매우 중요한 문제입니다. 어느 누구도 흔들 수 없는, 세상 어느 유혹도 건드릴 수조차 없는, 오로지 내가 나만을 기준 삼아 나의 세계를 구축할 수 있는 곳, 거기에 우리의 자유가 있기 때문입니다. 고독한 자유는 우리의 삶을 바꾸고 세상을 바꿉니다. 세상의 주인인 인싸들이 세상을 바꿔온 것 같지만 그것들은 늘 같은 세상이었습니다. 새로운 세상은 세상의 중심에서 벗어나본 적이 있는 자들이 만듭니다.

오늘은 오랜만에 마음속 독락당에 들어가되 텔레비전은 들고 가서 〈나는 자연인이다〉나 봐야겠습니다. 그 대신 전화, 카톡, 페북, 메일 다 끊을 테니 부디 연락 마시되, 세상 변두리 사는 우리끼리니 오늘도 꿈은 함께 꾸길 부탁드리겠습니다.

소유

책 버리기는 참 어렵습니다.
읽은 책은 읽어서, 안 읽은 책은 읽지 않아서 못 버립니다.
봄볕 좋고 등 따숩던 아무 날, 저는 그냥 연구실의 책들을 왕창 버렸습니다.
아무 이유 없이, 아무 계기 없이, 버릴 수 있어서 버렸습니다.

가진 것

얼마나 더 가져야 채워질까

은전과 10전의 가치

한 편의 콩트 같았던, 피천득 수필 〈은전 한 닢〉 기억하십니까? 선생이 상하이에서 본 일이라며 이야기가 시작되죠. 한 거지가 전당포를 돌아다니며 은전 한 닢을 내놓고 진위 여부를 묻습니다. 진짜라고 하니 거지는 기뻐하며 그 은전을 애지중지 가슴에 품습니다. 훔쳤느냐, 주웠느냐, 아니면 누가 줬더냐 하는 사람들의 의심과 질문에 이렇게 답하는 것으로 글은 끝이 나죠.

"이것은 훔친 것이 아닙니다. 길에서 얻은 것도 아닙니다. 누가 저 같은 놈에게 일 원짜리를 줍니까? 각전角錢 한 닢을 받아 본 적이 없습니다. 동전 한 닢 주시는 분도 백에 한 분이 쉽지 않습니다. 나는 한 푼 한 푼 얻은 돈에서 몇 닢씩 모았습니다. 이렇게 모은 돈 마흔여덟 닢을 각전 닢과 바꾸었습니다. 이러기를 여섯 번을 하여 겨우 이 귀한 '대양大洋' 한 푼을 갖게 되었습니다. 이 돈을 얻느라고 여섯 달이 더 걸렸습니다.”

그의 뺨에는 눈물이 흘렀다. 나는 “왜 그렇게까지 애를 써서 그 돈을 만들었단 말이오? 그 돈으로 무얼 하려오?” 하고 물었다. 그는 다시 머뭇거리다가 대답했다.

“이 돈 한 개가 갖고 싶었습니다.”

— 피천득, 〈은전 한 닢〉, 《피천득 수필선집》(지만지, 2017)

다시 읽어봐도 묘한 결말입니다. 선생은 무엇을 말하고 싶었던 걸까요? 맹목적이고 무의미한 소유욕에 빠진 거지의 어리석은 행동을 통해 물신주의에 빠진 현대인들의 행태를 비판하고 풍자하려는 걸까요? 아니면 평생 손에 한번 쥐어보지 못한 은전 한 닢을 구하려고 몇 달을 애써온 저 거지처럼 우리도 그렇게 소박하고 순수한 소망을 가져야 한다고 말하는 걸까요?

두 가지 다 그럴 듯한 해석이자, 저마다 의미 있는 교훈이라 생각합니다. 어쩌면 선택이 아니라 둘 다 간취할 수도 있겠습니다. 우선 거지를 옹호해 봅니다. 아무리 풍자의 의도가 좋아도 피천득 선생이 거지라는 사회적 약자, 동정의 대상을 어리석은 존재로 비판하고자 이 글을 썼다는 설정이 어색하게 여겨지기 때문입니다. 그런 맹목적 어리석음을 풍자하거나 비판하고자 한다면 사회적 지배층 같은 강자들에게서도 얼마든지 합당한 예를 찾을 수 있고, 그런 경우가 더 효과적이지 않았겠습니까. 선생은 그 거지에 대해 측은지심을 갖고 바라본 게 틀림없습니다.

한번 질문 방식을 이렇게 바꿔보고 싶습니다. 만일 각전 여섯 닢을 잃어버렸을 경우와 은전 한 닢을 잃어버렸을 경우를 비교한다면, 어느 쪽이 더 아까울까요? 소유나 사용의 관점이 아니라 상실의 관점에서 보면 가치는 달라집니다. 저도 요즘 제가 가진 것 중 가장 소중한 게 뭘까 봤더니 자꾸 줄어들기만 하는 모발 아닌가 싶더라고요. 잃고 난 뒤에야 가치를 깨달을 때가 많지 않습니까. 자, 그렇다면 이 경우에도 각전 여섯 닢이나 은전 한 닢이나 어차피 그 매력이 동일한 만큼 가치의 상실 정도도 동일하다고 여겼을까요?

아닐 겁니다. 돈을 잃어버린 건 동일하지만, 은전을 잃어버린 건 돈만이 아니라 자신의 소망과 시간과 정성과 노력까지 상실한 것이니까요. 그러니, 희소성이나 환금성 같은 화폐 가치는 계산에 넣지 않더라도, 당연히 은전 한 닢이 훨씬 소중했을 겁니다. 거지의 노력이 충분히 가상하게 여겨지는 대목입니다.

그럼에도 불구하고 은전 한 닢에 그토록 집착하는 것은 여전히 무의미하고 어리석어 보이는 것이 사실입니다. 아무리 저마다 지향하는 가치가 다를 수 있고, 거지의 형편에서 이런 소망을 누릴 가치가 있다 하더라도, 사용 가치로나 교환 가치로나 동일한 화폐일 뿐인데 단지 물질의 소유 그 자체를 목적으로 삼은 걸 두고 바람직한 소망이라 말하기는 어려우니까요. 돈은 쓰기 위해 소유하는 것이지, 소유 그 자체를 위해 쌓아둘 건 아니지 않습니까.

저는 저 상하이의 거지만큼 소박하고 절실하게 돈을 모으면서도 더 지혜롭고 올바르게 돈을 쓴 청계천의 거지를 알고 있습니다. 〈은전 한 닢〉이 콩트 같다고 했는데, 제목부터가 〈장편掌篇 2〉, 정말 '콩트'라는 뜻의 다음 시에서 만나보십시오.

장편 2

김종삼

조선총독부가 있을 때
청계천변 10전 균일상 밥집 문턱엔
거지소녀가 거지장님 어버이를
이끌고 와 서 있었다
주인 영감이 소리를 질렀으나
태연하였다
어린 소녀는 어버이의 생일이라고
10전짜리 두 개를 보였다.

—《시인학교》(신현실사, 1977)

소녀가 늘 구걸만 하던 백반집이었을 겁니다. 늘 같은 거지 행색이지만 오늘은 손님의 자격으로 방문합니다. 늘 하던 대로 주인 영감이 큰소리를 내지만 오늘따라 그녀는 태연합니다. 당당합니다. 서두의 배경으로 등장한 조선총독부보다도 더 위세

7장 소유

가 느껴집니다. 손님은 왕이니까요. 주인과 손님은 신분이나 계급 관계가 아니라, 손님이 돈만 있고 소비만 할 수 있으면 왕이 되는 겁니다. 누구나 똑같이 대접받는 10전짜리 균일 밥상에 더도 덜도 아닌 10전짜리 두 개, 2인분 밥값을 손에 쥐었으니 말이죠.

하지만 그것보다 더 주목해야 할 디테일이 숨어 있군요. 맞습니다. 거지 장님 어버이를 모시고 온 겁니다. 오늘은 특별한 날, 어버이의 생일이라고 말이죠. 이날을 위해 소녀는 작정하고 돈을 모았을 겁니다. 당당히 어버이 생일상 한번 차려드리기 위해. 당당히 돈 한번 제대로 써보기 위해. 그러니 어쩌면 구걸은 커녕 얼씬도 못하고 멀찍이서 바라보기만 했던 식당일 수도 있겠습니다. 벼르고 벼르다 오늘 드디어 문을 두드리는 장면을 상상해 보십시오. 괜히 통쾌하기도 하고, 흐뭇하기도 하다가, 그만 슬며시 서글퍼지기도 하는 정경이지 않겠습니까.

저는 그 소녀의 손에 주목해 봅니다. 구걸을 할 때 그녀는 손을 어떻게 하고 있었을까요? 오므리고 있었을 겁니다. 공손히, '주세요' 이렇게. 늘 그녀는 손을 오므리기만 했을 겁니다. 그러던 그녀가 이번에는 손을 폅니다. 태연하지만 무례하지는 않았을 겁니다. 눈치를 보는 건 몸에 밴 오랜 습관이었을 테니까요. 그래도 손을 펴서 10전짜리 동전 두 닢을 보이는 순간만큼은 햇볕 받은 꽃잎이 활짝 피듯 배 속부터 환한 미소가 피어올랐을 겁니다. 오랜만에 그 허기진 빈 배를 채우게 될 겁니다. 오랜만에 불쌍한 어버이의 생신을 축하하며 그의 배 속까지 든든히 채울 것입니다. 그녀는 착합니다. 오므린 것들은 다 착합니다.

벌고, 쓰고, 존재한다

오므린 것들

유홍준

배추밭에는 배추가 배춧잎을 오므리고 있다

산비알에는 나뭇잎이 나뭇잎을 오므리고 있다

웅덩이에는 오리가 오리를 오므리고 있다

오므린 것들은 안타깝고 애처로워

나는 나를 오므린다

나는 나를 오므린다

오므릴 수 있다는 것이 좋다

내가 내 가슴을 오므릴 수 있다는 것이 좋다

내가 내 입을 오므릴 수 있다는 것이 좋다

담벼락 밑에는 노인들이 오므라져 있다

담벼락 밑에는 신발들이 오므라져 있다

오므린 것들은 죄를 짓지 않는다

숟가락은 제 몸을 오므려 밥을 뜨고

밥그릇은 제 몸을 오므려 밥을 받는다

오래 전 손가락이 오므라져 나는 죄 짓지 않은 적이 있다

―《북천-까마귀》(문학사상, 2013)

몸의 감각이 곧 윤리일 때가 있습니다. 죄지으려다가 저절로 손이 오그라들 때가 있지 않습니까. 몸에 밴 윤리의 감각이자 마음속 정언 명령 때문일 테지요. 그래서 오므린 것들은 죄를 짓지 않습니다. 오므린다는 것은 공격과 거리가 멀기 때문입니다. 오므린다는 것은 온몸을 돌돌 말아, 고작 제 한 몸, 또는 작고 어리고 여린 것들을 지키고자 할 따름입니다. 오므리고 오그리고 조아린 것들은 약합니다. 죄다 착해서 더욱 애처롭습니다.

오므려서 벌고 벌려서 쓰기만 하면 오죽이나 평화로울까요. 초원의 사자도 빈 배를 채우면 그만인데 말입니다. 배부른 사자는 사냥을 하지 않습니다. 허나 인간은 배가 이미 꽉 차 들어갈 곳이 없어도, 혹시 몰라서 창고를 채우러 또 사냥을 나갑니다. 그래서 인간은 개미나 쥐같이 부지런한 데다가 늘 성난 사자 같습니다. 오므리는 법이 없습니다. 갈기를 세우고 발톱을 세우고 잔뜩 벌려서 더 많은 사냥감을 그러모으기 위해 성실한 자세로 탐욕을 부립니다. 마음속 저 멀리에서는 멈추라고 외치는 명령이 들려오지만, 짐짓 모른 척하며 오직 성공적인 초원 생활을 위해 쉬지 않고 전진해 나아갑니다.

그리하여 우리는 쓰지 않고 모으고, 쓸데없는 것도 소유합니

다. 소비를 위해 소유하거나 소유를 위해 소비하는 정도가 아니라, 실은 소유를 위해 소유하는, 상실이 두려워 소유를 하는 강박증 환자들입니다. 그렇게 쓰기만 하다 죽고, 그렇게 쓰지도 못하고 죽습니다. 그러고 보면 저 상하이의 거지와 우리가 다를 게 무엇이 있겠는지요.

이처럼 소유라는 문제는 늘 생각을 오락가락하게 만드는 주제입니다. 한편으로는 우리의 생존과 번영을 위해 필수 불가결한 선한 행위로 인정되다가도, 다른 한편으로는 삶의 진수를 망가뜨리는 악한 행위인 양 받아들여지기도 하는 거죠. 그러기에 해마다 발표되는 세계 부호 순위 명단에 오른 이들이 부럽기도 하면서 속으로는, 그래도 행복 순위는 그들이 우리보다 못할 거라 우기고 싶어지지 않습니까?

궁금한 게 하나 있습니다. 부자라고 하면 그 사람이 축적한 재산이 얼마인가를 기준으로 하던데, 돈은 쓰기 위한 것 아닙니까? 그러면 지난 한 해 동안 누가 제일 많이 썼느냐를 기준으로 부자를 선정하면 결과가 어떻게 나올까요? 농담처럼 친구들끼리도 이런 비슷한 이야기를 해봅니다. 내 돈이라 함은 내가 평생 번 게 아니라 쓴 것 아닐까. 평생 10억 벌어 1억 쓴 사람이 있고 3억 벌어 2억 쓴 사람이 있다면 누가 더 부자겠는가? 물론 결론은, 그러니 오늘 네가 한턱 쏘라는 겁니다.

소비는 소유의 한 형태이다. 아마도 현대 "잉여사회"에서 가장 중

7장 소유

요한 소유형태일 것이다. 소비는 이중적 특성을 지니고 있다. 써버린 것은 빼앗길 염려가 없으므로 일단 불안을 감소시켜준다. 그런 한편, 점점 더 많은 소비를 조장한다. 왜냐하면 일단 써버린 것은 곧 충족감을 주기를 중단해버리기 때문이다. 현대 소비자는 **나＝내가 가진 것＝내가 소비하는 것**이라는 등식에서 자신의 실체를 확인하는지도 모른다.

— 에리히 프롬,《소유냐 존재냐》(까치, 1996) 중에서

소유라는 주제만 나오면 빠질 수 없는 명저, 에리히 프롬의 《소유냐 존재냐》에 나오는 글입니다. 소비한다는 건 일단 신나는 일. 백화점 쇼핑을 하든, 텔레비전 홈 쇼핑이나 인터넷 쇼핑을 하든, 뭔가 마음에 드는 걸 사는 일은 설레고 뿌듯한 행위입니다. 때로는 직업이야말로 생계 수단에 지나지 않고, 직업을 통해 번 돈을 소비하는 것이야말로 자아의 실현이요, 완성이 아닐까 여겨질 정도지요. 소비란 돈을 써서, 즉 돈을 소비한 대가로 다른 물건을 소유하는 행위입니다. 내가 소유해온 돈을 빼앗기거나 상실할 염려는 이로써 일단 사라집니다. 불안과 강박증이 해소되는 셈이지요.

그런데 문제는 그렇게 썼으면 행복하고 충족되어야 하는데, 얼마 가지 않아 그다음 욕망이 등장한다는 데 있습니다. 항상 충족되기를 바라기 때문에 우리는 또 사냥을 나서야 합니다. 계속 벌면서 계속 쓰고, 계속 쓰면서 계속 불안하기에 다시 벌어야 하

는 것입니다. 늘 성실한데 헉헉댑니다. 아니 성실하게 헉헉댑니다. 그러다 보면 불안감이 엄습합니다. 내가 내 재산을 소유한 주인인 것 같은데 사실은 내 소유물이 주인이고, 나는 그의 소유물을 더 늘리기 위해 노예 짓을 하고 있는 건 아닌가 하는.

만약 나라는 존재가 정말 내가 가진 것, 내가 소유한 것과 같다면, 그 소유가 다 사라지고 난 뒤 나는 어떤 존재일까요. 에리히 프롬은 그것이야말로 패배하고 좌절한 가엾은 인간이며 그릇된 생활 방식의 산증인에 불과하다고 말합니다.

과장일까요? 아닐 겁니다. 사람들은, 아니 저 자신부터도 저라는 실체를 그렇게 인식하며 살고 있습니다. 연봉이 얼마냐, 집이 몇 평이냐, 어떤 차를 몰고 다니느냐 따위로 판단하죠. 그래서 불안한 겁니다. 소유하고 있다는 건 동시에 상실할 수도 있다는 의미이니까요. 그래서 항상 조바심이 납니다. 아이러니하게도 그 불안을 떨치기 위해 더 소유하려 하고, 그러면 그럴수록 우리 자신의 삶을 잃어버리게 됩니다. 그러니 소유를 택할 것이냐 존재를 택할 것이냐고 에리히 프롬은 묻고 있는 겁니다.

우리 모두 머리로는 알고 있습니다. 소유 양식having mode보다는 존재 양식being mode이 우리가 추구해야 할 더 높은 가치라는 것을요. 하지만 이런 양식을 안정적으로 지켜나가는 데 위협이 되는 것은, 우리의 외부가 아니라 내부에 있음을 발견하게 됩니다. 실존적 존재로서 살아가기 위해서는 우리 삶에 대한 철저하고 확고한 신념이 있어야 하지만, 동시에 어쩌면 그게 자신의 게

7장 소유

으름을 합리화하고 스스로를 경쟁에서 퇴보시키는 것일지도 모른다는 의심이 들기 때문입니다. 말하자면 자존감보다는 자존심에 휘둘리면서 약해지는 것이죠. 그래서 우리가 흔히 말로는 거품을 빼자 빼자 하면서도 거품 위에 휘핑크림까지 듬뿍 얹으며 살고 있는 건 아닐까요?

남기고, 버리고, 사라진다

미니멀리즘 열풍도 어찌 보면 이런 소유의 거품을 빼자는 움직임이라고 볼 수 있을 겁니다. 미니멀리즘이 각별히 주목받은 것은 2011년 발생한 동일본 대지진과 관련이 깊습니다. 집 안에 있다가 내가 애지중지 여겨온 가구나 집기에 짓눌려 죽기도 하고 한평생 모아온 재산이 한순간에 눈앞에서 사라져버리는 경험을 하며, 소유 일변도로 살아온 무조건적 가치관에 반성의 움직임이 일어난 것이죠.

기본적으로 미니멀리즘은 일상생활에 꼭 필요한 아주 적은 물건만 소유하며 살자는, 그것만으로도 우리는 충분히 살아갈 수 있다는 신념에 기초해 있습니다. 바꿔 말하면 그것만으로도 살아갈 수 있도록 심플한 생활 방식을 추구하자는 주의이기도 합니다. 그러니 당연히 충동구매는 하지 않고, 하나를 사더라도 의미 있는 제품만 사려고 하죠.

하지만 시도해 보신 분은 아시듯이 미니멀리즘은커녕 합리적 소비도 쉽지 않습니다. 옷 하나 고르려 해도, 오프라인 매장에서 실물 보고, 온라인 가서 가격 비교하고, 가성비 따져가며 겨우 마음에 드는 디자인을 찾아 구매를 결정하고 나면 사이즈가 없기 일쑤죠. 돈만 있다면 역시 과소비가 더 쉽습니다, 그죠? 그래서 또 방향을 바꿔보는 겁니다. 있는 것 리폼해서 재활용하고, 부피만 차지하고 쓰지도 않는, 쓸데없는 물건들부터 처분하기로요. 아, 그런데 그것도 쉽지가 않네요. 버릴 것투성이였는데 막상 버릴라치면 버릴 게 없는 게 살림 아닙니까.

버리지 못한다

김행숙

얘야, 구닥다리 살림살이

산뜻한 새것으로 바꿔보라지만

이야기가 담겨 있어 버릴 수 없구나

네 돌날 백설기 찌던 시루와 채반

빛바랜 추억으로 남아 있고

투박한 접시의 어설픈 요리들,

신접살림 꾸리며 사 모은 스테인리스 양동이

어찌 옛날을 쉽게 버리랴

어린 시절 친구들이 그립다

코흘리개 맨발의 가난한 시절

양지쪽 흙마당의 웃음소리

오늘이 끝인 양 마침표 찍고

내일부터 새 목숨 살아갈 순 없지

유유한 강물로 흐르면서

가슴에서 가슴으로 이어가는 것

지난날은 함부로 버릴 수 없는 것

한 번 맺은 인연도 끊을 수 없는 거란다.

—《멀고 먼 숲》(책만드는집, 2014)

구닥다리 살림살이이건만, 하나하나 장만할 때마다, 손때 묻힐 때마다, 세월이 지날 때마다, 사연이 있고 이야기가 담기고 정이 묻어서 버릴 게 없답니다. 물건도 인연입니다. 한번 맺은 인연 어이 끊겠습니까. 생애란, 추억이란, 세월이란 흐르는 강물과 같아서 감히 끊어낼 생각조차 할 수 없죠. 새 인생, 새 목숨, 새 세상이 어디 있단 말이냐며, 물건을 버리는 건 지난날을 버리는 거라며 우리 부모님들은 한사코 버릴 줄을 모릅니다.

아주 이해 못할 바도 아닙니다. 제가 책을 잘 버리지 못하는 이유도 크게 다를 바 없습니다. 읽은 책은 읽어서 못 버리겠고,

읽지 않은 책은 읽지 않아서 못 버리겠다고 핑계 대며 살지만, 실은 지나온 시절을 그대로 부여안고 버텨보려는 것뿐임을 제가 압니다. 그러니 부모님 세대는 오죽하시겠습니까. 너무나 간난신고艱難辛苦한 세월을 살아오셔서 도무지 버릴 것이 없는 것입니다. 새것 사드릴 테니 저 옛날 냄새 나는 것 좀 제발 버리라고 아무리 타박해 보아도 어쩔 수가 없습니다.

그런데 그거 아십니까. 그분들이 막상 버리기 시작하면 그땐 무슨 일이 벌어지는지?

입춘

배한봉

암 수술로 위를 떼어낸 어머니
집에 돌아오자 제일 먼저
세간을 하나둘씩 정리했다.

아팠다. 나는
어머니가 무엇인가를 하나씩 버리는 것이 아파서
자꾸 하늘만 쳐다보았다.

파랗게, 새파랗게 깊기만 한 우물 같은 하늘이 한꺼번에
쏟아질 것 같았다.

가진 것

나는 눈물도 못 흘리게 목구멍 틀어막는 짜증을 내뱉었다.

낡았으나 정갈한 세간이었다.

서러운 것들이 막막하게 하나씩 둘씩 집을 떠나는 봄날이었다.

막막이라는 말이

얼마나 막막한 것인지, 그 막막한 깊이의 우물을 퍼 올리는 봄날이

었다.

그 우물로 지은 밥 담던

방짜 놋그릇 한 벌을 내게 물려주던 봄날이었다.

열여덟 살 새색시가 품고 온 놋그릇이

쟁쟁 울던 봄날이었다.

— 《주남지의 새들》(천년의시작, 2017)

참 막막하죠? 막막이란 말이 참 막막하죠? 산다는 게 이렇
습니다. 버린다는 것이 곧 정리한다는 의미라면, 내 삶을 버리게
될 때 과연 나는 무엇을 정리해야 할까요? 무엇을 남겨주고 떠
나야 할까요? 버린다는 일에는 이런 아픔이 있는 겁니다. 이 시
의 어머니는 몸도 아프셨겠지만, 마음도 아프게 세간살이를 하
나씩 버리고 계십니다. 버릴 때마다 하늘 한 번 쳐다보신 그 심

경을 자식은 그저 추측만 해볼 뿐입니다. 그녀에게도 열여덟 새색시 시절이 있었을 겁니다. 그때 신접살림으로 품고 오신 방짜 놋그릇 한 벌을 이제는 자식이 물려받아, 그 그릇이 들려주는 어머니의 온갖 사연과 이야기를 고이고이 간직하게 될 겁니다. 놋그릇을 볼 때마다, 놋그릇이 서로 부딪힐 때마다, 자식의 가슴속에서도 쟁쟁 우는 소리가 들려올 겁니다.

다 가지고 갈 것은 아니라지만, 다 가지고 가려고 욕심내서 못 버리는 것도 아닙니다. 소유한다는 것은 기쁨이었습니다. 간절히 원했고, 기다렸고, 준비했고, 모으고 모아서, 혹은 능력을 키우고 키워서 내 것으로 만들고, 그러고 나서도 한참을 아끼고, 만지고, 다듬고, 품고, 익숙해져 왔던 것들입니다. 영원한 소유야 없다는 것쯤은 알고 있었지만, 나와 아무 인연 없던 사람, 동식물, 사물을 잠시라도 소유한다는 것은, 그러기에 세상을 다 가진 듯한 행복을 주기도 했던 겁니다. 그만큼 아꼈기에 버리기 아까울 따름이죠. 하지만 때는 옵니다. 상실을 당하기 전에, 타의로 빼앗기기 전에, 정리해야 할 때가 옵니다. 그걸 안다는 건 차라리 복일지 모릅니다.

그런 때가 오기 전에, 차라리 아무 이유 없이, 아무런 계기 없이, 창고의 빗장을 풀어 방출하는 게 좋을 듯합니다. 그래서 봄볕 좋고 등 따습던 아무 날, 저는 그냥 연구실의 책들을 왕창 버렸습니다. 도와준 제자들에게 일당과 더불어 치맥을 대접하면서, 지갑만 열고 입은 닫았어야 했는데, 그중에 담배를 못 끊는 친구에게 그만 잔소리를 한마디 했습니다. "그냥 끊게. 무슨 계기 기다리지 말고. 그건 대개 안 좋은 일이라네." 미루다 보면 때를 놓칠 수가 있습니다.

그렇습니다. 물질은 소유할 수 있어도 어느 누구도 시간은 소유할 수 없습니다. 젊을 땐 시간은 많아도 돈이 없어 여행을 못 하더니만, 늙어서는 돈은 많은데 시간이 얼마 남지 않았습니다. 그래도 가야 할 게 여행이라면 젊을 때들 가십시오. 돈은 모을 수 있지만 시간은 모을 수 없기 때문입니다. 심지어 돈은 내가 버릴 수도 있지만 시간은 버리고 싶어도 버릴 수 없기 때문입니다. 정말 가치 있게 써야 할 것은 돈이 아니라 시간입니다. 어느 누구도 독과점도 과소비도 꿈꾸지 못하는 시간만큼은 절대 함부로 버리거나 정리할 대상이 아닙니다. 주어진 시간을 끝까지 곱고 곧게 지키며 선하고 귀한 사연과 이야기들로 가득 채워야 할 뿐입니다. 지금 세대 가운데에는 시간과 경험에 투자하며 자기 행복을 추구하는 이들이 늘어나고 있다고 하니 참 다행입니다.

지구라는 행성에 맨몸으로 와서

일찍이 2000년 제러미 리프킨이 '소유의 종말'을 선언한 이래, 2008년 세계 금융 위기까지 겪으면서 공유 경제라는 말이 널리 회자되고 있습니다. 소유를 넘어 공유 경제로 이행해가는 대표적 사례로 '에어비앤비'와 '우버' 등이 거론되는 현실을 보면,《소유의 종말》의 영문 원제목이 '접속의 시대The Age of Access'였다는 점은 놀라울 따름입니다. 비록 최근에는 그러한 사례들이 공유 경제 정신에서 멀어졌다는 비판도 일어나고, 공유 경제가 자본주의의 진화나 대안이 될 수 있을지 더 지켜봐야 할 상황이긴 하지만, 이러한 흐름이 향하는 지향점에 대해서만큼은 여전히 많은 이들이 공감하고 있는 편입니다.

자원의 낭비와 쓰레기 문제 등 심각한 지구 환경 문제를 생각하면 더욱 그러합니다. 무분별한 대량 생산과 대량 소비, 그러다 보니 이 지구에 쌓인 건 쓰레기밖에 없습니다. 이제는 개인이 행복을 위해 소유를 줄이고 정리하는 차원을 넘어, 이 지구의 생존을 위해 더 많은 이들이 그리 해야만 할 형편입니다.

소유가 사유에서 공유로 넘어가면 어떻게 될까요. 우리 어렸을 때 선생님한테서 이런 말 많이 듣지 않았나요? "교실이 너희 집이면 이렇게 더럽게 쓰겠어? 주인 의식이 있어야지! 양심도 없어!" 선생님의 말씀을 지금식으로 번역하면 아마도 '공유지의 비극Tragedy of the Commons'쯤이 될 겁니다. 그래요, 교실이 우리 공유지였습니다. 선생님의 그 말씀에 어린 시절의 우리는 얼마나 가슴이 찔려 하며 반성에 반성을 거듭했습니까. 이제 어른이 되어 지구라는 공유지를 생각해 봅니다. 어쩌다 이 지구라고 하는 행성에 와서 한평생 잘 살다가 가는 사람으로서 어린이의 마음으로 양심을 걸고 생각해 보는 겁니다.

먼 행성

오민석

벚꽃그늘 아래 누우니

꽃과 초저녁달과 먼 행성들이

참 다정히도 날 내려다본다

아무것도 없이 이 정거장에 내렸으나

그새 푸르도록 늙었으니

나는 얼마나 많은 것을 얻었느냐

아픈 봄마저 거저 준 꽃들

연민을 가르쳐준 궁핍의 가시들

오지않음으로 기다림을 알게 해준 당신

봄이면 꽃이 피는 이유가 다 있는 것이다

잘린 체게바라의 손에서 지문을 채취하던

CIA 요원 홀리오 가르시아도

지금쯤 할아버지가 되었을 것이다

그날 그 거리에서 내가 던진 돌멩이는

지금쯤 어디로 날아가고 있을까

혁명의 연기가 벚꽃 자욱하게 지는 저녁에

나는 평안하다 미안하다

늦은 밤의 술 약속과

돌아와 써야할 편지들과

잊힌 무덤들 사이

아직 떠다니는 이쁜 물고기들

벚꽃 아래 누우니

꽃잎마다 그늘이고

그늘마다 상처다

다정한 세월이여

꽃 진 자리에 가서 벌서자

—《그리운 명륜여인숙》(시인동네, 2015)

벚꽃 그늘 아래 누워 초저녁 하늘을 봅니다. 금성이거나 화성이거나 더 먼 어느 별 어딘가가 내 고향처럼 여겨집니다. 하기야 과학자들이 이르기를 우리 인간이 다 별에서 온 존재라 하였으니 무리한 상상은 아닙니다. 무슨 일로 왔는지는 모르겠으나 여하튼 이 지구라고 하는 행성에 무일푼으로 와서 참 많은 걸 거저 얻고 소유하며 잘 살고 있습니다.

이번에도 그 가치를 가르쳐준 건 상실입니다. 아픈 봄마저 거저 준 꽃들, 연민을 가르쳐준 궁핍의 가시들, 오지 않음으로 기다림을 알게 해준 당신, 이 모든 걸 알고나 지내라고, 감사하라고, 꽃이 피는 겁니다. 그러던 사이 조금 더 나은, 조금 더 살 만한 세상을 만들겠노라고, 누구는 혁명도 하고 죽기도 하고 이름 없는 무덤처럼 가뭇없이 잊히기도 합니다. 그리고 나는 다시, 여전히 벚꽃 그늘 아래 누워 있습니다. 이렇게 평안해도 좋을지,

이렇게 아름다워도 좋을지, 저 아름다운 꽃잎도 가만 보면 잎잎이 그늘이고 그늘마다 상처인데, 나는 이렇게 살아도 되는지 싶습니다. 그러니까 꽃이 진 자리에 가서 벌이라도 서야 하는 거 아닐지요. 이대로 무턱대고 이 지구라는 행성에서 반성도 안 하고 살다가는 벌 받아 마땅하겠습니다. 손 들고 벌서는데 무엇을 더 손에 쥐려 하십니까. 사람이 말이야, 주인 의식이 있어야지요, 양심이 있어야지요.

맨몸으로 이 행성에 와서 이렇게 멋진 삶을 누렸는데 공유라도 해야지요. 어차피 끝은 무소유인 것. 뭐라도 베풀고 나누어야 하지 않겠어요? 그래야 고향 행성으로 되돌아갈 때 빈손으로 가벼이 이 지구라는 행성을 떠날 수 있겠지요. 자, 우리 이다음에는 어느 별에서들 만나실까요?

잃은 것

당신의 버킷리스트는 무엇인가요

여러분의 버킷리스트bucket list는 무엇인가요? 제 버킷리스트는 '유재석과 아이유 만나기' 빼고 다른 건 소박한 편입니다. 가족하고, 친구들하고, 그리고 혼자, 소박하게 배낭 하나만 들고 세계의 이곳저곳을 여행했으면 좋겠습니다. 기왕이면 달러만 가득 들어 있는 배낭이 좋겠군요.

'버킷리스트'라는 말은 소원을 가득 담은 바구니처럼 근사하게 들리지만, 어원을 알고 나면 섬뜩합니다. 중세 시대에 죄인을 교수형에 처하거나 목을 매어 자살할 때면 양동이bucket를 뒤집어놓고 그 위에 올라서서 올가미를 목에 두른 다음, 발을 굴러 양동이를 참으로써 끝을 맺었죠. 이를 '킥 더 버킷kick the bucket'이라 하는데, 이로부터 '죽기 전에 꼭 해야 할 일 또는 하고픈 일들의 목록'이란 의미로 만들어진 말이 버킷리스트입니다.

이 말이 우리나라에서 유행하기 시작한 것은 2007년 로브 라이너 감독의 영화 〈버킷리스트〉가 개봉된 이후의 일이죠. 〈해리가 샐리를 만났을 때〉 등 로맨틱 드라마의 대가답게 감독은 이 영화에서도 죽음을 앞둔 노인들의 로망과 가족애를 따스하고 뭉클하게 잘 그려냈습니다. 그래서 한동안 버킷리스트 만들기가 유행을 하기도 했지요. 죽음을 대비한 리스트를 넘어 올해의 버킷리스트, 학창 시절의 버킷리스트 등 다양한 양태로 만들어지기도 하고요.

버킷리스트를 쓰다 보면 그 성취 여부와는 상관없이 자신의 참모습을 발견하는 망외의 소득이 생기기도 합니다. 리스트를 계속 수정하면서 내가 진정으로 원하는 것이 무엇인지 깨닫게 되니까요. 또한 그저 막연한 꿈이 아니라 구체적인 꿈이 설정되면서 행복이 실현 가능한 목표로 다가오거나, 혹은 실현 가능한 행복을 목표로 삼으며 살게 되는 겁니다.

영화 〈버킷리스트〉의 초반부는 부러움 그 자체입니다. 버킷리스트를 하나하나 지워나가는 노인들의 삶이 환상적이기 때문이죠. 스카이다이빙을 하고, 머스탱을 운전하고, 북극 위를 날아가고, 프랑스의 최고급 레스토랑에서 저녁 식사를 하는가 하면, 인도의 타지마할, 중국의 만리장성, 아프리카의 세렝게티, 이집트의 피라미드를 누빕니다. 그들이 시한부 처지라는 것도 잊고 마냥 부러울 정도로 그들의 버킷리스트는 화려했습니다.

하지만 후반부로 갈수록 인생의 진정한 버킷리스트에 대한 생각이 달라집니다. 죽기 전에 했어야 할 일은 딸과의 화해였습니다. 역시 인생 최고의 버킷리스트는 가족의 사랑이었던 겁니다. 그뿐이 아닙니다. 두 노인 중 한 사람이 먼저 생을 마감하자 남은 이는 그와 함께했던 순간들의 의미를 깨달으며 '낯선 사람을 도와주기' 항목을 리스트에서 지웁니다. 역시 인생 최대의 버킷리스트는 우정과 봉사였습니다. 급기야 영화의 에필로그에서 두 노인의 유골함이 히말라야 산맥에 이르자 마지막 버킷리스트였던 '정말 장엄한 것을 목격하기' 항목이 지워집니다. 역시 인생 최후의 버킷리스트는 자연과 신에 대한 경의였습니다.

버킷리스트를 그저 위시리스트처럼 여기지 않고 정말 진지하게 죽음에 대해 생각하며 작성하려고 하면 쉽지가 않습니다. 어떤 꿈은 이룬다고 해서 마냥 행복하기만 할 것 같지도 않고, 막상 실천하자니 은근히 귀찮고 복잡해 보이기도 하며, 이룬들 부질없어 뵈거나 이루려고 애쓰는 게 측은해 뵈는 소원들도 있습니다.

죽기 전에 진짜 해야 할 일은 뭘까요. 무엇을 더 이루고 더 얻고 더 경험하는 것도 소중하겠지요. 그러나 할 수만 있다면 저는, 젊어서 아니 최근이라도, 알건 알지 못했건, 고의로든 실수로든, 제가 잘못하거나 죄짓거나 상처 준 분들, 그분이 가족이든, 친구든, 낯선 이든, 신이든, 세상 뜨기 전에 한 번이라도 만나 진심으로 미안하단 말을 드리고 싶습니다. 용서야 받든 못 받든 그건 제 몫이 아니겠지요. 다만 그때 그랬어야 했는데 하지 못한 일들에 대해 죽을 용기를 내어 매듭짓고 싶을 따름입니다.

　삶의 마지막 순간에는 지우고 싶은 후회들이 참 많이도 남는다고 합니다. 천 명의 죽음을 지켜본 한 호스피스가 쓴《죽을 때 후회하는 스물다섯 가지》라는 책이 있습니다. 사람들이 죽을 때 가장 많이 후회하는 것 중 첫 번째는 '사랑하는 사람에게 고맙다는 말을 많이 했더라면 좋았을 텐데'였답니다. 그다음은 '진짜 하고 싶은 일을 했더라면', '조금만 더 겸손했더라면', '친절을 베풀었더라면', '나쁜 짓을 하지 않았더라면', '꿈을 이루려 노력했더라면', '감정에 휘둘리지 않았더라면', '만나고 싶은 사람을 만났더라면', '기억에 남는 연애를 했더라면', '죽도록 일만 하지 않았더라면', '가고 싶은 곳으로 여행을 떠났더라면', '고향을 찾아가 보았더라면', '맛있는 음식을 많이 맛보았더라면', '결혼했더라면', '자식이 있었더라면' 등이었다고 합니다.

　저 리스트를 뒤집어놓으면 그게 바로 버킷리스트일지도 모르겠습니다. 그런데 잘 보면, 항목 하나하나가 되게 쉬워 보이지 않나요? 진작 마땅히 해야 했던 것들 아닌가요? '사랑하는 사람에게 고맙다는 말하기'가 뭐가 그렇게 힘들었을까요? 당장 하면 되는 건데, 너무 당연해서 오히려 안 하는 겁니다. 그러고 후회하는 겁니다. 그렇지 않나요? 특별한 어떤 것이 아니라 삶의 가장 평범한 일들을 하지 않은 것을 후회하고 있는 것입니다. 특별한 일만 챙기는 데도 바쁘다 보니 일상은 소홀히 대할 수밖에 없었다며 핑계 대어 보지만, 결국 소중한 건 저 특별하지도, 딱히 귀해 보이지도 않는 일상이었음을 인정하게 됩니다.

특별한 날 가장 평범한 사람을, 평범한 날 가장 특별한 사람을 떠올려보는 건 어떨지요? 시 한 편 읽고 갑시다. 아니면 노래 한 곡 부르셔도 좋고요.

푸르른 날

서정주 시, 송창식 작곡

눈이 부시게 푸르른 날은
그리운 사람을 그리워하자

저기 저기 저, 가을 꽃 자리
초록이 지쳐 단풍 드는데

눈이 나리면 어이 하리야
봄이 또 오면 어이 하리야

내가 죽고서 네가 산다면!
네가 죽고서 내가 산다면?
눈이 부시게 푸르른 날은
그리운 사람을 그리워하자.

— 《귀촉도》(은행나무, 2019)

푸르른 날이 다 가기 전에

가수 송창식의 노래로 널리 알려진 〈푸르른 날〉. 미당 서정주의 시에 곡을 붙인 것이니 KBS 가요대상에서 작사가상을 받았다는 사실이 오히려 남세스러울 정도입니다. 이 노래의 사연은 이렇습니다. 청년 가수 송창식은 동갑내기 시인 문정희를 우연히 만나게 됩니다. 그녀는 여고 시절 전국의 백일장을 휩쓸며 미당으로부터 '천재 문학소녀'라는 극찬을 받고 일찌감치 미당의 문하생이 되었던 시인인데, 그날 뜻밖에도 송창식에게서 그가 중학교 시절부터 미당의 영향을 많이 받았다는 고백을 듣습니다.

마침 그날 그녀가 미당과 만날 약속이 있었다고 전해지기도 하지만, 시인의 기억에 따르자면, 송창식의 '특청特請'을 받아들여 그날로 그를 미당에게 소개했다는 겁니다. 뭐 중요한 건 아니고, 아무튼 평소에 대중가요 노랫말로 시가 쓰이는 데 대해 탐탁찮게 여겼던 미당이 송창식에게 자작시 〈푸르른 날〉을 그날로 내어줬답니다. 짐작건대 기승전결 양식의 시상 전개도 그렇고, 일정한 음절 수와 음보 수도 그렇고, 노래로 만들어지기에 가장 적합하다고 보았을 겁니다.

그날 이후 아마도 송창식은 의욕과 부담이 교차하는 나날을 보내야 했겠지요. 미당의 전집을 다 구해 읽었다고도 하는데 그 정도는 일도 아니고요, 대가의 시에 곡을 붙여야 하는 고통이 얼마나 컸겠습니까. 그러던 어느 날 밤, 문정희 시인은 느닷없는 전화 한 통을 받게 됩니다. 그녀는 그 밤을 이렇게 회상합니다.

"아니, 이런 밤에 시인이 잠을 자고 있어요?"

수화기 저쪽에서 적이 실망한 목소리가 나의 잠을 밝게 깨워버렸다.

"이런 밤이라니요?" 나는 누군가를 확인할 겨를도 없이 이같이 반문했다.

"창문을 열어 보세요. 폭우가 쏟아지고 있어요." (중략)

그러나 뒤이어 전화 속의 목소리는 더 기쁜 소식 하나를 나에게 전했다. 서정주 시인의 시 〈푸르른 날〉에 곡을 붙이는 일이 드디어 완성이 되었다는 것이다. (중략) 나는 그날 밤 서정주의 시 〈푸르른 날〉을 나와 동갑내기인 가수로부터 처음으로 노래로 들었다. (중략) 숲에서는 굵은 빗방울이 후두둑 떨어졌지만 그의 노래는 계속되었다. 숲길에는 마침 행인이 뜸했고 우산을 받고 선 그 유명가수의 목소리는 아름답게 떨리고 있었다.

— 문정희 외, 《나를 매혹시킨 한 편의 시 4》(문학사장, 2001) 중에서

마침내 곡을 완성한 송창식의 행복한 흥분이 전해지는 듯합니다. 전화기를 통해 그 떨림을 교감하면서, 노래의 날개를 단 스승의 시를 새삼스럽게 듣고 있는 시인의 전율도 느껴집니다. 푸른 하늘은커녕 숲에 폭우가 쏟아지던 날 밤에 벌어진 일입니다. 하지만 무슨 상관입니까. 모두 젊었던 시절, 청년이란 말처럼 매일이 푸른 하늘 같던 시절의 이야기인 걸요.

하지만 푸름은 희망과 설움의 접경지대입니다. 푸름은 희망에도 어울리고 설움에도 어울려서, 푸른 희망이라고 하면 희망이 더 희망차게 들리고, 푸른 설움이라고 하면 설움이 더 서럽게 들리는 것처럼 말이지요. 이 노래의 매력은 어쩌면 송창식의 후련하게 터진 그 푸른 목소리에 담긴 푸른 설움을 듣는 데 있을지 모릅니다.

그렇다면 이 시의 매력은 어디에 있을까요? '저기 저기 저 가을 꽃자리' 같은 시구도 좋습니다. '저기 저기 저, 가을'이라니, 아주 멀리까지 펼쳐진 가을 하늘을 가리키는 것도 같고, 그러면 꽤나 유장하게 읽어야 할 것도 같고, 아니면 이 아름다운 가을 저 고운 단풍도 오래가지는 못할 터, 살짝 버벅거리며 더듬는 듯한 어조로 안타까움을 담아 가슴 벅차게 낭송해야 할 것 같기도 하고, 그 미묘함이 저는 좋습니다. '초록이 지쳐 단풍 드는데' 같은 표현은 말할 것도 없지요. 좋아하든 싫어하든 서정주 아니고서는 나오기 힘든 절묘한 시구임에 분명합니다.

하지만 저는 무엇보다도 '그리운 사람을 그리워하자'라는 이 단순한 선언에 마음이 끌립니다. 아마 일상어로 저렇게 이야기했다면 싱겁기 그지없었을 겁니다. 예쁜 사람을 예뻐하자, 존경할 사람을 존경하자 따위의 말은 얼마나 하나 마나 한 소리입니까. 허접한 동어 반복이지요.

그런데 그게 '눈이 부시게 푸르른 날은'을 동반하자 달라집니다. 눈이 부시게 푸르른 날, 그 특별한 날, 당신은 누구랑 무슨 일을 꿈꾸십니까. 연인과 멋진 곳으로 여행을 할 수도 있습니다. 야외 콘서트도 가고 싶고, 풍광 좋은 곳에서 우아한 식탁을 마주하고도 싶겠죠. 아름다운 날이니까요.

그런데 눈이 부시게 푸르른 날은 말이죠, 묘하게 서글퍼지기도 한다는 걸 아시나요? 아직 그런 감성이 남아 있다면 마냥 들뜨지만 마시고 그때 이 시, 이 노래를 불러보세요. 눈이 부시게 푸르른, 이 좋은 날, 이 아름다운 날, 그리운 사람과 함께하지 못하는 것이 서글픕니다. 아니, 그리운 사람을 떠올려보지도 못한 게 너무 미안해집니다.

그리운 사람을 만나자는 것도 아닙니다. 그리운 사람을 그리워하자고 시인은 말할 뿐인 겁니다. 맞아요, 내가 무심한 탓이기도 하지만, 어떤 이는 다신 만나지 못할 운명이라 그리운 사람이니, 만나지는 못하더라도 그리워는 했어야 하는 거지요. 살아 있는 이든 이미 저 가을 하늘 위로 가버린 이든 말입니다.

그런 점에서 이 시, 이 노래가 주는 감동을 단순함에서 오는 뭉클함으로 요약하면 어떨까요? 잊고 있던 감정들, 닫아두었던 감성들, 억눌렸던 그리움들을, 복잡하고 긴말 필요 없이, 그저 그리운 사람을 그리워하자는 당연하고 단순한 명령으로 작동케 하다니 말입니다. 업무에 치여서, 선약이 있어서, 여유가 없어서 따위의 핑계를 일체 거절하고, 눈이 부시게 푸르른 날이라는 생각이 든 바로 그때, 모든 것을 잠시 놓아두고 그리운 사람을 마구 그리워하라는 겁니다. 눈부시게 그립고 보고픈 그대, 아니 그리워하면 할수록 서럽고 서글프지만 그럴수록 눈부신 그대를 불러보라는 겁니다.

그 명령은 지체해서는 안 됩니다. 미루어서도 안 됩니다. 이 시에서 유념해야 할 점이 있습니다. 푸르른 날이지만 그 청명한 하늘은 봄도 여름도 아닌, 가을입니다. 벌써 초록이 지쳐 단풍이 듭니다. 머잖아 눈이 오고 봄이 올 겁니다. 잃어버리고, 상실하고, 놓치고, 보내놓고, 뒤늦게 후회하지 말고, 그리운 사람은 지금 당장 그리워해야 하는 이유입니다. 그러는 사이 내가 죽을지도, 네가 죽을지도 모르기 때문입니다. 누구나 가고 누구는 남지만, 그도 결국엔 떠납니다. 우리 모두 죽습니다.

메멘토 모리, 카르페 디엠

세상의 모든 이별과 상실이 가슴 아프지만 죽음만큼 강렬한 건 없습니다. 죽음이란 우리가 가장 사랑하던 사람을 영영 만나지 못하게 하는 사건이기 때문입니다. 많은 이별이 그렇긴 하죠. 대충 사랑한 사이라면 헤어져도 그만, 어쩌다 다시 볼 수도 있고, 그래도 그만저만 살아갈 수 있을 텐데, 가장 사랑하던 사람은 이별 후에 다시 만나기가 힘듭니다. 끝내 영영 못 만날 수도 있습니다. 하지만 그래도 어디선가 살아만 있으면 언젠가는 또 만날 수 있으리라는 바람이라도 가질 수 있겠지요. 하지만 죽음은 그런 것이 아닙니다. 죽는다는 건 영영 만나지도 못하고, 만날 기대조차 못하게 되는 겁니다.

메멘토 모리Memento mori! '죽는다는 걸 잊지 마라.' '우리는 언젠가 죽는 존재라는 걸 잊지 마라.' 간단히 말해 '죽음을 잊지 마라'는 뜻의 라틴어입니다. 이 말은 로마 공화정 시절의 개선식에서 유래했습니다. 승전해 돌아온 장군은 얼굴을 붉은 색으로 칠하고 백마가 이끄는 전차를 타면서 시내를 가로질렀습니다. 군중의 열렬한 환호를 한 몸에 받으며 개선문을 통과하는 동안 아마도 그는 자신이 마치 신으로 숭배받는 듯한 벅찬 감동에 휩싸였을 겁니다.

그런데 특이하게도 이 개선식의 마차에는 항상 노예, 그것도 아주 비천한 노예 한 명을 장군 옆에 탑승시켰다고 합니다. 개선식이 이어지는 동안 이 노예는 끊임없이 장군의 귓가에 속삭여주어야 했다는군요. "메멘토 모리, 메멘토 모리…." 그러니까 죽음을 잊지 말라고 계속 이야기했다는 겁니다.

죽음을 조심하라는 이야기였을까요? 아니죠. "야, 나대지 마. 너무 우쭐해하지 마. 지금 네가 이렇게 대접받지만 너는 신이 아닌 인간일 뿐이야. 너도 죽는 존재라는 사실을 잊지 마"라고 끊임없이 경각심을 일깨웠던 것이죠. 그 뒤 이 말은 현세에서의 쾌락이나 부귀나 영예가 부질없고 공허하다는 의미로, 즉 다소 허무주의적인 의미로 변질되어 쓰이기 시작합니다. 오르고 또 오르면 못 오를 리 없건마는 뫼만 높다 하는 나태와 의지박약도 문제지만, 무턱대고 오르고 또 오르면 뭐 하겠느냐는 지적인 셈이지요.

티벳에서

이성선

사람들은 히말라야를 꿈꾼다
설산
갠지스강의 발원

저 높은 곳을 바라보고
생의 끝봉우리로 오른다

그러나
산 위에는 아무것도 없다

생의 끝에는
아무것도 없다

아무것도 없는 곳으로 가기 위하여

많은 짐을 지고 이 고생이다

—《내 몸에 우주가 손을 얹었다》(세계사, 2000)

히말라야를 꿈꾸는 사람이 있습니다. 갠지스강의 발원지, 설산 저 높은 곳을 향해 오르고 또 오릅니다. 그러나 정상에 올라와보니 아무것도 없습니다. 아무것도 없는 여기에 오려고 그 많은 등짐을 지고 이 고생을 했단 말인가. 알피니스트 여러분 괜히 흥분하지 마시고, 이 시의 히말라야를 부디 헛된 욕망, 인생의 맹목적인 목표 정도로 읽어주세요. 더 이상 오를 데가 없는 죽음도 마찬가지, 아무것도 남김없이 다 놓고 빈 몸으로 가는 건데, 평생 뭐 하러 그렇게 많은 짐을 지고 고생해왔던가 생각해 보라는 겁니다. 정상에 오르지도 못하고 설령 오른들 어차피 그 끝에는 허무, 빌 허虛, 없을 무無, 말 그대로 텅 비고 아무것도 없을 텐데 말이죠.

그러나 죽음은 단순한 허무 그 이상입니다. 로마 시대 황제이자 철학자인 마르쿠스 아우렐리우스는 《명상록》에 이렇게 쓰고 있습니다. "마치 수천 년을 살 것처럼 살아가지 말라. 와야 할 것이 이미 너를 향해 오고 있다. 살아 있는 동안 최선을 다해 선한 자가 돼라." 어차피 인생은 허무한데 왜 최선을 다해 선한 사람이 되어야 한단 말일까요?

죽음에 대해 생각한다는 것은 역설적으로 삶을 생각하는 것입니다. 그냥 정신없이 살 때는 삶에 대해 생각하지 않아요, 그냥 삶을 살 뿐이죠. 그런데 죽음을 생각함으로써 비로소 산다는 게 뭔지를 생각하는 것이죠. '이렇게 사는 게 과연 의미 있는 건가?' 하고 말입니다.

그런가 하면 타인의 죽음을 보면서 자신의 죽음도 깨닫게 되죠. 죽음에는 예외가 없습니다. 어머니도, 아버지도, 사랑하는 사람도 언젠간 죽을 것입니다. 이 절대적인 사실을 통해 '아, 나도 죽는구나' 하는 삶의 본질을 깨닫습니다.

요약하면, 인생이란 살다가 죽는 것 아닐까요. 이렇게 인생에 대한 설명이 단순해져버리는 순간 오히려 삶에 대한 고민으로부터 해방될 수 있다는 역설도 만들어집니다. 스티브 잡스의 유명한 스탠퍼드 대학 졸업 축사의 일부입니다.

죽을 날이 그리 머지않음을 기억하는 것은 인생의 중대한 결정들을 내리는 데 도움이 되는 도구들 중 가장 중요합니다. 왜냐하면 거의 모든 것들, 모든 외부로부터의 기대, 자존심, 당혹감이나 실패에 대한 두려움 등 이 모든 것들은 죽음 앞에서 맥을 추지 못하며 정말 중요한 것만 가려내주기 때문입니다. 자신이 죽는다는 사실을 기억하는 것은 여러분이 무언가를 잃을 것이라고 생각하는 함정을 피할 수 있는 최선의 방법이라고 알고 있습니다. 이미 가진 것이 하나도 없습니다. 가슴으로 느끼는 대로 따르지 않을 이유가 없습니다.

이 축사의 내용은 제가 자주 인용하는 영화 〈죽은 시인의 사회〉에서 키팅 선생이 이야기하는 바와 참 잘 통합니다. 키팅 선생은 학교 박물관으로 학생들을 데리고 갑니다. 거기서 우리나라로 치면 '특목고' 같은 보딩 스쿨 학생들에게 졸업생 선배들의 사진을 쫙 보여주죠.

학교 박물관에 사진이 걸릴 정도라면 모두 성공한 선배들이 겠죠? 이쯤 되면 학생들에게 시중의 자기 계발서에 나오는 성공학 이야기라도 들려줄 법한 상황인데, 키팅 선생은 이렇게 말합니다.

"이 사람 가운데 한평생 소년 시절의 꿈을 마음껏 펼쳐본 사람은 과연 몇이나 될까? 대부분 지난 세월을 아쉬워하며 세상을 떠나 무덤 속으로 사라져 갔을 것이다. 능력이, 시간이 없어서 그랬을까? 천만에! 그들은 성공이라는 전지전능한 신을 뒤쫓는 데 급급해서 소년 시절 품었던 꿈을 헛되이 써버리고 말았을 것이다. 결국 지금 땅속에서 수선화의 비료 신세로 떨어지고 만 것이지. 하지만 좀 더 가까이 다가가면 이들이 여러분에게 속삭이는 소리가 들릴 것이다. 자 들어 봐! 어서 들어 봐!"

다소 얼뜬 표정으로 학생들이 사진에 귀를 기울이자 키팅 선생은 사진 속, 아니 무덤 속 선배들을 대신해 속삭입니다. "카르페디엠Carpe diem! 카르페디엠!"

선배들은 이미 죽었습니다. 모두 잘나갔던 사람들이지만 지금은 흙으로 돌아가 수선화의 비료가 되었죠. 허무합니다. 그래서 선배들이 안타까이 후배들에게 말해주고픈 겁니다. 카르페디엠, 카르페디엠.

이 말의 원조 격인 고대 로마의 시인 호라티우스는 그대가 현명하다면 포도주는 바로 오늘 체에 거르라고, 짧기만 한 인생에서 먼 희망은 접으라고, 시간은 우리를 시샘하며 흘러가버리니 내일은 믿지 말라고 했습니다. 그러니 카르페디엠을 '오늘을 즐겨라'라고 번역하는 것도 자연스러운 일입니다. 하지만 그 말은 때를 놓치지 말라는 뜻으로부터 그리 멀지 않습니다. 그러니 지금 이 시간이 얼마나 소중한지 생각해 보라는 의미에서 카르페디엠은 메멘토 모리와 상통하는 말입니다. 카르페디엠과 메멘토 모리는 죽음이 아니라 삶에 대한 교훈인 것입니다.

상실을 받아들이는 자세

죽음을 생각하지 않고 사는 것만큼이나 죽음이라는 상실에서 너무 빠져나오지 못하는 것도 문제입니다. 눈이 부시게 푸르른 날, 그리운 사람을 그리워하는 애도 정도면 충분합니다.

물론 애도의 시간과 정도는 사람에 따라 다릅니다. 제 자신이 지나치게 감상적인 것은 아닐까 싶을 정도로 우울했을 때, 평소 존경하던 그리고 굉장히 쿨한 모더니스트라 여겼던 프랑스의 사상가 롤랑 바르트가 남긴 《애도 일기》를 보며 위안을 얻었습니다.

이 책은 롤랑 바르트가 1977년에 자기 어머니를 잃고 쓴 일기를 모은 것입니다. 애초에 출판하려고 쓴 것도 아니고, 심지어 일기장에 쓴 것도 아니고, 노트를 4등분해 쪽지를 만든 다음, 거기에 생각을 써 내려간 것에 불과합니다. 그러고는 그 쪽지들을 아무도 모르게 책상 위의 작은 상자에 모아두며 지냈다고 합니다.

그런데 일기를 쓴 지 3년도 채 지나지 않은 1980년 어느 날, 롤랑 바르트는 길을 건너다가 세탁물을 운반하는 트럭에 치여 병원으로 옮겨집니다. 심각한 상태였지만 그는 치료를 거부했고, 한 달 뒤에 세상을 떠나게 됩니다.

공식적으로는 사고사로 처리됐지만 실제적으로는 자살이라고 보는 사람도 많습니다. 그가 죽은 뒤 기록 보존을 좋아하는 프랑스답게 그의 모든 것, 쪽지 하나 남김없이 현대 저작물 기록 보존소에 보관됩니다. 그리고 그가 죽은 지 30년이 지난 2009년, 상자 속의 그 쪽지들을 모으고 엮어 '애도 일기Journal de deuil'라는 제목의 책이 출간됩니다.

1978년 3월 20일 일기

이런 말이 있다(마담 팡제라가 내게 하는 말): 시간이 지나면 슬픔도 차츰 나아지지요. 아니, 시간은 아무것도 사라지게 만들지 못한다. 시간은 그저 슬픔을 받아들이는 예민함만을 차츰 사라지게 할 뿐이다.

— 롤랑 바르트, 《애도 일기》(걷는나무, 2018) 중에서

위대한 구조주의 철학자이자 사회학, 정신 분석, 언어학의 대가였던 롤랑 바르트 같은 사람도 어쩔 수가 없구나 싶어지니 조금 위로가 됩디다. 시간이 지나면 잊힌다는 말이 있지만 사실은 그렇지 않다는 겁니다. 예민함만 좀 사라질 뿐이지 시간이 할 수 있는 일은 아무것도 없다고 합니다. 이런 말을 해주는 사람이 있어서 참 고마웠습니다.

그는 또 이렇게 씁니다. "울적한 오후. 잠깐 장을 보러 가다. 제과점에서 (별 생각도 없이) 피낭시에 하나를 산다. 작은 여 점원이 손님을 도와주다가 말한다: 부알라Voilà." 별말 아닙니다. 우리 식으로 하면 그저 "여깄습니다" 정도? 그런데 롤랑 바르트는 그 말을 듣고 울컥합니다. 그가 돌보던 어머니가 뭘 달라 그러면 그걸 가져다주며 자신이 늘 했던 말, 그게 바로 '부알라'였다는 겁니다. 이어서 씁니다. "여 점원이 무심코 흘린 이 단어가 결국 눈물을 참을 수 없게 만든다. 나는 오랫동안 혼자 운다"라고요.

그리고 이런 이야기도 남겼습니다.

1977년 11월 28일 일기

그 누구에게 이런 질문을 할 수 있을까(그것도 대답을 얻으리라는 희망을 품으면서)? 우리가 그토록 사랑했던 사람을 잃고 그 사람 없이도 잘 살아간다면, 그건 우리가 그 사람을, 자기가 믿었던 것과는 달리, 그렇게 많이 사랑하지 않았다는 걸까…?

— 롤랑 바르트, 《애도 일기》(걷는나무, 2018) 중에서

‘애도 일기’라는 책 제목대로, ‘애도’란 일단 이런 과정을 거치지 않을 수가 없습니다. 애도를 할 때는 내가 어떤 대상을 상실했는지도 알고 있고, 그 상실한 걸 알고 있는 나, 자아에 대해서도 명확하게 인지하고 있습니다. 그래서 애도라고 표현할 때는 세상의 빈곤과 공허를 느끼면서 대상의 상실을 인지하고 있는 상태를 의미합니다.

반면에 애도가 완성되지 않은 상태를 멜랑콜리melancholy라고 부릅니다. 이는 상실한 대상과 스스로를 동일시해서 그 대상에 대한 상실감 혹은 복수심을 자기 자신에게 투영하는 겁니다. 이 때문에 멜랑콜리는 심리적으로 퇴행 상태라 간주하기도 합니다. 이 경우에는 세상보다 자기의 빈곤을 탓합니다. 그래서 자기 비난으로 해소하려고 하는 거죠. 가령 이렇게 자책하는 겁니다. ‘내가 죽였어.’ ‘나 때문에 헤어졌어.’ ‘내가 문제야.’ ‘아, 나는 무능해.’ ‘나는 처벌받아 마땅해.’

얼핏 보면 애도보다 멜랑콜리가 훨씬 슬퍼하는 듯 보이지만, 사실 멜랑콜리는 아직 이별과 상실을 받아들일 자세를 갖추지 못한 상태입니다. 물론 경우에 따라서는, 아무리 애써도 멜랑콜리를 벗어나지 못할 때가 있습니다. 극단적인 설움과 한을 동반하는, 아무리 추스르고 일어서려 해도 안 되고 도무지 매듭이 지어지지 않는 큰 상실감을 느끼는 거죠. 그것은 치료와 치유를 요하는 일입니다. 그런 경우가 아니라면, 애도는 옳고 멜랑콜리는 극복되어야 할 태도일 뿐이지요. 끝없이 슬퍼하는 것만이 고인 혹은 이별한 이에 대한 애정의 증명이라고 생각하겠지만, 그것은 어쩌면 자아 애착에만 빠져 있는, 자기 자신을 사랑하고 있는 것뿐일지도 모른답니다. 하지만 롤랑 바르트는 애도와 멜랑콜리의 구분을 넘어선 자리에서 오로지 깊은 슬픔 그 자체에만 충실하려는 것으로 보입니다. 애도의 예로는, 그래서 롤랑 바르트보다도 이 시가 좀 더 적절해 보입니다.

아버지의 모자

이시영

아버지 돌아가시자 아버지를 따르던 오촌당숙이 아버지 방에 들어가 한참 동안 말이 없더니 아버지가 평소에 쓰시던 모자를 들고 나오면서 이렇게 말했다. "오늘부터 이 모자는 내가 쓰겠다." 그러고는 아주 단호한 표정으로 모자를 쓰고 사립 밖으로 걸어 나가시는 것이었다.

—《바다 호수》(문학동네, 2004)

이 시의 당숙은 혼자서 깊이 생각한 겁니다. 한참 동안 아버지 없는 그 빈방에 말없이 들어앉아서 말이지요. 돌아가신 아버지를 회상하고 추모하며 있었을 겁니다. 참 존경하며 따르던 분인 모양입니다. 고인을 기리기 위해 무엇을 해야 할까 고민하던 끝에 모자 하나 딱 들고 나오면서 선언하듯 이렇게 툭 말하는 겁

7장 소유

니다. "오늘부터 이 모자는 내가 쓰겠다."

　무뚝뚝한 말과 행동에 많은 뜻이 함축되어 있습니다. 시도 더 이상 말을 덧대지 않습니다. 당숙이 통곡을 하지 않았듯 시인도 묘사만 할 따름입니다. 하지만 우리는 누구나 그 애도의 뜻을 압니다. 굳이 말로 하지 않아도, 굳이 곡을 하지 않아도, 고인을 따른다는 것은 고인의 뜻을 따라 고인이 살아온 길과 정신을 따른다는 것이지, 고인의 죽음을 애통해하며 저승길을 따라나서려는 것은 아니지 않습니까. 그러나, 이 당숙을 애도의 모델로 삼기에는 우리 정서상 다소 무리인 듯싶지 않나요? 그래도 눈물은 좀 흘려야 할 거 아닌가 말이죠.

　그러니까 애도는 상실에 대한 적절한 거리와 태도를 뜻합니다. 멜랑콜리에 빠져 헤어나지 못하는 것도 문제요, 도무지 그런 감각과 감성이 부재하여 전혀 아픈 줄 모르는 것도 문제라는 겁니다. 그래서 애도에 관한 시로 읽고 싶은, 황동규 시인의 〈더딘 슬픔〉을 소개해 보렵니다.

더딘 슬픔

황동규

불을 끄고도 어둠 속에 얼마 동안
형광등 형체 희끄무레 남아 있듯이,
눈 그치고 길모퉁이 눈더미가 채 녹지 않고

허물어진 추억의 일부처럼 놓여 있듯이,

봄이 와도 잎 피지 않는 나뭇가지

중력重力마저 놓치지 않으려 쓸쓸한 소리 내듯이,

나도 죽고 나서 얼마 동안 숨죽이고

이 세상에 그냥 남아 있을 것 같다.

그대 불 꺼지고 연기 한번 뜬 후

너무 더디게

더디게 가는 봄.

—《꽃의 고요》(문학과지성사, 2006)

이게 죽음 혹은 상실에 대한 예의 아닐까요? 스위치를 꺼도 형광등은 바로 빛을 버리지 않고 희끄무레 남습니다. 눈이 그쳤다고 눈 더미가 대번에 녹지도 않습니다. 길모퉁이에 추억처럼 남아 서서히 서서히 사라져갈 겁니다. 봄이 왔다고 꽃나무가 바로 잎을 피우지도 않습니다. 지난해 땅으로 내내 끌어당기던 중력과도 이별할 채비를 해야 하지 않겠습니까. 그렇듯 나도 죽고 나서 얼마 동안 숨죽이고 이 세상에 그냥 남아 있을 것 같다는 겁니다.

그 깨달음은 타인의 죽음을 통해 얻은 것입니다. 올봄 먼저 간 그대, 그대의 불이 꺼지고 보니 그렇더라는 거겠지요. 장례식장의 촛불이나 향불이 꺼질 때도 희미하게 남아 서서히 사라지는 연기처럼, 그대가 떠나고 나서 어쩐지 이 봄이 더디게, 너무 더디게 가더라는 겁니다. 그래서 이 시는 추모의 시, 애도의 시가 되는 것입니다.

더딘 슬픔, 그것이 상실에 대한 올바른 애도입니다. 끝내 허무하게 사라질지라도, 생명의 불이 꺼지면 바로 사라지는 것이 아니라, 한동안은 연기로 남아, 무중력처럼, 시간이 멈춘 것처럼, 그렇게 잠시 그대와 함께한 추억들을 되새기며, 그대 떠나 텅 비어버린 이 세상의 공백을 채우는 것, 그것이 애도 아니겠습니까. 우리네 짧은 인생에도 그런 정도의 여운과 여백은 허락되어야 하지 않겠습니까.

하지만 애도의 여백도 다 사후의 일입니다. 그리운 사람, 그리워해야 할 사람이라면, 눈이 부시게 푸르른 날, 아니 대숲에 폭우가 쏟아지는 밤이라도 그리워해야지요. 너무 늦으면 안 됩니다.

너무 늦게 그에게 놀러 간다

나희덕

우리 집에 놀러와. 목련 그늘이 좋아.
꽃 지기 전에 놀러와.
봄날 나지막한 목소리로 전화하던 그에게
나는 끝내 놀러 가지 못했다.

해 저문 겨울날

너무 늦게 그에게 놀러간다.

나 왔어.

문을 열고 들어서면

그는 못 들은 척 나오지 않고

이봐. 어서 나와.

목련이 피려면 아직 멀었잖아.

짐짓 큰소리까지 치면서 문을 두드리면

조등弔燈 하나

꽃이 질 듯 꽃이 질 듯

흔들리고, 그 불빛 아래서

너무 늦게 놀러온 이들끼리 술잔을 기울이겠지.

밤새 목련 지는 소리 듣고 있겠지.

너무 늦게 그에게 놀러 간다,

그가 너무 일찍 피워올린 목련 그늘 아래로.

—《어두워진다는 것》(창비, 2001)

목련 같이 보자고 했던 친구가 이른 나이에 먼저 세상을 등진 모양입니다. 목련꽃 지기 전에 목련 그늘 아래로 놀러 갔어야 했는데 세상사가 바빠 차일피일 미루다가 그만 너무 늦어버렸습니다. 목련 진 지 한참 지나 겨울에 찾아간 친구에게 너무 늦어 미안하다 하렸더니, 친구는 목련 피려면 아직 멀었다며 달래 줍니다. 올해는 목련이 일찍도 피었군요. 그러기에 겨울 상가喪家에 조등弔燈만 하나 목련처럼 피어 있었겠죠.

미안하다고 해야 할 사람들, 사랑한다고 말해야 할 사람들, 고맙다 해야 할 사람들, 존경한다 해야 할 분들, 너무 늦지 않게 다시 만나야 할 사람들의 버킷리스트는 갖고 계신가요? 다시 만나지는 못하더라도, 그분들에게 부끄럽지 않게 살아가야 할 소망들로 우리의 버킷리스트를 꾸며야 하지는 않을까요? 그게 우리가 상실로부터 배워야 할 버킷리스트인 것 같습니다. 죽음을 잊지 맙시다. 메멘토 모리!

참고문헌

1장… 밥벌이

김훈, 《라면을 끓이며》, 문학동네, 2015.

최지인, 《나는 벽에 붙어 잤다》, 민음사, 2017.

김사인, 《어린 당나귀 곁에서》, 창비, 2015.

이국종, 《골든아워 1》, 흐름출판, 2018.

남궁인, 《지독한 하루》, 문학동네, 2017.

허은실, 《나는 잠깐 설웁다》, 문학동네, 2017.

오민석, 〈잘 살 권리와 사회적 사랑〉, 《중앙일보》, 2019년 6월 11일 자.

토마스 모어, 《유토피아》, 을유문화사, 2007.

윤성학, 《당랑권 전성시대》, 창비, 2006.

송경동, 《사소한 물음들에 답함》, 창비, 2009.

리처드 세넷, 《장인》, 21세기북스, 2010.

박목월, 《박목월 시전집》, 민음사, 2003.

김종삼, 《누군가 나에게 물었다》, 민음사, 1982.

2장… 돌봄

김선우, 《내 혀가 입 속에 갇혀 있길 거부한다면》, 창비, 2000.

박성우, 《자두나무 정류장》, 창비, 2011.

김태정, 《물푸레나무를 생각하는 저녁》, 창비, 2004.

이시영, 《은빛 호각》, 창비, 2003.

신경숙, 《엄마를 부탁해》, 창비, 2008.

정채봉,《너를 생각하는 것이 나의 일생이었지》, 샘터, 2006.

이승하,《인간의 마을에 밤이 온다》, 문학사상, 2005.

박완서,《그 여자네 집》, 문학동네, 1999.

안상학,《그 사람은 돌아오고 나는 거기 없었네》, 실천문학사, 2014.

3장··· 건강

김수열,《생각을 훔치다》, 삶이보이는창, 2009.

임희구,《소주 한 병이 공짜》, 문학의전당, 2011.

김경미,《쉬잇, 나의 세컨드는》, 문학동네, 2001.

문정희,《양귀비꽃 머리에 꽂고》, 민음사, 2004.

허영만,《식객 1》, 김영사, 2003.

이상국,《어느 농사꾼의 별에서》, 창비, 2005.

류시화,《외눈박이 물고기의 사랑》, 무소의뿔, 2016.

김경주,《현대시: 2016년 3월호》, 한국문연, 2016.

이휘,《너는 내가 버리지 못한 유일한 문장이다》, 문학의전당, 2016.

스테판 메스트로비치,《탈감정사회》, 한울아카데미, 2014.

박선희,《시인시각: 2009년 가을호》, 문학의전당, 2009.

황지우,《게 눈 속의 연꽃》, 문학과지성사, 1990.

4장··· 배움

복효근,《운동장 편지》, 창비교육, 2016.

마종하,《활주로가 있는 밤》, 문학동네, 1999.

박민규,《삼미 슈퍼스타즈의 마지막 팬클럽》, 한겨레출판, 2003.

장석남,《지금은 아무도 그립지 않을 무렵》, 문학과지성사, 1995.
신경림,《쓰러진 자의 꿈》, 창비, 1993.
문정희,《양귀비꽃 머리에 꽂고》, 민음사, 2004.
김사인,《어린 당나귀 곁에서》, 창비, 2015.

5장… 사랑

강형철,《도선장 불빛 아래 서 있다》, 창비, 2002.
정양,《살아 있는 것들의 무게》, 창비, 1997.
허형만,《첫차》, 황금알, 2005.
신형철 외,《너의 아름다움이 온통 글이 될까봐》, 문학동네, 2017.
문정희,《다산의 처녀》, 민음사, 2010.
울리히 벡·엘리자베트 벡 게른샤임,《사랑은 지독한, 그러나 너무나 정상
적인 혼란》, 새물결, 1999.
이성복,《달의 이마에는 물결무늬 자국》, 문학과지성사, 2012.
알랭 드 보통,《왜 나는 너를 사랑하는가》, 정영목 옮김, 청미래, 2007.
에리히 프롬,《사랑의 기술》, 문예출판사, 2019.
허연,《내가 원하는 천사》, 문학과지성사, 2012.
마종기,《우리는 서로 부르고 있는 것일까》, 문학과지성사, 2006.
주용일,《내 마음에 별이 뜨지 않은 날들이 참 오래 되었다》, 오르페, 2016.

6장… 관계

나호열,《타인의 슬픔》, 연인M&B, 2008.
성미정,《읽자마자 잊혀져버려도》, 문학동네, 2011.

정현종,《고통의 축제》, 민음사, 1974.

김도언,《세속 도시의 시인들》, 로고폴리스, 2016.

서안나,《립스틱 발달사》, 천년의시작, 2013.

조정권,《산정묘지》, 민음사, 1991.

7장··· 소유

피천득,〈은전 한 닢〉,《피천득 수필선집》, 지만지, 2017.

김종삼,《시인학교》, 신현실사, 1977.

유홍준,《북천-까마귀》, 문학사상, 2013.

에리히 프롬,《소유냐 존재냐》, 까치, 1996.

김행숙,《멀고 먼 숲》, 책만드는집, 2014.

배한봉,《주남지의 새들》, 천년의시작, 2017.

오민석,《그리운 명륜여인숙》, 시인동네, 2015.

오츠 슈이치,《죽을 때 후회하는 스물다섯 가지》, 21세기북스, 2009.

서정주,《귀촉도》, 은행나무, 2019.

문정희 외,《나를 매혹시킨 한 편의 시 4》, 문학사상, 2001.

이성선,《내 몸에 우주가 손을 얹었다》, 세계사, 2000.

마르쿠스 아우렐리우스,《명상록》, 현대지성, 2018.

롤랑 바르트,《애도 일기》, 걷는나무, 2018.

이시영,《바다 호수》, 문학동네, 2004.

황동규,《꽃의 고요》, 문학과지성사, 2006.

나희덕,《어두워진다는 것》, 창비, 2001.

수많은 삶의 과제들에 버겁고 초라하게 느껴질 때일수록 우리는 시를 만나야 한다. 시는 때로는 위로가, 때로는 이정표가 되어주기 때문이다. 정재찬 교수는 삶의 바다를 건너는 이의 고단한 어깨를 보듬으며, 시에게로 이끄는 안내자의 역할을 해준다.

— 유현준 홍익대학교 건축학부 교수·《어디서 살 것인가》 저자

물리학자는 우주의 시인이다. 우주를 단 한 줄의 수식으로 표현하기 때문이다. 정재찬은 시詩의 물리학자다. 시의 정수를 아름답게 설명하기 때문이다. 하지만 그의 글에는 물리에 없는 것이 있다. 바로 현실을 사는 보통 사람의 모습이다. 나는 그의 글에서 인간이라는 작은 우주를 느낀다.

— 김상욱 경희대학교 물리학과 교수·《떨림과 울림》 저자

2016년 〈시, 다시 꽃피우다〉라는 라디오 다큐멘터리를 만들게 된 시작은 정재찬 교수의 책《시를 잊은 그대에게》였다. 그의 강의와 책은 시를 잊고 산 사람들을 깨웠고 시를 우리 사회에 다시 꽃피우게 했다. 그는 사막 같은 인생을 살아내고 있는 사람들에게 눈을 들어 봄바람과 여름 더위와 가을 낙엽과 겨울 눈을 보라고 일깨워주는 사람이다. 그래서 나는 그가 참 좋다. 시인과 교수 중간에 선 그가 건네는 위로는 시와 현실 가운데 있다. 그래서 나는 그의 위로가 참 좋다. 진지함과 가벼움 사이에 있는 그가 권해주는 시는 더할 나위 없이 좋지만, 사실 나는 그의 유머가 더 좋다.

— **김혜민** YTN 라디오 PD

인생의 길을 잃을 때마다 인류는 문학 안에서 답을 찾아왔다. 문학마저 잃어버린 현대인에게 정재찬 교수는 친절히 문학의 숲을 거니는 법을 알게 함으로써 우리를 인생의 해답을 향한 길로 안내한다.

— **채사장**《지적 대화를 위한 넓고 얕은 지식》저자

추천의 글

어릴 적 시를 읽을 때면 힘껏 먼 훗날의 인생을 떠올려보았다. 미처 닿을 수 없는 부분도 있었겠지만, 그래서인지 더욱 달콤하고 신비롭게 느껴지곤 했다. 어느덧 내 곁에 다가온 시는 생각보다 더 가까운 곳에서, 삶 그 자체로 내게 말을 건넨다.

열애할 때는 열애하는 줄 모르고, 소유할 때는 소유하는 줄 몰랐던 지난 시간을 생각하며 시를 읽어본다. 아직 멀리 있지만 꼭 겪고 싶은 순간들과, 영원히 피하고만 싶은 순간들을 그리며 대신 웃고, 울어본다.

사랑, 밥벌이, 돌봄, 건강, 배움, 관계, 소유. 우리가 인생이라 부르는 것들 중에 어느 하나 정해진 답은 없겠지만, 삶의 언어를 담은 시와, 작가의 따스한 목소리가 우리를 발견하고, 위로하며, 축복할 수 있다면 충분하지 않을까. 소중한 사람에게 전해주고 싶은 이야기를 대신해줄 열네 번의 강의이다.

— 김소영 방송인·책발전소 대표

정재찬 교수님은 가끔 긴 안부 대신 시 한 편을 보내준다. 그 시는 마치 내 마음을 읽은 것같이, 아니 나보다 더 나다운 말을 절묘하게 찾아 들려준다. 길을 걷다 우연히 만난 노래에 푹 젖어들 듯이, 이 책에서 당신도 인생을 바꿀 시, 인생을 바꿀 이야기를 만나게 될지도 모른다.

― 폴킴 가수

우리가 인생이라 부르는 것들

자기 삶의 언어를 찾는 열네 번의 시 강의

초판 1쇄   2020년 2월 25일
개정판 2쇄   2024년 4월 26일

지은이 | 정재찬

발행인 | 문태진
본부장 | 서금선
편집 2팀 | 임은선 원지연
본문 디자인 | 어나더페이퍼   본문 일러스트 | 박지영

기획편집팀 | 한성수 임선아 허문선 최지인 이준환 송현경 이은지 유진영 장서원
마케팅팀 | 김동준 이재성 박병국 문무현 김윤희 김은지 이지현 조용환 전지혜
디자인팀 | 김현철 손성규   저작권팀 | 정선주
경영지원팀 | 노강희 윤현성 정헌준 조샘 이지연 조희연 김기현
강연팀 | 장진항 조은빛 신유리 김수연

펴낸곳 | ㈜인플루엔셜
출판신고 | 2012년 5월 18일 제300-2012-1043호
주소 | (06619) 서울특별시 서초구 서초대로 398 BnK디지털타워 11층
전화 | 02)720-1034(기획편집) 02)720-1024(마케팅) 02)720-1042(강연섭외)
팩스 | 02)720-1043   전자우편 | books@influential.co.kr
홈페이지 | www.influential.co.kr

ⓒ 정재찬, 2020

ISBN 979-11-6834-099-2   (03810)